柳宗元诗文精读

赵瑞 / 编著

上海教育出版社

图书在版编目（CIP）数据

柳宗元诗文精读 / 赵瑞编著；查清华主编. — 上海：上海教育出版社，2021.12
ISBN 978-7-5720-1275-4

Ⅰ.①柳… Ⅱ.①赵… ②查… Ⅲ.①柳宗元（773-819）-诗文-文学欣赏 Ⅳ.①I206.2

中国版本图书馆CIP数据核字(2021)第271607号

责任编辑　付　寓　易英华
封面设计　东合社

LIUZONGYUAN SHIWEN JINGDU
柳宗元诗文精读
赵　瑞　编著

出版发行		上海教育出版社有限公司
官	网	www.seph.com.cn
地	址	上海市闵行区号景路159弄C座
邮	编	201101
印	刷	启东市人民印刷有限公司
开	本	700×1000　1/16　印张 16.25
字	数	202 千字
版	次	2021年12月第1版
印	次	2021年12月第1次印刷
书	号	ISBN 978-7-5720-1275-4/I·0115
定	价	49.80 元

如发现质量问题，读者可向本社调换　　电话：021-64373213

编委会

主　编 查清华

编　委（按姓氏笔画排序）

　　　　朱易安　李定广　李　贵　吴夏平

　　　　陈　飞　赵维国　查清华　钟书林

　　　　曹　旭　詹　丹

教育部新文科研究与改革实践项目
  中文学科拔尖创新人才培养与实践

上海高校本科重点教改项目
  中文专业师范生优秀传统文化教育实践与创新

上海市高水平学科学术创新团队
  中华典籍与国家文明

国家级专家服务基地
  上海师范大学教育援疆喀什专家服务基地

总序

中华文史经典精读

中华优秀传统文化是中华民族的精神命脉。2017年,中共中央办公厅、国务院办公厅《关于实施中华优秀传统文化传承发展工程的意见》(下文简称《意见》)提出:"实施中华优秀传统文化传承发展工程,是建设社会主义文化强国的重大战略任务,对于传承中华文脉、全面提升人民群众文化素养、维护国家文化安全、增强国家文化软实力、推进国家治理体系和治理能力现代化,具有重要意义。"《意见》围绕立德树人根本任务,遵循学生认知规律和教育教学规律,按照一体化、分学段、有序推进的原则,对中华优秀传统文化"进课本、进课堂、进校园"提出明确要求。

经典是文化的重要载体。当下中华传统经典读物较多,各有优长。但我们经过调研后发现,针对大、中学生而言,在传统文化教育方面尚存在以下几大问题:一是对传统文化优秀与糟粕因子的认识比较模糊,未能通过阅读经典充分汲取富有生命力的文化养分;二是对传统文学经典的历史语境缺乏应有的了解,相关历史知识与方法的匮乏常导致对文学作品的解读出现偏差;三是对传统经典与现代文化的联系和区别关注不够,传统文化和现代意义的文化发展逻辑没有得到充分厘清;四是往往止步于对传统经典知识本身的接收与理解,对优秀原典熏染学生道德和审美的终极作用落实不力,对学生发现与探究问题的意识培养力度偏弱。

针对以上问题,我们尝试从人才培养模式、课程设置、教材建设和教学方法等方面加以改革,同时通过加强大中小一体化建设,牵头和上海数十家中学共建"中华优秀文化推广联盟",和上海援疆教育集团签署"中华优秀经典进校园"项目,组织相关优秀教师参与。编撰出版"中华文史经典精读"丛书,是我们改革项目的重要成果之一。

该丛书在导读方向、内容选择、注释范围、评析重点等方面,均致力于尝试解决上述问题。以上海市高水平学科"中华典籍与国家文明"创新团队为主体的多位专家,在总的原则下,广泛借鉴吸收前人成果,依据各自的学术特长和教研心得,充分展现学术个性,既为反思传统文化的复杂内涵提供历史唯物主义的立场和方法,也努力寻求传统文化在当代实践中的内驱力,以及理想人格的感召力,让经典润泽心灵,砥砺人生。

每本书由导言、正文、注释和评析组成。"导言"总体介绍某部经典的成书、性质、基本内容、艺术价值及社会影响,或某作家的生平、思想、艺术及文学史地位等;"正文"均依据权威版本选录名家名作,兼顾传统性典范和现代性意义;"注释"重在注解不易读懂的字词、名物及典故,力求简明准确;"评析"则在细读文本的基础上,提点作品的情思蕴含及艺术表现,注重引导读者参与情思体验,追求文字洗练,行文晓畅。

本丛书属于中华优秀传统文化经典普及性读本,可作为大学"原典精读"通识课教材及中学语文拓展读本,也适合热爱传统文化的普通读者。

限于水平,书中或有不尽如人意处,祈请读者批评指正,以便再版时改进。

查清华

于上海师范大学文苑楼

目录

柳宗元诗文精读

导言 \ 001

散文 \ 001
瓶赋 \ 002
囚山赋 \ 004
桐叶封弟辩 \ 007
段太尉逸事状 \ 011
唐故给事中皇太子侍读陆文通
　　先生墓表 \ 019
愚溪对 \ 023
鹘说 \ 028
捕蛇者说 \ 032
观八骏图说 \ 036
种树郭橐驼传 \ 040
梓人传 \ 044
童区寄传 \ 052

蝜蝂传 \ 056
李赤传 \ 058
乞巧文 \ 062
宥蝮蛇文　并序 \ 070
吊屈原文 \ 074
伊尹五就桀赞 \ 080
忧箴 \ 084
三戒　并序 \ 086
　临江之麋 \ 086
　黔之驴 \ 087
　永某氏之鼠 \ 088
谤誉 \ 091
鞭贾 \ 095
读韩愈所著《毛颖传》
　　后题 \ 099
杨评事文集后序 \ 103

愚溪诗序 \ 108
序棋 \ 111
送娄图南秀才游淮南将入道序 \ 115
始得西山宴游记 \ 120
钴鉧潭记 \ 122
钴鉧潭西小丘记 \ 124
至小丘西小石潭记 \ 127
袁家渴记 \ 130
石渠记 \ 132
石涧记 \ 135
小石城山记 \ 137
永州铁炉步志 \ 140
柳州山水近治可游者记 \ 142
寄许京兆孟容书 \ 147
与杨京兆凭书 \ 157
与韩愈论史官书 \ 165
与吕道州温论非国语书 \ 170
与李睦州论服气书 \ 174
贺进士王参元失火书 \ 178
答韦中立论师道书 \ 182
哭张后余辞 \ 187
祭吕衡州温文 \ 190

诗歌 \ 195
韦道安 \ 196
跂乌词 \ 200
笼鹰词 \ 202
行路难三首 \ 204
初秋夜坐赠吴武陵 \ 208
茅檐下始栽竹 \ 210
觉衰 \ 212
读书 \ 215
咏三良 \ 217
冉溪 \ 219
溪居 \ 221
雨晴至江渡 \ 223
同刘二十八哭吕衡州兼寄江陵李元二侍御 \ 224
田家三首 \ 226
江雪 \ 229
衡阳与梦得分路赠别 \ 231
登柳州城楼寄漳汀封连四州 \ 232

导言

一、柳宗元的家世、生平、思想

柳宗元字子厚,生于唐代宗大历八年(773),卒于唐宪宗元和十四年(819),终年四十七岁。祖籍蒲州[唐肃宗乾元三年(760)升为河中府]解县(今山西运城市西南),出生于京城长安(今陕西西安市)。蒲州在秦朝以后隶属河东郡,因此世有"柳河东"之称。柳宗元出身河东柳氏,家族与薛、裴二姓在北朝并称为"河东三著姓"。柳宗元祖上出过不少高官显宦,八世祖、七世祖、六世祖皆封为公爵,五世祖柳楷做过隋朝的刺史,高伯祖柳奭做过唐高宗朝宰相。柳宗元曾不无自豪地说:"柳族之分,在北为高。充于史氏,世相重侯。"(《故大理评事柳君墓志》)不过,煊赫的家世没能一直延续,柳宗元的曾祖、祖父都只做过县令一级的地方官。柳宗元父亲柳镇明经科出身,后来历任左卫率府兵曹参军、大理评事、长安主簿、宣城令、阌乡令等职，最后卒于殿中侍御史任上。柳镇一生积极用世，辗转多地为官，皆能恪尽职守，是一位刚正的儒家循吏。他熟习儒家经典，诗文有名于当时，又是一位颇有造诣的文学之士。柳宗元母亲卢氏出自著名的范阳卢氏家族，她受过良好的教育，有相当高的文化修养，柳宗元最早就是随她受的启蒙教育。父母、家世等因素对柳宗元思想、品格、行为方式的形成都有着深远的影响。

柳宗元的人生经历大致可以分为四个阶段。二十五岁之前是他读书、游历和应举的时期。柳宗元生在一个文化氛围浓厚的家庭，四岁时母亲便教他诵习"古赋十四首"（《先太夫人河东县太君归祔志》），此后又在"乡间家塾"中学习儒家经典以及诗文写作，为日后参加科举考试做准备。柳宗元十二三岁时，柳镇在湖北、江西等地为官，柳宗元曾追随父亲游历过夏口、长沙、九江等地，初步接触了社会，开阔了眼界，并且结交了一些朋友。贞元九年（793），二十一岁的柳宗元进士及第。唐代素有"五十少进士"的说法，二十出头考中进士足见其才华出众。是年，柳镇病逝。因为要为父亲服丧，柳宗元三年之内不能参加吏部"诠选"考试。这一段时间，他借看望叔父的机会在邠州等地漫游了一番。柳宗元考察了很多边塞城市、堡垒要冲，也访问了一些饱经世事的退伍军人，从他们口中得知了段秀实的事迹。贞元十二年（796），服丧期满的柳宗元参加博学鸿词科考试，未被录取。

二十六岁至三十三岁是柳宗元在京为官、参与永贞政治改革的时期。贞元十四年（798），柳宗元考取博学鸿词科，被授予集贤殿书院正字，从此正式步入仕途。贞元十七年（801），由集贤殿书院正字调任京兆府蓝田县尉，两年后出任监察御史里行。贞元二十一年（805）正月，唐德宗去世，太子李诵即位，是为唐顺宗。李诵即位以后任用东宫旧臣王叔文、王伾为翰林学士，执掌朝政大权。是年二月，柳宗元被提升为礼部员外郎，参与二王等人推行的政治改革,即通常所说的"永贞革新"。革新施行不足六个月就因为顺宗重病、宦官反对等而失败,本年九月,柳宗元先被贬为邵州刺史,旋即又改贬为永州司马。所谓"永贞革新"是历史的"罗生门",不同人有着不同的立场。从政敌一面看,以二王为首的革新集团是一群擅权、夺权的小人;从保守官僚一面看,他们是新进用事的权臣;从柳宗元一面看,他们是为国为民的革新斗士。无论功过是非,无可改变的实事是,"永贞革新"失败之后,革新集团成员受到严厉的惩罚,王叔文被赐死于贬所,王伾被贬为开州司马,柳宗元等人则被贬为远州司马,而且纵遇大赦,也不在赦免范围。

三十三岁至四十三岁是柳宗元谪居永州的时期。永贞元年(805)十一月底,柳宗元到达永州。"永州实惟九疑之麓。其始度土者,环山为城。有石焉,翳于奥草;有泉焉,伏于土涂。蛇虺之所蟠,狸鼠之所游。茂树恶木,嘉葩毒卉,乱杂而争植,号为秽墟。"(《永州韦使君新堂记》)这是一个陌生且险恶的环境,不难想象,生长于北方的柳宗元初至时是多么茫然与不适。柳宗元在永州的职务全称是"永州司马员外置同正员",名义上是一州司马,实际只是编外人员,不能干预公务,甚至连个官舍都没有。最初几年,柳宗元只能借住在当地的寺庙里,大约五六年之后,眼见起复的希望越来越渺茫,他才在冉溪边上购置一块土地,盖了几间草堂作为栖身之所。谪居生活苦闷而空虚,为了打发时间,更为了排遣苦闷,读书、游览、写作诗文成为柳宗元生活中最重要的活动。他读的书不仅有儒家经典,还包括史书、诸子百家,甚至佛、道之书;他的足迹遍及永州的山水,有路则寻路而上,无路则伐山开道,深山幽泉无远不到。谪居永州的十年是柳宗元人生的至暗时刻,却也是他文学创作的高峰期。他传世的诗文相当一部分写于谪居期间,其中包括向来为人传颂的"永州八记"、《捕蛇者说》《江雪》等名篇。

四十三岁至四十七岁是柳宗元出任柳州刺史的时期。元和九年（814），唐宪宗下诏征召柳宗元、刘禹锡等人。次年正月，诏书到达永州，二月，柳宗元回到阔别十年之久的京城。三月，柳宗元、刘禹锡等人再被任命为远州刺史。至于原因，可能是"王叔文之党坐谪官者，凡十年不量移，执政有怜其才欲渐进之者，悉召至京师，谏官争言其不可，上（唐宪宗）与武元衡（宰相）亦恶之。三月乙酉，皆以为远州刺史，官虽进而地益远"（《资治通鉴·宪宗纪》）。这一次柳宗元出任的是柳州（今广西柳州市）刺史，刘禹锡为播州（今贵州遵义市）刺史。刘禹锡母亲年老不能远行，柳宗元意欲申请与刘禹锡调换任所，自己去路途更远的播州。恰好御史中丞裴度出面调停，刘禹锡改任连州（今广东连州市）刺史。元和十年（815）六月，柳宗元到达柳州，开始了柳州刺史的生涯。彼时的柳州还是一个尚待开发的荒远小州，柳宗元到任之后致力于经济、文化的发展，实施了不少有利于当地百姓的政策，为柳州日后的发展做出不可磨灭的贡献。柳州刺史是名副其实的一州最高行政长官，需要处理大量的政务，因此柳宗元在柳州的业余时间要比在永州少得多，诗文的产量远不及永州时期，但也有诸如《登柳州城楼寄漳汀封连四州》之类的名作传世。元和十四年（819）十一月八日，柳宗元病逝于柳州，享年四十七岁。次年，他的表弟卢遵奉其灵柩归葬于京兆万年县先人墓侧。

　　古诗有云"国家不幸诗家幸，赋到沧桑句便工"（赵翼《题元遗山集》），时代的不幸往往能造就伟大的作家，越是经历过坎坷与痛苦，其作品就越写得好。这句话似乎也可以看作柳宗元的人生写照。生活在一个内有宦官专权，外有藩镇跋扈的时代，柳宗元曾想用自己的才能扭转时代的巨轮，实现"致君尧舜上，再使风俗淳"（杜甫《奉赠韦左丞丈二十二韵》）的人生理想。正当一切朝着预设的方向发展的时候，唐顺宗因病退位，政治盟友失势，以及政敌接二连三的打击报复几乎摧毁了他的政治生涯。贬谪永州，远任柳州，柳宗元的人生理想被残酷的现实碾得粉碎。有志难伸是不折不扣的人生悲剧，却也造就了柳宗元卓越的文学成就。他将自己的不平、愁苦、讽刺、批判全部倾注到文学作品中，写出的诗文一方面饱含个人的一往情深，另一方面倾注强烈的现实关怀，千载之下读之仍令人动容。

柳宗元不仅是文学家，还是一位思想家。柳宗元思想的核心脱胎于儒家思想的"中道""大中"或"大中之道"。所谓"中道"大约有两层含义：一是指中庸之道，也就是恰如其分、适当、无过、无不及；二是指中正之道，也就是坚持理性精神，反对荒诞不经或不合常理的言论。由此出发，他提出不少发人深省的观点。他怀疑天的意志，否认天命的存在，在《天说》《天对》《蜡说》《哭张后余辞》《祭吕衡州温文》等文章中从不同角度阐明过自己的观点。简言之，天是由元气的无限积聚而形成，它与果蓏、草木一样都是自然的存在物，它没有意志，也不能对人类的行为进行赏罚。他秉持"子不语怪、力、乱、神"的理念，怀疑一切关于鬼神的学说，为此他专门作《非国语》驳斥《国语》中关于神怪、妖异、占卜、命相之类的言论。大胆质疑是柳宗元的精神底色。他怀疑天道，怀疑鬼神，怀疑古书，怀疑成说，一切有违常理的言行他似乎都敢于质疑。柳宗元的质疑源于建立在儒家教义之上的理性，以之为武器，他写过不少辩议文章。《桐叶封弟辩》质疑周公促成周成王桐叶封弟的真实性；《论语辩二篇》上篇对"《论语》孔子弟子所记"的传统看法提出质疑；如此等等，不一而足。理性分析是柳宗元思辨的工具。柳宗元每提出一个观点，必然有一番理性的分析与严密的论证。他反驳"桐叶封弟"不可信，提出周公既然是圣人，绝不会因为一句戏言册封不合适的人去做诸侯，也绝不会在明知是戏言的情况下迫使天子做他不想做的事。如果承认桐叶封弟是事实，那就等于否定了周公圣人的身份；如果承认周公是圣人，那就得否定桐叶封弟的真实性。这用的竟然是形式逻辑中的矛盾律，即在同一思维过程中，形式上具有矛盾关系的两个命题，不能同时为真，必有一假。他肯定韩愈《毛颖传》的价值时，列举出三条理由：其一，儒家的传统并不排斥戏谑，戏谑与道并不截然对立；其二，儒家礼仪制度允许不同层次、不同用途的事物存在；其三，诙谐、戏谑也可以有益于世。三条理由层层深入，有力地反驳了时人对韩愈的非难。（《读韩愈所著〈毛颖传〉后题》）综上所述，柳宗元的思想是深邃的，思维方式是理性的、思辨的，在某些方面甚至超越了时代的限制，不仅是中国文学史也是中国哲学史不得不提及的人物。

二、柳宗元的诗文写作

唐代创造出绚烂多彩的文化，文学是其中的一朵奇葩。唐代文学的成功并非一蹴而就，它经历了一段漫长的过程。初唐时代的诗歌延续齐梁时代的风气，讲究辞藻、形式，轻视思想、内容。陈子昂标举复古大旗，提倡以汉魏风骨革除六朝诗歌淫靡软媚的流弊。他认为诗歌要有"兴寄"，也就是发扬诗歌批判并干预现实的传统；要有"风骨"，也就是诗歌要有充实的内容、充沛的情感。陈子昂在创作中积极践行自己的诗歌理念，写出一系列兼具"风骨""寄托"的《感遇》。正是因为陈子昂的首倡，经过几代诗人的努力，唐诗才走出一条属于自己的通途，诞生了李白、杜甫等光耀千古的诗人。

唐文发展滞后于唐诗，在唐诗完成革新并在盛唐登上顶峰之后，唐文的革新才缓缓拉开序幕。从魏晋南北朝到中唐一直盛行着一种美化的文章，因为句式整齐而对偶，人们称其为骈文。骈文的优长在于语言华美、词汇丰富、句式工整、音韵和谐，可以最大程度彰显文章形式的美感。但它的缺点也是显而易见的,钱锺书认为"骈体文两大患:一者隶事,古事代今事,教星替月;二者骈语,两语当一语,叠屋堆床"(《管锥编》)。简而言之,一味迁就文章的形式与美感限制了思想、情感的表达,从而削弱了文学介入政治与现实生活的能力。文章过分注重形式必然导致内容空洞,它虽然能适应南北朝时期的贵族趣味,却满足不了中唐文人变革政治、干预现实的诉求。安史之乱以后,唐王朝由盛转衰。藩镇割据、宦官专权、朝臣党争、民族矛盾等内忧外患,严重地威胁着唐王朝的统治。在此背景之下,许多有识之士意识到复兴儒学的重要,他们认为儒家思想的衰微是导致种种社会问题的根源,因此复兴儒学的思潮在这一时期空前高涨。在变革政治与复兴儒学的双重影响下,古文运动应运而生。古文运动的内容主要体现在两个方面:一是批判六朝以来的骈文,回归先秦两汉的散文传统;二是通过古文写作阐明儒道教义,回应或干预现实问题。因此,古文运动是一场文体革新运动,也是一场儒学复兴运动。

韩愈是古文运动的先行者,他在《题欧阳生哀辞后》中最先使用"古文"一词,又在《争臣论》等文章中提出明确的理论纲领,总结出具体的古文写作方法。柳宗元稍后发表一系列文体革新言论,与韩愈遥相呼应,为古文运动奠定了理论基础。首先,柳宗元旗帜鲜明地反对骈文,在《乞巧文》《读韩愈所著〈毛颖传〉后题》等文章中不遗余力地挞伐骈文的弊端。其次,主张"文以明道",也就是文章以阐明"道"为宗旨,反对片面地追求形式、文辞、声韵的美感。再次,重"道"而不轻"文",主张文章应该文道兼备,尤其重视"文"的作用。最后,主张文章要能"辅时及物",强调文章的社会功能。与理论发明同步的是实践探索,柳宗元的散文以儒家经典为根基,"本之《书》以求其质,本之《诗》以求其恒,本之《礼》以求其宜,本之《春秋》以求其断,本之《易》以求其动"(《答韦中立论师道书》),广泛学习先秦以来古文的优秀成果,"参之穀梁氏以厉其气,参之《孟》《荀》以畅其支,参之《庄》《老》以肆其端,参之《国语》以博其趣,参之《离骚》以致其幽,参之太史公以著其洁"(《答韦中立论师道书》)。此外,柳宗元还吸收骈文在语言与修辞上的合理成分,尽可能地兼顾文辞之美。因此他的散文能博采众长而自铸伟词,是中国散文史上一座难以逾越的高峰。诚如茅坤所言,"柳州则间出乎《国语》及《左氏春秋》诸家矣。其深醇浑雄或不如昌黎,而其劲悍沉寥,抑亦千年以来旷音也"(《唐宋八大家文钞·柳柳州文钞引》)。

柳宗元的"赋"有骚体赋与小赋两种。柳宗元的骚体赋赢得后世广泛赞誉,宋代严羽认为"唐人惟柳子厚深得骚学,退之、李观皆所不及"(《沧浪诗话》)。明代蒋之翘也曾表达过类似观点,"唐人惟柳柳州可称骚学独擅,凄情哀旨,自怨自悔,虽其人不足言,其志大可悼也。故《惩咎》《闵生》,足胜昌黎《复志》《闵己》"(《柳河东集》)。柳宗元的骚体赋继承了《离骚》的一些基因。一是沿用《离骚》的基本句式,一句之中用上下两小句来表达一个完整的意思,并且在句中大量使用语气词"兮"。二是沿袭《离骚》中所表现的哀怨情绪。柳宗元的骚体赋在继承的基础上也有一些突破。首先,吸收一些诗歌以及古文的表达方式。《囚山赋》中"匪兕吾为柙兮""匪豕吾为牢"两句都将主语"吾"放在宾语后面,这是借鉴诗歌的句式;"虎豹咆嘲代狌牢之吠噪""谁使吾山之囚吾兮滔滔"两句都多达十字,这是借鉴散文的句式。其次,更多地选择直抒胸臆的情感表达方式,而不是《离骚》常用的"香草美人"手法,因此情绪更加直切、激烈,不似《离骚》一般含蓄哀婉。"香草美人"手法的优长在于既能表现作者的好恶,又能保持怨而不怒的君子风度。对于谪居永州的柳宗元来说,"香草美人"手法显得过于含蓄曲折,唯有直白地控诉才能将压抑在胸中的幽愤完全倾吐。《囚山赋》《梦归赋》《闵生赋》

等篇都将题旨表现得淋漓尽致,虽然稍稍欠缺耐人咀嚼的韵味,但是更具动人心魄的力量。

柳宗元的小赋虽然评价不如骚体赋高,但也自有其特点。它往往能够跳出赋的抒情与状物传统,以说理见长。《瓶赋》是针对西汉扬雄《酒赋》而作的翻案文章,目的有两个:一是反驳《酒赋》的观点。《酒赋》贬抑瓦瓶"动常近危",称赞鸱夷(酒囊)"常为国器"。柳宗元反其意而言之,肯定"瓦瓶"而贬抑"鸱夷(酒囊)";二是表达自己"智"与"愚"的观念。"瓦瓶""鸱夷"代表的其实是两类人,前者品格高洁绝不曲学阿世,世人却以之为"愚",后者通过投机取巧而取容于当世,世人却以之为"智"。柳宗元认为世人颠倒了"愚""智","鸱夷"只是小聪明,"瓦瓶"才是大智慧。《牛赋》通过呈现牛与羸驴能力、品格、遭遇之间的反差,表达对不合理社会现象的愤懑与抗议。综上所述,柳宗元的"赋"在写法上对传统有所突破,骚体赋借鉴了散文、诗歌的句式,小赋则以说理见长。它们虽然篇幅不长,却都能写得内容充实,意味隽永。

柳宗元的论说文包括"论""议辩""对""说",以及一些名为"杂题"的文章。总体上说,它们都具有观点新颖、论证周密的特点。此类文章往往出奇制胜,不仅能在内容、观点上翻出新意,视角、方法也带着鲜明的个人色彩。柳宗元的论说文以"论""说"二体成就最高。"论"的代表作有《封建论》《时令论》等,它们大多是对社会、政治重要问题或观念的回应。例如,《封建论》从分析封建制产生的原因入手,阐明封建制的弊端与郡县制的优点,有力地反驳了恢复封建制的论调;《时令论》批驳秦汉以来递相承袭的"阴阳五行"学说,提出"不穷异以为神,不引天以为高"的思想;《四维论》否定管子以"礼义廉耻"并立为"四维"的说法,并在此基础上提出对"礼义"的认识;《六逆论》驳斥《左传》以"贱妨贵,远间亲,新间旧"为六逆的说法,提出任人唯贤的观点。柳宗元的"论"大多为辩驳成说而作,它们气势恢宏、论证严密,在当时具有十分重要的理论与现实意义。韩愈曾说柳宗元的文章"雄深雅健"就是指"论"而言。

柳宗元的"说"大致可以分为以下四类:一是直接说理,如《天说》反驳韩愈关于天道的论断,提出天与其他无生命的事物一样并没有主观意志;二是通过叙事来说理,如《捕蛇者说》通过叙述蒋氏三代为了免除赋税冒死捕蛇的事,说明"苛政猛于虎"的道理;三是通过写物来说理,如《说车赠杨诲之》以车为喻,说明做人要外柔内刚,处世要懂得变通;四是通过类似寓言的故事来说理,如《羆说》通过讲述善于模仿各种动物叫声的猎人的悲剧结局,阐述只凭借外力而无真才实学的人必败的道理。这些文章往往带有杂文、杂感的性质,或是写一时的感触,或是写独特的见解,题目可大可小,篇幅可长可短,行文相对自由。

柳宗元的传记包括传、记两种文体的文章。柳宗元的"传"现在可以见到的有九篇,其中《曹文洽韦道安传》正文缺失,仅有题目留存。它们中的绝大多数都写于柳宗元谪居永州期间。柳宗元的"传"可以分为两种类型,一是以《种树郭橐驼传》《梓人传》为代表的说理型"传";二是以《童区寄传》《李赤传》为代表的传奇型"传"。说理型"传"旨在说理,它们用的虽然是"传"的体式,发挥的却是"论""说"的功能。例如,《种树郭橐驼传》记述郭橐驼种树的方法、心得,是为了告诫身居要位却不懂治国的当政者,要遵循治理人民的规律,不要过多干扰他们的生活。《梓人传》讲述梓人造屋的经历是为了阐发做宰相的原理。传奇型"传"是借鉴传奇笔法写成的"传"。传奇是一种唐代流行的用传记体写成的小说,它们共同的特点是传主的经历奇异,故事情节曲折而生动。传奇型"传"的传主都是拥有奇异经历的人物,《童区寄传》的主人公区寄年仅十一岁,却能临危不乱,用计杀死两个在体力和智力上都远胜自己的强盗,靠着勇敢与沉着完成自救;《李赤传》的主人公李赤在遭遇厕鬼魅惑之后,三番五次跳进粪坑,最后溺死在厕所。传奇型"传"都善于用对话、行动、细节描写来营造引人入胜的情节,它们有时也会说理,但情节曲折的故事才是文章写作的中心。总的来说,柳宗元的"传"的传主多数是一些小人物,他们的事迹或是有一定的现实意义,或是可以起到警示作用。柳宗元善于突破文体的限制,通过借鉴其他文体的写法,实现了对"传"文体的创新与开拓。

柳宗元的"记"包括厅壁记、亭台园林记以及山水游记。其中山水游记的成就最高,知名的有"永州八记"、《柳州山水近治可游者记》等等。柳宗元的山水游记几乎都写于永州与柳州,又以谪居永州时最多。它们不仅再现了南方山水景物的风致,也记录了作者贬谪之后的忧愤与哀怨。柳宗元的山水游记的特点可以概括为四个方面。一是随物赋形。柳宗元写山水没有固定的模式,往往是根据山水的自然风貌突出它们的特点。写山、写水各有各的姿态,各有各的面貌。同是写山,《钴鉧潭西小丘记》重在写宜人的环境,《小石城山记》重在写奇异的山形。同是写水,《至小丘西小石潭记》重在写潭水清,《石涧记》重在写潭水清且浅。二是穷形尽相。柳宗元写水,水貌无所遁隐,写山,山态若在目前。他特别善于造景,时而用白描精工地刻画山水景物的外形,时而用比喻尤其是博喻来呈现它们丰富的姿态。他也特别善于造境,西山是开阔的,小石城山是精致的,石渠是清幽的,小石潭是冷寂的,各有各的氛围。三是造语精妙。表现在三个方面:首先是用词用字精到准确。《始得西山宴游记》中的"若垤若穴"、《至小丘西小石潭记》中的"为坻为屿,为嵁为岩"、《石涧记》中的"若陈筵席,若限阃奥",一句话甚至几个字就能表现出对象的形态或神韵。其次是语言新颖别致。永州山水激发了柳宗元的语言创造力,为了表现大自然新奇的物象,他在山水游记中用了不少新造的词语。《始得西山宴游记》中的"萦青缭白"、《袁家渴记》中的"纷红骇绿"都是为永州山水量身定制的新词,它们不仅呈现了永州山水的奇异,而且是柳宗元非凡语言驾驭能力的一种表现。再次是言简意赅。"永州八记"长的不过三百余字，短的不过一百余字。篇幅简短，写景、言情甚至说理却能游刃有余，靠的就是语言的简洁、凝练。《始得西山宴游记》只用"过""缘""斫""焚""穷"五个动词就概括出第一次寻访西山的过程；《小石城山记》描摹小石城山形态只用了寥寥二十余字。四是意蕴悠远。模山范水是柳宗元山水游记的重要内容，却不是唯一目的。他的游记常常蕴含着炽烈的情感或深刻的议论。读者初读之下"看山是山，看水是水"，细读之后又"看山不是山，看水不是水"，全是柳宗元的身世之感与抑郁不平之气。

  柳宗元有一些我们现在称为寓言的文章，在古代其实分属不同文体。《宥蝮蛇文》《憎王孙文》属于骚体文，骚体文的特点是借用特定的事物暗喻幽愤。因此，两篇文章不遗余力地叙述、控诉、挞伐蝮蛇、王孙的恶毒、卑劣，以此表现对于害人的宵小之徒的憎恶，同时也寄寓自己深受其害却又无可奈何的悲叹。《罴说》《鹘说》属于"说"体文。"说"有两层含义：一是（可能是虚构的）民间传说或者故事可以称为说；二是借物议论或针砭时弊也可以称为说。两篇文章都是一边叙事一边议论，最终通过叙事来阐明道理。《蝜蝂传》属于传，传的特点是通过记录传主的事迹呈现传主的品质或作者的褒贬。《蝜蝂传》通过叙述蝜蝂善负好高的事迹讽刺那些贪求无厌的人。《三戒》属于"戒（诫）"体文，"戒"有"警戒"的意思，文体特征是通过虚构的故事来警戒世人。它所叙述的三个故事既包含着作者的感受，又从本质上总结了社会生活中的某些现象，不仅可以警戒时人，而且能警示后人。从现代立场出发，以上几篇文章确实具有一些寓言的特征，它们是具有讽喻或劝诫意义的故事，多运用比喻、拟人、夸张的方法，通过故事叙述或者形象塑造来阐明一个道理。可是如果从古人的立场出发，虽然它们确实包含说理、讽刺的意图，但是呈现的方式以及过程略有差异。"骚"的故事性不强，文章一般通过塑造某一具有特殊品质的形象来表达讽刺或纾解郁结。"说""传"虽然兼有叙事与说理,但是重心一般放在说理上,故事较为简单,情节略显单薄。《三戒》可能是诸文之中最接近现代寓言的一种。首先,它们的情节复杂且饶有趣味。三个故事首尾完整、曲折离奇,每篇都能分出两三个层次,每一层情节较之上一层都向前推进一步。其次,塑造出生动的寓言形象。《三戒》运用了大量的细节描写,临江之麋亲昵群犬的动作,黔驴被老虎激怒之后的情态,永某氏之鼠在主人纵容之下的猖狂,无不曲尽其妙。最后,蕴含着深刻且具有普遍意义的教训。《三戒》源于柳宗元对中唐社会的深度观察,它的意义远远超出了时代的限制,它所讽刺的三种人没有哪个社会不存在。三个故事本身对人们的启发,实际上比作者原本的寓意更为广泛。所以说《三戒》非常接近现代寓言。当然,如果非要将以上诸文视为寓言的话,它们确实具有以下共同特点:一是具有强烈的现实关怀;二是寓理隽永、耐人寻味;三是布置精妥、叙事巧妙;四是形象生动,饶有趣味。

柳宗元的诗歌虽然不如散文成就斐然,但在后世也有极高的评价。苏轼认为"柳子厚诗在陶渊明下,韦苏州上。退之豪放奇险则过之,而温丽靖深不及也。所贵乎枯澹者,谓其外枯而中膏,似澹而实美,渊明、子厚之流是也"(《评韩柳诗》)。张耒认为"退之作诗,其精工乃不及柳子厚。子厚诗律尤精,如'愁深花猿夜,梦知越鸡晨''乱松知野寺,余雪记山田'之类,当时人不能到"(《明道杂志》)。

《柳宗元集》中仅存诗歌一百四十余首,数量虽然不多,题材、体裁却很广泛。从题材上看,包括田园诗、山水诗、咏史诗、咏物诗、即事感怀、酬赠之作等。从体裁上看,包括五言古诗、乐府诗、五言绝句、七言绝句、五言律诗、七言律诗、五言六句诗、七言六句诗、六言诗、杂言诗。柳宗元现存诗歌大部分都写于永州与柳州时期,其中有几种类型尤其值得关注。柳宗元的田园诗深受陶渊明影响,绝大多数书写田园生活的安适、恬淡,也有少数反映唐代农民的真实生活状况。柳诗虽对陶诗多有借鉴，但因为二人心境不同，风格、意境不尽相同。陶诗平淡而温暖，柳诗平淡而冷寂。陶诗意境浑成，是"不知何者为我，何者为物"的"无我之境"，柳诗刻意突出自我的感受，是"以我观物，物我皆著我之色彩"的"有我之境"。柳宗元的山水诗在谢灵运山水诗的基础上有所发展。谢灵运的山水诗专注于景物的描摹，虽然精工富丽，但在自我情绪的表现上有所欠缺。柳宗元的山水诗既善于描摹山水景物的姿态，又善于在景物中表现当下的心境，他所营造的诗境特别容易让人感受到某种萦绕在诗人心头无法消弭的情绪。柳宗元的山水诗很少有"情与景会，情景相生"的情况，多数都是诗人带着某种心境去观摹山水，因此他笔下的山水总是呈现一种特定的风格，也就是后人所说的"孤寂幽冷"。柳宗元咏物诗的对象有动物与植物两种。动物包括"跛乌""笼鹰""鹘斯"等，它们往往隐喻着诗人的身世。"跛乌"是伤了一条腿的乌鸦，它隐喻着永贞政治改革失败之后遭受贬谪的诗人（《跛乌词》）；"笼鹰"笼内笼外的境遇隐喻着诗人贬谪前后的生活状态与心境（《笼鹰词》）。植物包括"橘柚""松树""竹""芙蓉"等，它们往往是诗人的自况。《湘岸移木芙蓉植龙兴精舍》中的木芙蓉美丽而孤独，饱受风霜侵袭，芙蓉就是诗人的化身，怜花其实是自怜。《南中荣橘柚》中诗人以橘柚自喻，象征自己坚贞不屈的品质。柳宗元的咏物诗大多作于谪居永州之时，咏物其实是对现实苦闷、失意的一种委婉表达，其精神与初唐感遇诗一脉相承。柳宗元的某些即事感怀、酬赠之作写得特别动人。此类作品特别擅长渲染情绪，充满凄苦哀怨之音，其代表作有《零陵早春》《登柳州城楼寄漳汀封连四州》等等。

柳宗元的诗特别强调"言志"传统，无论何种题材，柳宗元都会在其中寄托深沉的身世之感。个人化情绪过于强烈必然形成鲜明的诗歌风格。前人常用"冷峭"二字来概括柳宗元的诗风，"冷，谓其色调清冷（凄苦或哀怨的情绪）；峭，谓其骨力峭拔（内容、思想独树一帜）"（尚永亮《冷峭：柳宗元审美情趣和悲剧生命的结晶》）。这是一种高度概括的说法，或者说是柳宗元诗歌的总体风貌。如果着眼于不同的题材、类型，在"冷峭"之外柳宗元的诗风还可以概括出以下几点："幽冷孤峭"，也就是诗歌中常常透露出一种孤独凄冷、寂寞哀伤的情绪；"淡远简古"，主要是就柳宗元诗中酷似陶渊明诗的那一类而言；"清新婉丽"，主要体现在柳宗元写景的诗句上，以及《戏题阶前芍药》等少数几首诗中；"典雅雄奇"，主要是就《感遇》《行路难三首》《咏史》等运用象征或托物寓志手法写的诗而言，它们往往气蕴内敛，笔力雄健。（何淑贞《柳宗元诗研究》）

柳宗元逝世以后，刘禹锡遵照其遗嘱将其诗文编成三十卷本《柳河东集》。三十卷本在宋代之后未见流行，宋初穆修得到一个四十五卷本，后来成为后世一切柳宗元集的祖本。目前通行的柳宗元全集有上海人民出版社据宋代世綵堂刻本点校的《柳河东集》，中华书局据宋刻本《新刊增广百家详补注唐柳先生文集》点校的《柳宗元集》，以及尹占华、韩文奇汇校集注的《柳宗元集校注》；诗集有王国安笺释《柳宗元诗笺释》（上海古籍出版社）、温绍堃笺释《柳宗元诗歌笺释集评》（中国国际广播出版社）；诗文选集有高文、屈光选注的《柳宗元选集》（上海古籍出版社），吴文治注评的《柳宗元诗文选评》（三秦出版社），尚永亮选评的《柳宗元诗文选评》（上海古籍出版社），上海辞书出版社文学鉴赏辞典编纂中心编的《柳宗元诗文鉴赏辞典》（上海辞书出版社），等等；散文选集有陈尚君、陈飞雪选注《柳宗元散文精选》（东方出版中心），杨慧文、刘光裕选注的《柳宗元散文选集》（百花文艺出版社），等等；诗歌选集有台湾学者洪淑苓注析的《柳宗元诗选》（中州古籍出版社）、孟二冬选注的《韩愈柳宗元诗选》（中华书局）等等。本书选编参考以上所列古今注本，精选柳宗元散文、诗歌中的代表篇目，加以注释、评析，注释力求简明易懂,评析力求深入浅出,富于启发性。散文按照《柳宗元集》中的文体顺序编排,若一种文体选入多篇,则再以时间顺序排列。诗歌主要参考王国安《柳宗元诗笺释》的系年,以时间先后顺序编排。限于个人能力,书中难免有疏漏之处,祈请读者专家指正。

散文

瓶　　赋

昔有智人，善学鸱夷①。鸱夷蒙鸿，罍罃相追。②谄诱吉士③，喜悦依随。开喙倒腹，斟酌更持。④味不苦口，昏至莫知。颓然纵傲，与乱为期。⑤视白成黑，颠倒妍媸⑥。已虽自售⑦，人或以危。败众亡国，流连不归。谁主斯罪⑧？鸱夷之为。

不如为瓶，居井之眉⑨。钩深挹洁⑩，淡泊是师。和齐五味⑪，宁除渴饥。不甘不坏，久而莫遗。清白可鉴，终不媚私。⑫利泽广大，孰能去之？绠绝身破，何足怨咨！⑬功成事遂，复于土泥。⑭归根反初⑮，无虑无思。何必巧曲，徼觊一时⑯。子无我愚⑰，我智如斯。

注释

① 鸱（chī）夷：一种皮革制成的袋子，可以盛酒，本文特指盛酒的革囊。鸱：鹞鹰或猫头鹰。夷：通"彝"，凡是盛酒的器具皆可称为彝。本文作于柳宗元被贬永州之后。

② 蒙鸿：又作"鸿蒙"或"鸿濛"，弥漫广大的样子。罍（léi）：古代一种用青铜或陶制成的容器。罃（yīng）：同"罌"，形状似瓶的容器，腹大而口小。

③ 谄（chǎn）诱：阿谀诱惑。吉士：善士，男子的美称。

④ 开喙（huì）：打开鸱夷的囊口。倒腹：倾倒鸱夷的囊腹。斟酌：倒酒。更持：轮流着拿。

⑤ 颓然：喝醉之后东倒西歪的样子。纵傲：放纵傲慢。期：会合，相会。

⑥ 妍媸：美与丑。

⑦ 自售：达到目的。售：本义为卖出，这里引申为实现。

⑧ 谁主斯罪：谁来承担这个罪责？

⑨ 眉：本文指井的边沿。

⑩ 钩深挹（yì）洁：从井中汲水。

⑪ 和齐：调和，调配。五味：本指辛、甘、酸、苦、咸，此处泛指各种食物。

⑫ 鉴：盆状盛水器。古人将水注入鉴中，用来照影理容。媚私：向人谄媚。

⑬ 绠（gěng）：汲水用的绳子。怨咨：怨恨嗟叹。

⑭ 遂：完成。复：回归。

⑮ 归根反初：瓶子破碎之后落入泥土，回归它本来的样子。

⑯ 徼（yāo）：同"邀"，谋求。觊（jì）：希望。

⑰ 子无我愚：你不要以为我愚蠢。

评析

《瓶赋》是一篇非常特别的赋。赋这种文体，通常要么状物，要么抒情，柳宗元却偏偏用来说理。西汉辞赋家扬雄曾写过一篇关于鸱夷与瓶的文章，有的典籍称为《酒箴》，有的称为《酒赋》。《酒箴》在本质上是一篇寓言，其中包括两个人物——酒客与法度士，酒客说法度士像汲水的瓶，不仅不被重视，而且时常有"破碎"的危险，言下之意，不如做那装酒的鸱夷，可以"常为国器，托于属车。出入两宫，经营公家"（《酒箴》）。仅从字面意思看，《酒箴》似乎是在赞美鸱夷而贬低瓶，当然这不一定是扬雄的本意。柳宗元或是担心人们被这种的观点所迷惑，便作了一篇翻案文章《瓶赋》。

《瓶赋》就是对酒客观点的反驳，酒客眼里瓶的缺点，在柳宗元看来都是优点。酒客认为，瓶只能汲水，不值一提；柳宗元恰恰觉得整日与水相伴是瓶品格高洁的体现。酒客认为，瓶一不小心就会破碎，化身为泥土；柳宗元则以为瓶本就是泥土所造，破碎之后回归原初状态，正是"碎"得其所。而备受酒客推崇的鸱夷，在柳宗元笔下变成了谴责的对象。严格来说，诱人醉人的是酒，令人智昏的也是酒,鸱夷只是个"无辜"的容器。柳宗元对它大加挞伐的原因可能是,鸱夷跟酒是一种共谋关系,它们共同造成了各种恶果,而且鸱夷在整个过程中享受了超过自身价值的待遇。瓶正跟它相反,所汲的水可以调味,可以解除饥渴,可以滋养生命,但它只是默默奉献,从不邀功,更不希求额外的赞誉。这种自甘寂寞的精神与坚持操守的品格在柳宗元的眼里最为可贵。

我们知道瓶与鸱夷只是喻体,本体其实是两类人。通过驳斥酒客的观点,柳宗元一方面否定了鸱夷比喻的那一类人的品行,另一方面也建构了自己心目中的理想人格。他们首先要有坚守,决不与恶为伍。其次要正直清白,决不曲阿附世。最后要淡泊名利,决不怨天尤人。

囚　山　赋①

楚越之郊环万山兮,势腾踊夫波涛。②纷对回合仰伏以离迤兮,若重墉之相袤。③争生角逐上轶旁出兮,其下坼裂而为壕。④欣下颓以就顺兮,曾不亩平而又高。⑤沓云雨而渍厚土兮,蒸郁勃其腥臊。⑥阳不舒以拥隔兮,群阴沍而为曹。⑦侧耕危获苟以食兮⑧,哀斯民之增劳。攒林麓以为丛棘兮,虎豹咆㘎代狴牢之吠嗥。⑨胡井眢以管视兮,穷坎险其焉逃。⑩顾幽昧之罪加兮,虽圣犹病夫嗷嗷。⑪匪兕吾为柙兮,匪豕吾为牢。⑫积十年莫吾省者兮,增蔽吾以蓬蒿。⑬圣日以理兮,贤日以进,谁使吾山之囚吾兮滔滔?⑭

注释

① 囚山:被山林所囚禁。本文作于唐宪宗元和九年(814)。唐顺宗永贞元年(805),柳宗元因参与王叔文、王伾集团发起的政治改革而被贬,到元和

九年(814)已经在永州居住了十年。柳宗元被贬永州时年仅三十三岁,正值事业上能有一番作为的壮年。可是,永州一贬就是十年,在此期间朝廷似乎忘了他的存在。年纪越来越大,希望越来越渺茫,感愤之下,柳宗元写下了这篇《囚山赋》。

② 楚越:皆为古国名。永州在古楚地与越地的交界处,因此称为"楚越之郊"。腾踊:腾跃,形容山势像波涛一样升腾上跃。

③ 纷对回合:纷繁相对,迂回曲折。仰伏:高低错落。离迵:分散遮断。垺:城墙。襃:异体字为"褒",襃同"裒"(póu),聚集。

④ 争生角逐:争着从地面拔起,似乎在竞相追逐。上轶(yì)旁出:向上超越,从旁边伸出。坼(chè)裂:裂开。

⑤ 下颓以就顺:向下倾斜,趋向平缓。曾(zēng)不亩平:竟然没有一亩平地。

⑥ 沓:聚合。渍:浸湿。郁勃:旺盛。腥臊:指永州山中弥漫的难闻气味。

⑦ 阳:阳气。不舒:不能舒展。拥隔:阻隔。冱(hù):同"沍",凝结。曹:群,众。此处指阴气汇集凝结在一起。

⑧ 侧耕:在边沿耕种。危获:很少的收获。危:通"微"。苟以食:姑且糊口。

⑨ 攒(cuán):聚集。丛棘:古代囚禁犯人的地方,四周用荆棘环绕,以防止犯人逃跑。咆𠵿(hǎn):虎豹的叫声。狴(bì)牢:监牢。狴:狴犴,传说中龙的九子之一,外形似虎,有威力,人们常把它画在牢狱的门上,因以代指监牢。吠嗥(háo):嗥叫。

⑩ 井眢(yuān)以管视:坐井观天。眢:枯井。坎:《周易》六十四卦第二十九卦的名称,本义为陷阱或牢狱,卦辞讲的是人们陷入困厄之后,只要内心畅达,不失诚信又付诸行动,便能摆脱困境。柳宗元反用其意,说自己身陷丛山深岭中无法逃脱。焉逃:往哪里逃,即无处可逃。

⑪ 顾：念及。幽昧之罪：不明不白的罪名。幽昧：昏暗不明。嗷嗷：哀号声。

⑫ 匪：同"非"。兕：古代犀牛一类的兽名。柙：本指关猛兽或者其他畜兽的木笼，此处用作动词。"匪兕吾为柙"是"吾匪兕为柙"的宾语前置形式。豕（shǐ）：猪。牢：本指关牲畜的栏圈，此处用作动词。"匪豕吾为牢"与"匪兕吾为柙"句式相同。

⑬ 积十年：柳宗元永贞元年（805）被贬永州司马，此赋写于元和九年（814），前后正好十年。莫吾省：即"莫省吾"。省：问候。蓬蒿：本指蓬草和蒿草，此处泛指草。

⑭ 圣：圣人，本文或特指皇帝。贤：贤人，本文或特指朝臣。理：政局太平。日：用作副词，一天天。进：进用。滔滔：比喻某种行为连续不断。

评析

赋常见的有三种类型，散体大赋、小赋和骚体赋。骚体赋是比较特别的一类，它虽然被称为赋，但体式更像楚辞。楚辞是一种用楚地方言写成的介于诗、文之间的文体。因为屈原的《离骚》是其中的代表作，所以后人又称其为楚骚，骚体赋因此而得名。柳宗元最为偏好骚体赋，他的文集中一共收赋九篇，其中五篇是骚体。这五篇全部写于永州，时间前后接续，主题各不相同。《囚山赋》是最晚写成的一篇，也是情感最炽烈的一篇。

《囚山赋》跟大多数的骚体赋一样，继承了楚辞的一些基因。首先是沿用楚辞的基本句式，一句之中用上下两小句来表达一个完整的意思，并且在句中大量使用语气词"兮"。其次是沿袭楚辞尤其是《离骚》中所表达的哀怨情绪。中国古代的文章一旦形成体式，便会对后世起到指导或规范作用。人们或许会遵循文体基本规则，但一般不会无视时代或现实背景，机械地模仿前人的典范之作。如果只是一味模仿,即使惟妙惟肖,那也只是"假古董""赝法帖",绝不能在文学史上赢得一席之地。柳宗元的骚体赋得到后世的广泛赞誉,有人甚至认为超过了唐代的另一位大家韩愈。柳宗元的骚体赋写出了自己的特色,对楚辞的传统既有继承,又有突破。这在《囚山赋》中体现得尤为明显。

首先,它吸收了一些诗歌以及古文的表达方式。例如,"匪兕吾为柙兮""匪豕吾为牢"两句都将主语"吾"放在宾语的后面,这是借鉴诗歌的句式;"虎豹咆㘎代狴牢之吠嗥""谁使吾山之囚吾兮滔滔"两句都多达十字,这是借鉴散文的句式。其次,它选择直抒胸臆的情感表现方式,而不是楚辞常用的"香草美人"手法,因此情绪更加直切、激烈,不似楚辞一般含蓄哀婉。"香草美人"手法的实质是一种比喻或象征方法,就是用香草、美人等美好的事物来比喻贤人君子,用恶禽、臭草等不好的事物来比喻奸佞小人。它的优长在于既能表现作者的好恶,又能保持怨而不怒的君子风度。可是对于谪居永州的柳宗元来说,"香草美人"手法显得过于含蓄曲折,唯有直白地控诉才能将压抑在胸中的幽愤完全倾吐。尤其在文章的结尾处,柳宗元一改楚辞欲言又止的作风,毫不掩饰地倾吐怨愤。十年之前,他被加上不明不白的罪责,似囚徒一般远谪永州;十年之中,非但没人伸出援手,落井下石的反而不少;十年之后,朝廷号称大治,自己却依然是个"囚徒"。他用一个设问句收束,看似是质疑,其实是责问。责问的对象可能就是当时执政的官长以及他们的皇帝。

桐叶封弟辩[①]

古之传者[②]有言,成王以桐叶与小弱弟[③],戏曰:"以封汝。"周公[④]入贺。王曰:"戏也。"周公曰:"天子不可戏。"乃封小弱弟于唐[⑤]。

吾意不然。王之弟当封耶？周公宜以时言于王，不待其戏而贺以成之也；⑥不当封耶？周公乃成其不中之戏，以地以人与小弱者为之主，其得为圣乎？⑦且周公以王之言，不可苟焉而已，必从而成之耶？⑧设有不幸，王以桐叶戏妇寺，⑨亦将举而从之乎？凡王者之德，在行⑩之何若。设未得其当，虽十易之不为病；要于其当⑪，不可使易也，而况以其戏乎？若戏而必行之，是周公教王遂⑫过也。

吾意周公辅成王，宜以道，从容优乐，要归之大中而已，必不逢其失而为之辞。⑬又不当束缚之，驰骤之，使若牛马然，急则败矣。⑭且家人父子尚不能以此自克，况号为君臣者耶？⑮是直小丈夫缺缺者之事⑯，非周公所宜用，故不可信。

或曰：封唐叔，史佚成之。⑰

注释

① 桐叶封弟：《吕氏春秋》记载，周成王退朝后与他的幼弟叔虞一起玩耍，拿起一片梧桐树叶当作玉珪递给叔虞，并说要用这个来册封他。叔虞听了很高兴，就把这件事告诉了他们的叔父周公旦。周公一听，便去朝见成王，并问他是否有用桐叶册封叔虞的事。成王说，那只是他跟叔虞开的玩笑，不能当真。但周公说天子没有戏言，说出来的话会被史官记下来，还会被大臣们传颂。于是，周成王便把叔虞封在晋地做诸侯，成为晋国的祖先。辩：古代的一种论说文体。

② 传（zhuàn）者：编写史书的人。桐叶封弟最早见于《吕氏春秋》的"重言篇"，汉代刘向《说苑》"君道篇"也有类似记载。本文的传者大概是指《吕氏春秋》或《说苑》的作者。

③ 成王：即周成王，周武王之子，姓姬，名诵。小弱弟：指周成王的弟弟唐

叔虞。

④ 周公：姓姬，名旦，周武王之弟。

⑤ 唐：古国名，为周成王所灭，并将它赐给叔虞作为封地，故址在今山西翼城县一带。

⑥ 以时：适时。贺以成之：用祝贺的方式来促成这件事。之：代词，代指桐叶封弟的事。

⑦ 成：使动用法。不中：不适当。其：代词，代指周公。得为：算得上。

⑧ 苟：草率。从：听从。

⑨ 设：假使。妇寺：宫中的妇女、近侍。

⑩ 行：实行。

⑪ 要于其当：关键在于恰当。

⑫ 遂：实施。

⑬ 优乐：嬉戏娱乐。大中：恰如其分、适当，不偏于极端。逢：迎逢。辞：借口，口实。

⑭ 束缚：本义指捆绑，此处引申为管束得太紧。驰骤：本义是马疾驰，此处引申为驱使。急则败：急于求成则会招致失败。

⑮ 克：克制，限制。号为君臣者：以君臣相称的人，指周公与成王。

⑯ 直：只是。小丈夫：目光短浅的人。缺缺：小聪明。

⑰ 唐叔：叔虞被册封于唐地，又称唐叔。史佚：又称尹佚、尹逸，西周初年的史官。《史记·晋世家》记载，促成周成王桐叶封弟的是史佚，而不是周公。

评析

"辩"本是一种语言行为，早在先秦时期就被广泛地运用于散文写作中，《孟子》《庄子》《韩非子》等书中都有不少精彩的辩论。"辩"最终在韩愈与柳宗元的笔下成为一种独立的文体，二人之中柳宗元似乎更加偏好写作辩文体，《柳宗元文集》中一共收录九篇以"辩"命名的文章，《桐叶封弟辩》就是其中最有代表性的一篇。

辩文体按内容可以分为两类：一类是辩是非，即辩论观点的对错，韩愈的《讳辩》属于这一类；一种是辩真伪，就是辩论事物的真假，柳宗元的《桐叶封弟辩》则属于这一类。《桐叶封弟辩》辩的是一个著名的政治事件——桐叶封弟。此事最早见于《吕氏春秋》的记载，涉及三位历史人物——周成王、叔虞和周公。周公是周代礼乐制度的奠基者，儒家将他与孔子并尊为"二圣"。他为了让年幼的周成王明白谨言慎行的道理，迫使他把一句戏言变为现实，在大多数人看来并没有什么不妥。可是，柳宗元却偏偏质疑它的真实性，他靠的并不是石破天惊的新证据，而是理性的分析。周公既然是圣人，绝不会因为一句戏言册封不合适的人去做诸侯，也绝不会在明知是戏言的情况下迫使天子做他不想做的事。如果承认桐叶封弟是事实，那就等于否定了周公圣人的身份；如果承认周公是圣人，那就得否定桐叶封弟的真实性。周公是圣人如果是真命题，必然推出"桐叶封弟"为假。

柳宗元的说法尽管有一定的说服力，但也不见得是不可移易的结论。换句话说，他只是提出一种可能的解释。读者可以选择相信，也可以选择不信。《桐叶封弟辩》成为千古名篇关键不在于其论证的力度，而在于其怀疑的精神。柳宗元生活的时代，绝大多数读书人并不敢质疑古书。即使古书中包含一些牵强的观点，人们选择的往往不是质疑，而是为之曲解辩护。柳宗元的特别之处在于，敢于质疑成说并提出自己的见解。他怀疑过孔子弟子记录《论语》的说法，怀疑过《左传》里"守道不如守官"不是孔子的话。而一切的怀疑都来自理性思考，也就是用常理来评判成说。柳宗元向理性迈出的这一小步不可小觑，正是有了它，本来没有疑义的地方才会显出可疑，向来不敢被质疑的观点才可能被质疑。也正是沿着柳宗元的脚步，宋代文人走出了一条疑古、疑经之路。他们敢于挑战前人的各种定论成说,敢于发表自出心裁的见解,离不开包括《桐叶封弟辩》在内的唐代辩体文的启发。

段太尉逸事状①

太尉始为泾州刺史时,汾阳王以副元帅居蒲,王子晞为尚书,领行营节度使,寓军邠州,纵士卒无赖。②邠人偷嗜暴恶者,卒以货窜名军伍中,则肆志,吏不得问。③日群行丐取于市,不嗛,辄奋击折人手足,椎釜鬲瓮盎盈道上,袒臂徐去,至撞杀孕妇人。④邠宁节度使白孝德以王故,戚不敢言。⑤

太尉自州以状白府,愿计事,⑥至则曰:"天子以生人付公理,公见人被暴害,因恬然,且大乱,若何?"孝德曰:"愿奉教。"⑦太尉曰:"某为泾州甚适,少事,今不忍人无寇暴死,以乱天子边事。公诚以都虞候命某者,能为公已乱,使公之人不得害。"孝德曰:"幸甚!"如太尉请。⑧既署一月,晞军士十七人入市取酒,又以刃刺酒翁,坏酿器,酒流沟中。⑨太尉列卒取十七人,皆断头注槊上,植市门外。⑩晞一营大噪,尽甲。⑪孝德震恐,召太尉曰:"将奈何?"太尉曰:"无伤也。请辞于军。"⑫孝德使数十人从太尉,太尉尽辞去,解佩刀,选老躄者⑬一人持马,至晞门下。甲者出,太尉笑且入曰:"杀一老卒⑭,何甲也?吾戴吾头来矣。"甲者愕。因谕曰:"尚书固负若属耶?⑮副元帅固负若属耶?奈何欲以乱败郭氏?为白尚书,出听我言。"晞出,见太尉,太尉曰:"副元帅勋塞⑯天地,当务始终。今尚书恣⑰卒为暴,暴且乱,乱天子边,欲谁归罪?罪且及副元帅。今邠人恶子弟以货窜名军籍中,杀害人,如是不止,几日不大乱?大乱由尚书出,人皆曰,尚书倚副元帅不戢士,然则郭氏功名其与存者几何?"⑱言未毕,晞再拜曰:

"公幸教晞以道，恩甚大，愿奉军以从。"顾叱左右曰："皆解甲，散还火伍中，敢哗者死！"⑲太尉曰："吾未晡食，请假设草具。"⑳既食，曰："吾疾作，愿留宿门下。"命持马者去，旦日来。遂卧军中。晞不解衣，戒候卒击柝卫太尉。㉑旦，俱至孝德所，谢不能，请改过。㉒邠州由是无祸。

注释

① 段太尉：段秀实（719—783），字成公。唐陇州汧阳（今陕西宝鸡市千阳县）人。唐玄宗天宝初年，曾通过当时的明经科考试，因被友人所轻视，一怒之下，投笔从军。最初为安西节度使马灵詧的别将，后来又辅佐过高仙芝、封常清、白孝德等名将。因为屡建战功、有勇有谋，被白孝德推荐为泾州刺史，封张掖郡王。后历任泾原郑颖节度使、司农卿等职。唐德宗建中四年（783），朱泚谋反，准备在长安称帝。段秀实表面上假装接受朱泚的招纳，暗中却与旧部下谋划刺杀朱泚。趁朱泚招众人议事的机会，段秀实夺过别人上朝所执的象笏，打得朱泚头破血流，狼狈逃走。但终究因为身单力孤，而被朱泚同党所杀害。唐德宗为了表彰他的义行，下诏追赠他为太尉，谥号"忠烈"。状：即"行状"，一种类似传记的文体。逸事状是行状的变体，它并不全面地介绍死者的各种信息或事迹，而只记录某些不为人知的逸事遗闻。

② 泾州：今甘肃平凉市泾川县一带。刺史：唐代州郡的长官。汾阳王：郭子仪，唐朝名将，在平定安史之乱的战争中立下卓越战功，唐肃宗上元三年（762），被封为汾阳王。副元帅：唐代宗广德二年（764）正月，唐代宗命郭子仪兼任关内河东副元帅、河中节度使等职，镇守河中。蒲：蒲州，郭子仪镇守河中时的治所，唐代辖境相当今山西永济、河津、临猗、闻喜、万荣等市县及运城市西南部分地区。王子晞：郭子仪的第三子郭晞，郭子仪当

时封爵为汾阳王,所以称郭晞为王子晞。据《郭晞墓志》记载,郭晞历任御史中丞、左散骑常侍、工部尚书、太子宾客等职,爵封赵国公,死后追赠兵部尚书。在邠州的时候,郭晞未担任过尚书的职务,柳宗元说他为"尚书"可能是误记。领:任。寓军邠(bīn)州:在邠州(今陕西彬州市)临时驻军。纵:放任不管束。

③ 偷:轻薄。以货:用财物行贿。窜名:以不正当手段列名(郭晞的军队)中。肆志:肆意妄为。吏:指邠州的官吏。问:追究,问罪。

④ 丐取:本义为求取,本文指勒索。嗛(qiè):满足。奋击:用力打。折:折断。椎(chuí):击打,打破。釜(fǔ):古代的一种锅,小口圆底。鬲(lì):古代一种鼎状烹饪器具。瓮(wèng):一种腹大口小、形状似瓶的陶器。盎(àng):一种腹大口小的容器。袒(tǎn)臂徐去:袒露臂膀,缓缓离去,形容暴徒有恃无恐。

⑤ 白孝德:中唐名将,时任邠宁节度使,办公地在邠州。戚:忧愁。

⑥ 状:一种向上级报告的公文。白:禀告。计事:议事,即商量郭晞士卒不法的事。

⑦ 至:指段秀实从泾州到了邠州。生人:百姓,本作"生民",为避唐太宗李世民的名讳,改为"生人"。理:治理。因:仍然。恬然:安闲的样子。且:将要。若何:怎么办。奉教:接受教导。

⑧ 某:段秀实自称。人无寇暴死:没有敌寇入侵,百姓却惨死。都虞候:军中执法官。段秀实此时担任泾州刺史,邠州则是邠宁节度使白孝德的辖区。段秀实既不在邠州任职,又算不上白孝德的直属部下,自然没有插手邠州事务的权限。因此,他自荐做白孝德的都虞候,以便名正言顺地管理邠州事务。已:停止,制止。如:依照。

⑨ 署:代理、暂任官职。酒翁:酿酒人。酿器:酿酒、盛酒的器具。

⑩ 列卒:带领、布置士兵。取:捉拿。注:附着。槊(shuò):长矛。植:竖立。

⑪ 大噪：喧哗骚动。甲：用作动词，披甲。

⑫ 无伤：没有妨碍。请辞于军：请让我到（郭晞）军中去解释。辞：解释。

⑬ 老躄(bì)者：又老又跛的士兵。

⑭ 老卒：老年士兵，段秀实自称。

⑮ 谕：说明。尚书：指郭晞。固：难道。若属：你们。

⑯ 塞：充塞，充满。

⑰ 恣：放任。

⑱ 倚：倚仗。不戢(jí)士：不约束士兵。其与存者几何："其存几何与"的变句，意为还能剩下多少呢。

⑲ 火伍：队伍。古代军队编制，五人为一伍，十人为一火。哗：吵嚷。

⑳ 哺(bū)食：吃晚饭。设：置办。草具：粗劣的饭食。

㉑ 戒：命令。候卒：负责警卫的士兵。柝：巡夜时打击的木梆。

㉒ 所：指白孝德的府衙。谢：谢罪。不能：无能。

先是太尉在泾州，为营田官。①泾大将焦令谌取人田②，自占数十顷，给与农，曰："且熟，归我半。"是岁大旱，野无草，农以告谌。谌曰："我知入数而已，不知旱也。"督责益急。③且饥死，无以偿，即告太尉。太尉判状辞甚巽，使人求谕谌。④谌盛怒，召农者曰："我畏段某耶？何敢言我⑤！"取判铺背上，以大杖击二十，垂死，舆来庭中。⑥太尉大泣曰："乃我困汝。"即自取水洗去血，裂裳衣疮，手注善药，旦夕自哺农者，然后食。⑦取骑马卖，市谷代偿，使勿知。⑧淮西寓军帅⑨尹少荣，刚直士也，入见谌，大骂曰："汝诚人耶？泾州野如赭，人且饥死，而必得谷，又用大杖击无罪者。⑩段公，仁信大人也，而汝不知敬。今段公唯一马，贱卖市谷入汝，汝又取不耻。凡为人，傲天灾、犯大人、击无罪者，又取仁者谷，使主人出无马，汝将何以视天地，尚不愧奴隶耶？"谌虽暴抗，然闻言则大愧流汗，不能食。⑪曰："吾终不可以见段公。"一夕自恨死。⑫

及太尉自泾州以司农征，戒其族："过岐，朱泚幸致货币，慎勿纳。"⑬及过，泚固致大绫三百匹，太尉婿韦晤坚拒，不得命。⑭至都，太尉怒曰："果不用吾言！"晤谢曰："处贱，无以拒也。"太尉曰："然终不以在吾第。"以如司农治事堂，栖之梁木上。⑮泚反，太尉终，吏以告泚，泚取视，其故封识具存。⑯

太尉逸事如右。⑰

注释

① 先是：指段秀实任职泾州刺史以前。营田官：营田副使，掌管军队垦屯的官员。

② 焦令谌：马璘的部将。人田：民田。

③ 入数：应该缴纳的粮食数量。督责：催逼。

④ 判状：案件审理的判决书。巽（xùn）：通"逊"，谦恭。求谕：请求说明情况。

⑤ 何敢言（yàn）我：竟敢控告我。言：诉讼。

⑥ 判：判状。舆：抬。庭中：指段秀实的府庭中。

⑦ 衣（yì）：包扎。疮：伤口。注：附着。哺：喂。食：（自己）吃饭。

⑧ "取骑"三句：（段秀实）把自己骑的马卖了，买来谷子替农民偿还，并且不让焦令谌知晓。

⑨ 淮西寓军帅：临时驻扎在泾州的淮西军队的主帅。

⑩ 野如赭：形容赤地千里的景象。赭：红土。而：尔，你。

⑪ 暴抗：暴躁强横。大愧流汗：因惭愧而流汗。

⑫ 自恨死：据史书记载，焦令谌当时并未因此事悔恨而死，柳宗元可能是据传闻而误记。

⑬ 以司农征：唐德宗建中元年（780）段秀实从泾原节度使任上被召为司农卿。岐：岐州，即凤翔府，治所在今陕西宝鸡市凤翔区。朱泚：唐代藩镇节度使，后叛唐自立为皇帝，兵败后，被部将所杀。段秀实路过岐州时，朱泚为凤翔尹。致货币：赠送财物。

⑭ 固：坚决地。大绫：一种丝织品。韦晤：段秀实的女婿。不得命：得不到允许，意即推辞不掉。

⑮ 以如司农治事堂：把它送到司农卿处理公务的地方。栖：放置。

⑯ 泚反：唐德宗建中四年（783），泾原节度使姚令言所部士兵在长安哗变，唐德宗出逃，姚令言拥立朱泚为皇帝。太尉终：段秀实去世。故封识：旧的封条与标记。

⑰ 如右：如右边，意即如上文。唐代的文章一般是从右向左书写在卷轴上，写成的自然就在右边。

元和九年月日，永州司马员外置同正员柳宗元谨上史馆。①今之称太尉大节者出入，以为武人一时奋不虑死，以取名天下，不知太尉之所立如是。②宗元尝出入岐、周、邠、鄜间，过真定，北上马岭，历亭鄣堡戍，③窃好问老校退卒④，能言其事。太尉为人姁姁，常低首拱手行步，言气卑弱，未尝以色待物，人视之儒者也。⑤遇不可，必达其志，决非偶然者。⑥会州刺史崔公来，言信行直，备得太尉遗事，覆校无疑。⑦或恐尚逸坠，未集太史氏，敢以状私于执事。⑧谨状。⑨

注释

① 员外置：编制之外设置的官员。同正员：地位待遇与正员相同。史馆：官修史书机构。

② 出入：意义不明，有的记载作"大抵"。取名：博取名声。所立如是：段秀实的品行向来就是这样。
③ 出入：往来。岐、周、邠、邰（tái）：今陕西宝鸡市凤翔区、岐山县、彬州市、武功县一带。真定：真，唐宁州真宁县，即今甘肃正宁县；定，唐宁州定平县，在今甘肃宁县附近。马岭：唐庆州马岭县，即今甘肃庆阳市西北马岭镇。历：经过。亭：边塞观察敌情的岗亭。鄣（zhàng）：同"障"，防御用的堡垒。堡：城堡。戍：边防营垒。
④ 老校（jiào）：年老的军校。校：军中的低级军官。退卒：退伍的士兵。
⑤ 姁（qú）姁：和善的样子。言气卑弱：说话语气温和。未尝以色待物：不曾用严词厉色对待别人。
⑥ 不可：认为不合理的事。达其志：坚持自己的原则。
⑦ 崔公：崔能，元和九年（814）出任永州刺史。言信行直：说话可靠，行为正直。备：尽。覆校：复核，校对。
⑧ 或恐：可能。逸坠：遗失散落。太史氏：古代史官的别称。私于执事：以私人的身份呈送给您。执事：主事人，常用作对对方的敬称，本文指韩愈。
⑨ 谨状：恭敬而谨慎地陈述，行状结尾常用语。

> 评析

元和八年（813），韩愈被朝廷任命为史馆编修，一个很重要的任务就是为当时已故的大臣或大人物立传。书写历史当然少不了史料的收集，一个途径是各级行政单位定期报送，另一个途径是个人推荐。如果有人认为某人应该被写进历史，便可以将了解到的相关事迹呈报给史馆。韩愈任史官之后，他的朋友就曾向他推荐过一些人物的事迹。元稹曾写信将甄济的事迹告诉韩愈，柳宗元则把段秀实的事迹写成逸事状呈交给他。柳宗元早年曾有过成为良史的愿望，只是此时谪居永州，有志难伸，根本无法将烙印在脑海里的段秀实事迹写入史书。于是，他将希望寄托在担任史馆编修的韩愈身上，希望好友代自己为段秀实立传。

　　柳宗元为了能让韩愈采纳段秀实的事迹，不仅写了本文，而且写了一封言辞恳切的推荐信《与史官韩愈致段秀实太尉逸事书》。他之所以再三请求，一方面是担心段秀实的事迹散失不传，另一方面则是为了反驳流俗对于段秀实不公允的评价。当时有一种观点认为，段秀实笏击朱泚乃是武将逞一时之勇，因此暴得大名，多少有些名不副实。柳宗元用逸事状中的三件事证明，段秀实奋击朱泚是人格力量的驱使，绝不是一时冲动。"勇服郭晞"着力刻画段秀实的勇气；"卖马偿租"着重展现段秀实的仁心；"拒纳赠绫"侧重表现段秀实的廉洁。三则逸事各有侧重，柳宗元根据文章需要，重新安排它们的叙述顺序与详略。"勇服郭晞"最能表现段秀实刚正不阿、不畏强权的品质，也是对流言最有利的反击。因此柳宗元最先叙述，也着墨最多，尤其是郭晞在军营吃饭、过夜一段写得最为详细。中唐时期乱兵之祸甚于叛将，士兵一旦哗变，主帅往往身不由己，有的甚至性命难保。段秀实说服了主帅，并不意味着镇住了士兵。他在军营吃饭、过夜是向士兵展示决心，潜台词是，他已经将生死置之度外，只要谁敢犯法，定会严惩不贷。如果说第一件事突出的是段秀实的刚正，后两件则意在表现他的仁厚。三则逸事看似彼此间并无联系，实则其精神是相通的，它们都是儒家教义的外化。三则逸事相互补充，勾勒出的是一位刚正不阿、宅心仁厚的儒将形象，从而击碎了将段秀实单纯视为武人的流言。

　　尽管柳宗元把段秀实的逸事写得很生动，但并不一定符合史官采用的标准。凡是能被官方采用的行状，基本都是逝者的亲近之人提供，其中记录的履历、故事，要么是亲眼见证，要么是有案可查，具备相当高的可信度。因此，柳宗元为了增强逸事状的可信度，专门在最后一段介绍了段秀实逸事的来源,并且引出一个言信行直的佐证人崔能。尽管如此,韩愈似乎还是不太相信段秀实逸事的真实性。后来根据唐代史料编写的《旧唐书》虽然有段秀实的传记,却没有只字片语提到柳宗元所说的逸事。直到两百多年以后,柳宗元的文字终于打动了两位宋代史官欧阳修、宋祁,他们新编的《新唐书》原原本本地收录了段秀实的三则逸事。受欧、宋尤其是欧阳修的影响,《段太尉逸事状》在宋代以后被选入各种散文读本,借着柳宗元的如椽大笔,段秀实的逸事渐渐为人熟知,他的光辉人格也激励着一代又一代中国人。

唐故给事中皇太子侍读
陆文通先生墓表①

孔子作《春秋》千五百年,以名为传者五家,今用其三焉。②秉觚牍,焦思虑,以为论注疏说者百千人矣。③攻讦很怒,以辞气相击排冒没者,其为书,处则充栋宇,出则汗牛马,或合而隐,或乖而显。④后之学者,穷老尽气,左视右顾,莫得而本。⑤则专其所学,以誓其所异,党枯竹,护朽骨,以至于父子伤夷。⑥君臣诋悖⑦者,前世多有之。甚矣圣人之难知也。有吴郡人陆先生质,与其师友天水啖助洎赵匡⑧,能知圣人之旨。故《春秋》之言,及是而光明。使庸人小童,皆可积学以入圣人之道,传圣人之教,是其德岂不侈大⑨矣哉!

先生字某,既读书,得制作之本,而获其师友。于是合古今,散同异,联之以言,累之以文。⑩盖讲道者二十年,书而志之者又十余年,其事大备,为《春秋集注》十篇,《辩疑》七篇,《微指》二篇。明章大中,发露公器。⑪其道以圣人为主,以尧、舜为的,苞罗旁魄,胶辖下上,而不出于正。⑫其法以文、武为首,以周公为翼,揖让升降,好恶喜怒,而不过乎物。⑬既成,以授世之聪明之士,使陈而明之,故其书出焉,而先生为巨儒。用是为天子争臣,尚书郎、国子博士、给事中、皇太子侍读,皆得其道。⑭刺二州⑮,守人知仁。永贞年,侍东宫,言其所学,为《古君臣图》以献,而道达乎上。⑯是岁,嗣天子践阼而理,尊优师儒,先生以疾闻,临问加礼。⑰某月日终于京师。某月日葬于某郡某里。

呜呼!先生道之存也以书,不及施于政;道之行也以言,不及睹其理。⑱门人世儒,是以增恸⑲。将葬,以先生为能文圣人之书通于后世,遂相与谥曰文通先生。⑳后若干祀㉑,有学其书者过其墓,哀其道之所由,乃作石以表碣。

注释

① 给事中:唐代门下省官员,负责审议、封驳诏书、敕令、奏章等工作。皇太子侍读:为皇太子讲学的官员。陆文通:陆质(?—805),字伯冲,吴郡(今江苏苏州)人。本名淳,因避唐宪宗李纯名讳,改为质。柳宗元曾跟随他研习《春秋》之学。墓表:类似墓碑,竖于墓前或墓道内,因为内容重在表彰死者,所以称为墓表。陆质死时恰逢柳宗元被贬出京城,因此未能及时为陆质写纪念文章。到贬所永州之后,柳宗元才写下这篇墓表,时间大约在唐宪宗元和一、二年间(806—807)。

② 《春秋》:春秋时期鲁国的编年体史书,相传由孔子编成,后来成为儒家的五经之一。传者五家:《汉书·艺文志》记载,当时流传五种《春秋》的注解,分别为《春秋左氏传》《春秋公羊传》《春秋穀梁传》《春秋邹氏传》《春秋夹氏传》。传:儒家经典的注解。今用其三:唐代流传的只有其中三种,即《春秋左氏传》《春秋公羊传》《春秋穀梁传》。

③ 觚(gū)牍:古代书写用的木简。论注疏说:泛指各种为经书所作的注解。

④ 攻讦：揭发他人的过失或阴私而加以攻击。很怒：狠怒。击排冒没：攻击排斥，轻率而不顾一切。或合而隐：有的解释符合《春秋》的本旨，却默默无闻。或乖而显：有的解释背离《春秋》本旨，却为人熟知。乖：背离。

⑤ 穷老尽气：穷尽一生，用尽力气。莫得：不得。

⑥ 訾：诋毁，非议。枯竹：本义为残旧的竹简，本文指古代的《春秋》注解。朽骨：本义为死者之骨，本文指注解《春秋》的古人。父子伤夷：《汉书》记载，刘向学《春秋穀梁传》，刘歆好《春秋左传》，父子二人都不能说服对方。

⑦ 诋忤：诋忤违逆。

⑧ 啖(dàn)助：字叔佐，唐赵州（今河北赵县）人，后徙居关中，精通《春秋》之学，撰《春秋统例》等书。洎：及。赵匡：字伯循，河东（今山西永济市西南）人，曾随啖助讨论、学习《春秋》，时人称他为"赵夫子"。

⑨ 侈(chǐ)大：盛大。

⑩ 合古今：融合古今（关于《春秋》的学说）。散同异：消除差异。同异：偏义复词，差异。联：连缀。累：积聚。

⑪ 明章：阐明。章：同"彰"。发露：显示。公器：天下共用之物，本文喻指可为天下遵行的道。

⑫ 的：目标。旁魄：即旁礴，混同。胶轕(gé)：又作"胶葛"或"轇轕"，纵横、交错。

⑬ 文、武：周文王、周武王。翼：辅翼。揖让升降：泛指各种仪式中的礼仪。不过乎物：不违背事物的原理。

⑭ 用是：因此。争：同"诤"。尚书郎：陆质曾任尚书省左司郎中，左司郎中又可称尚书郎。

⑮ 刺二州：陆质历任信州、台州二州刺史。

⑯ 永贞年：唐顺宗永贞元年（805）。东宫：太子所居宫殿，此指太子。唐宪宗李纯做太子时，陆质曾任太子侍读。

⑰ 嗣天子：指唐宪宗李纯。践阼（zuò）：天子即位。临问：帝王亲自或派人慰问。加礼：厚于常规的礼仪。

⑱ "先生"四句：先生的主张保存在所写的书中，还没来得及在政事中施行；先生的主张只是用言语推广，还没来得及看到用它治理国家。

⑲ 增恸：更加悲痛。

⑳ 文：文饰。谥：动词，加给谥号。

㉑ 若干祀：若干年。

评析

墓表是一种常见的碑文，表有表彰、彰显的意思，因此墓表特别强调对逝者德行、功绩的表彰。常见的写法是先叙述逝者的姓名、家世、生平、官职，然后对其进行一番颂扬。《唐故给事中皇太子侍读陆文通先生墓表》是墓表文中比较特别的一篇。

首先，它的笔墨大多集中在陆质关于《春秋》的学说与成就上，而其他方面都略写。要知道，古人心中的三不朽是立德、立功、立言，立功排在立言的前面。陆质官当得不小，给事中是唐代门下省的要职，台州、信州刺史都是州一级的长官。若是有意夸扬陆质的政治成就与功绩，也并不是没有可以放笔书写的地方。可是，柳宗元对于他的官职、政绩只是一笔带过，至于信州、台州刺史的履历，只用"刺二州"三字概括。

柳宗元如此安排当然有其深刻的用意。柳宗元曾跟随陆质学习《春秋》，深知其学说的价值与意义。《春秋》是儒家五经之一，因为语言与叙事过于简练，非得解说或注释人们不能领悟其中的奥义。《左传》《公羊传》《穀梁传》是《春秋》众多注释中最为知名的三家。它们各有各的师法源流，各有各的解说重点。《左传》偏重补充《春秋》中省略的史实；《公羊传》《穀梁传》偏重阐发

《春秋》的微言大义。从汉至唐的几百年间,三家的后学都将本派学说奉为圭臬,并且不断相互攻击。他们宁愿相信本派的穿凿附会,也不愿借鉴、吸收对方的合理之处。陆质和他的师友啖助、赵匡的出现在一定程度上扭转了这种局面。一方面,他们敢于打破门户之见,将《春秋》三传对比研究,取其所长,避其所短;另一方面,一旦遇到"三传"扞格不通的地方,他们敢于大胆质疑传文,回归《春秋》原文寻求合理的解释。可以说,陆质的意义是划时代的,只是同时代的人不一定能够充分地认识到这一点。柳宗元用墓表有限的篇幅阐发陆质"春秋学"的造诣,比千篇一律地叙述其任官履职要有意义得多。毕竟生前官做得再大也是一时显耀,文化成就才具有永恒价值。

其次,本文以议论为主,以叙述为辅。墓表类似传记,向来以叙述见长。柳宗元却一反常态,第一段劈空议论,凸显陆质及其学说的价值,唤起读者了解其学说的渴望,从而引出第二段对陆质师承、学说、著作的阐述。第二段夹叙夹议,一边介绍陆质学说的相关内容,一边对它们进行评议。第三段先议论再抒情,以议论铺垫抒情。陆质的《春秋》学说讲究经世致用,当年王叔文吸纳他进政治改革集团正是看中了这一点。可是就在陆质去世的那一年,改革失败。陆质的学说依旧是纸上的学说,至少在当时没有施行的可能。柳宗元的议论既是惋惜陆质,也是哀叹自己以及改革集团的同道。有了这一段议论,本文便超越一般墓表就事说事、就人论人的格调,有了更为深广的含义。

愚 溪 对①

柳子名愚溪而居。②五日,溪之神夜见梦曰③:"子何辱予,使予为愚耶?有其实者,名固从之,今予固若是耶?④予闻闽有水,生毒雾厉气,中之者,温屯呕泄,藏石走濑,连舻糜解;⑤有鱼焉,锯齿锋尾而兽蹄,是食人,必断而跃之,乃仰噬焉。⑥故其名曰恶溪。⑦西海有水,散涣而无力,不能负芥,投之则委靡垫没,及底而后止,故其名曰弱水。⑧秦有水,掎汨泥淖,挠混沙砾,视之分寸,眙若睨壁,浅深险易,昧昧不觌,乃合清渭,以自彰秽迹,故其名曰浊泾。⑨雍之西有水,幽险若漆,不知其所出,故其名曰黑水。⑩夫恶弱,六极⑪也;浊黑,贱名也。彼得之而不辞,穷万世而不变者,有其实也。今予甚清与美,为子所喜,而又功可以及圃畦,力可以载方舟,朝夕者济焉。⑫子幸择而居予,而辱以无实之名以为愚,卒不见德而肆其诬,岂终不可革耶?⑬"

柳子对曰:"汝诚无其实,然以吾之愚而独好汝,汝恶得避是名耶!且汝不见贪泉⑭乎?有饮而南者,见交趾宝货之多,光溢于目,思以两手左右攫而怀之,岂泉之实耶?⑮过而往贪焉犹以为名,今汝独招愚者居焉,久留而不去,虽欲革其名不可得矣。⑯夫明王之时,智者用,愚者伏。⑰用者宜迩,伏者宜远。⑱今汝之托也,远王都三千余里,侧僻回隐,蒸郁之与曹,螺蜂之与居,唯触罪摈辱愚陋黜伏者,日侵侵以游汝,闾闾以守汝。⑲汝欲为智乎?胡不呼今之聪明皎厉握天子有司之柄以生育天下者,使一经于汝,而唯我独处?⑳汝既不能得彼而见获于我㉑,是则汝之实也。当汝为愚而犹以为诬,宁有说耶?"

曰:"是则然矣。敢问子之愚何如而可以及我?"柳子曰:"汝欲穷我之愚说耶?虽极汝之所往,不足以申吾喙;涸汝之所流,不足以濡吾翰。㉒姑示子其略:吾茫洋乎无知,冰雪之交,众裘我绤;溽暑之铄,众从之风,而我从之火。㉓吾荡而趋,不知太行之异乎九衢,以败吾车;吾放而游,不知吕梁之异乎安流,以没吾舟。㉔吾足蹈坎井,头抵木石,冲冒榛棘,僵仆虺蜴,而不知怵惕。㉕何丧何得,进不为盈,退不为抑,荒凉昏默,卒不自克。㉖此其大凡者也。愿以是污汝可乎?"

于是溪神深思而叹曰:"嘻!有余矣,其及我也。"㉗因俯而羞,仰而吁,涕泣交流,举手而辞。一晦一明,觉而莫知所之。遂书其对。

注释

① 愚溪:原名冉溪,在今湖南永州市芝山区西南,柳宗元曾在溪边筑草庐居住,并改其名为愚溪。对:古代一种问答体的议论文,通常是以主客问答的方式,抒发作者的牢骚不平。本文写于柳宗元被贬永州之后,时间大约在唐宪宗元和五年(810)。

② 柳子:柳宗元自称。名:命名。

③ 五日:过了五天。见:同"现"。

④ 实:实质。名:名称。从:跟随。固:确实。

⑤ 闽:今福建及浙江部分地区。厉气:能使人生病的恶气。温屯:热屯聚不散,使人迷惘不适。屯:聚集。藏石:水中暗藏礁石。走濑(lài):急流。连舻(lú):相连的舟船。糜:粉碎。解:解体。

⑥ 锯、锋、兽都是名词做状语,形容鱼的牙、尾、蹄的样子。断:咬断。跃:抛起。仰噬(shì):仰头吞噬。

⑦ 恶溪:据《新唐书·地理志》记载,古闽地处州丽水县(今浙江丽水市)东南有恶溪,溪中多水怪。

⑧ 西海:传说中西方的水名。散涣(huàn):离散。无力:没有浮力。负芥:浮载小草。委靡:柔弱无力,本文形容小草下沉的状态。垫没:沉没。弱水:传说西海南边有一座昆仑山,山下有弱水环绕,鸿毛落在上面都往下沉。

⑨ 秦:古秦地,今陕西、甘肃一带。掎(jǐ)汩(gǔ):搅动。挠(náo)混:搅浑。眙(chì):直视。睨(nì):斜视。眛眛:昏暗的样子。不觌(dí):看不见。清渭:渭河,发源于甘肃渭源县鸟鼠山,流经甘肃、陕西多个县市。浊泾:泾河,发源于宁夏回族自治区南部六盘山东麓,经甘肃至陕西西安市高陵

区注入渭河。古人认为渭水清而泾水浊，故称清渭、浊泾。
⑩ 雍：古九州之一，在今陕西、甘肃二省和青海东部地区。黑水：古代河流名。
⑪ 六极：六种极端凶恶的事，恶、弱是其中的两种。
⑫ 圃畦：种蔬菜花果园地。方舟：两船相并。济：渡过。
⑬ 卒：终究。德：感激。肆：恣肆，放纵。革：革除。
⑭ 贪泉：传说中的泉水名，凡是喝了贪泉水的人，都会变得贪婪。
⑮ 交趾：古地区名，泛指五岭以南。宝货：泛指金银财宝。攫（jué）：抓取。怀：放进怀里。
⑯ 犹：尚且。不可得：办不到。
⑰ 明王：圣明的君主。伏：隐伏，不被任用。
⑱ 迩：本义是近，本文引申为在明王身边。伏者宜远：不被任用的人应该贬到偏远的地方。
⑲ 托：托身之地。侧僻：边远偏僻。回隐：闭塞隐蔽。蒸郁：湿热之气。曹：同伴。螺蚌：螺与蚌。触罪：犯罪。摈辱：摈弃受辱。黜伏：贬谪。侵侵：同"駸駸"，疾速、急迫的样子。闯闯：本义为马出门的样子，本文引申为漫无目的。
⑳ "胡不"三句：为什么不呼唤当今那些聪明清要、手握重权治理天下的人，让他们来你这里走一趟，而只有我一个住在这里？皎厉：清高自持。
㉑ 见获于我：被我获得。
㉒ 极：穷尽，竭尽。所往：流走的水。申：同"伸"。涸：干涸。濡：沾湿。翰：毛笔。
㉓ 茫洋：迷茫不智。绤：细葛布，本文指单衣。铄（shuò）：熔化金属。
㉔ 荡而趋：任意地快走。九衢（qú）：四通八达的道路。败：破坏。吕梁：水名，又称吕梁洪，在今江苏徐州市东南五十里。安流：平静流水。

㉕ 坎井：陷阱。冲冒：冲撞。榛棘：荆棘。僵仆虺(huǐ)蜴(yì)：跌倒在毒蛇蜥蜴丛中。怵(chù)惕(tì)：恐惧。

㉖ 何丧何得：什么是失，什么是得。进不为盈：进用时不感到满足。退不为抑：斥退时不感到苦闷。荒凉：凄凉。昏默：糊涂沉默。卒不自克：始终不能克制自己。

㉗ 嘻：叹词，本文表示哀叹。其：代词，指柳宗元所说的愚蠢的行为。

【评析】

柳宗元被贬永州之后，名义上是一州司马，实际只是编外人员，不仅不能干预公务，甚至连个官舍都没有。最初几年，柳宗元只能借住在当地的寺庙里，大约五六年之后，眼见起复的希望越来越渺茫，他才在冉溪边上购置一块土地，盖了几间草堂作为栖身之所。柳宗元入住冉溪之后，周围一切景物的名字都被他冠以"愚"字。以愚命名的景致总共八处，柳宗元围绕着它们写了一组《八愚诗》，诗序说冉溪之地虽然环境宜人，但是既不能载大舟，也不能养蛟龙，与它们的主人一样"无以利世"。自己因"愚"而被贬谪，所以也用"愚"字来为它们命名。或许《八愚诗》未能道尽柳宗元心中的感慨，后来他又假托自己与溪神的对话写了一篇《愚溪对》。

《愚溪对》中的"愚"可能包含着两重意味。第一重意味是自省。从文章结尾一连串的比喻看，柳宗元觉得自己的"愚"体现在两个方面：一是不从众，甚至是逆众人而动；二是没能认清世道的险恶。不可否认的是，身遭贬谪的柳宗元说自己愚钝多多少少有几分自省的意思。差不多在本文写作的同一年或者稍迟一些，柳宗元曾在写给朋友杨诲之的信中，专门提到自己当年因为棱角太过分明遭到攻击与诬陷的往事，并且反复叮咛杨诲之要外柔内刚、善于变通。(《说车赠杨诲之》)柳宗元二十出头进士及第，三十出头进入尚书省任职，年少得志的他曾经毅然参与众人反对甚至攻击的政治改革中，并且因此遭到政敌严酷的打击与报复。如果没有一番痛彻的反思，很难想象柳宗元会如此违背初衷地劝说后辈圆通处世。

第二重意味是反讽。或是因为主题的限制，本文描述的只是"愚"的程度，并没有对"愚"的内涵展开讨论。换句话说，柳宗元只说自己如何与世俗格格不入，如何认不清现实，并没有交代与什么样的世俗格格不入，为什么认不清现实。只有结合同一时期另一篇文章《乞巧文》，我们才能知晓柳宗元所说的"愚"的真正含义。《乞巧文》着力塑造了一个善于伪装的"巧夫"形象，这种人言不由衷、行不由径，却可以靠着迎奉、钻营游走于权贵之门，在混浊的社会中左右逢源，如鱼得水。作者的表现正与"巧夫"相反，既不曲学阿世，也不随波逐流，却常常陷入动辄取咎、寸步难行的境地。不难理解，柳宗元所说的"愚"和"巧"其实是一种反讽，愚人坚持操守，智者厚颜无耻，只有黑白颠倒、是非不分的社会才会出现如此诡谲的现象。

柳宗元虽然吃过太多"愚"的苦头，却从未考虑过弃"愚"从"巧"。贬谪永州的十年里，柳宗元在不少作品都曾表露过心声，在《惩咎赋》里他说，绝不会为了贪名逐利，与世俗同流合污；在《答周君巢饵药久寿书》里他说，即使身受千万次贬谪，也绝不改变内心的坚守；在《乞巧文》里他说，决心守"愚"一生，至死不渝。总之，在生命中的至暗时刻，柳宗元始终固守自己立身行事的原则，至少在精神上从来没有屈服过。

鹘　　说①

有鸷曰鹘者，穴于长安荐福浮图有年矣。②浮图之人室宇于其下者③，伺④之甚熟，为余说之曰："冬日之夕，是鹘也，必取鸟之盈握者完而致之⑤，以燠其爪掌⑥，左右而易之。旦则执而上浮图之跂⑦焉，纵之，延其首以望，极其所如往，必背而去焉。苟东⑧矣，则是日也不东逐，南北西亦然。"

呜呼！孰谓爪吻毛翮之物而不为仁义器耶？⑨是固无号位爵禄之欲，里闾亲戚朋友之爱也，出乎觳卵，而知攫食决裂之事尔，不为其他。⑩凡食类之饥，唯旦为甚，今忍而释之，以有报也，是不亦卓然有立者乎？⑪用其力而爱其死，以忘其饥，又远而违之⑫，非仁义之道耶？恒其道，一其志，不欺其心，斯固世之所难得也。⑬

余又疾夫今之说曰："以煦煦而嘿，徐徐而俯者，善之徒；以翘翘而厉，炳炳而白者，暴之徒。"⑭今夫枭鸱晦于昼而神于夜；鼠不穴寝庙，循墙而走，是不近于煦煦者耶？⑮今夫鹘，其立趯然，其动砉然，其视的然，其鸣革然，是不亦近于翘翘者耶？⑯由是而观其所为，则今之说为未得也。⑰孰若鹘者，吾愿从之。毛耶翮耶，胡不我施？⑱寂寥太清，乐以忘饥。⑲

注释

① 鹘(hú)：一种捕食小型鸟类的猛禽。一说鹘即隼。说：古代一种说理文，通过申说事理阐发作者的意见。本文大约作于谪居永州期间。

② 鸷(zhì)：凶猛的鸟。穴：用作动词，筑巢。荐福：荐福寺。浮图：即佛塔，梵语的音译。有年：多年。

③ 浮图之人：佛教徒。室宇：用作动词，筑房屋。

④ 伺：观察。

⑤ 盈握：满把。完而致之：活着捉回来。

⑥ 以燠(yù)其爪掌：(鹘)以鸟的体温来暖自己的爪子。

⑦ 跂(qǐ)：同"企"，本义为踮起脚跟，本文用作名词，引申为可以企望的地

方,即高处。

⑧ 苟东:如果(鸟)往东。

⑨ 吻:嘴。翮(hé):本义指羽毛中间的硬管,本文代指羽毛。器:载体。

⑩ 号位:称号和名位。欲:欲望。里闾(lú):乡里,古代二十五家称里或闾。鷇(kòu):待哺的雏鸟。攫食决裂:抓取食物并撕裂。

⑪ 食类:吃食物的鸟兽。忍而释之:忍受饥饿,释放它(鸟)。以有报:因为要报答鸟用体温暖鹘爪的事。卓然:特异不凡的样子。立:树立。

⑫ 远:用作动词,远离。违:避开。

⑬ 恒:使动用法,使……长久。一:使动用法,使……专一。"斯固"句:这固然是世间难以找到的。

⑭ 疾:憎恨。煦煦(xù):和悦的样子。嘿:同"默",闭口不说话。翘翘:凌厉的样子。厉:猛烈。炳炳:光明。

⑮ 枭(xiāo):猫头鹰,与鸱鸮类似。鸺(xiū):即鸱鸺,猫头鹰一类的鸟。晦:隐藏。穴:用作动词,打洞。寝庙:古代天子、诸侯祭祀祖先的宗庙的正殿称庙,后殿称寝,合称寝庙。循:顺着、沿着。走:跑。

⑯ 趯(tì)然:跳跃的样子。昪(xū)然:象声词,形容行动迅速发出的声音。的然:明亮的样子。革然:形容鹘鸣像八音中革(鼖鼓)发出的声音一般。

⑰ "由是"二句:由此来观察它们的所作所为,如今的观点是不正确的。

⑱ 毛、翮:均用作动词,安上羽毛、翅膀。施:给予。

⑲ 寂寥:高远,空阔。太清:天空。乐以忘饥:心情愉悦,以至于忘记饥饿。

> 评析

说体文是一种带有杂文、杂感性质的散文,或是写一时的感触,或是写独特的见解,题目可大可小,篇幅可长可短,行文相对自由。"说"在古代虽然被视为一种文体，但是体式比较驳杂或灵活，没有固定的套路，可以通篇议论，直接说理，也可以通过叙事，间接说理。

柳宗元的"说"大致可以分为以下四类：一是直接说理，如《天说》反驳韩愈关于天道的论断，提出天与其他无生命的事物一样没有主观意志；二是通过叙事来说理，如《捕蛇者说》通过叙述蒋氏三代冒死捕蛇之事，说明"苛政猛于虎"的道理；三是通过写物来说理，如《说车赠杨诲之》以车为喻，说明做人要外柔内刚，处世要懂得变通；四是通过类似寓言的故事来说理，如《罴说》通过讲述善于模仿各种动物叫声的猎人的悲剧结局，阐述只凭借外力而无真才实学的人必败的道理。《鹘说》大致属于第四类。

鹘为报恩放生小鸟的传说由来已久，柳宗元在传说的基础上略做加工，将故事发生的地点放在荐福寺，并设置了一个讲故事的人——寺僧，以增加故事的可信度。通过这个故事，柳宗元大概想表达两层意思：一是鹘能知恩图报，而世人却不能；二是鹘虽有善行，却不符合世人以外貌评判善恶的标准。两层意思虽然同是因鹘而发，用意却各不相同。前者可能意在表达个人的忿恨。柳宗元在最初被贬的几年里，曾多次给一些身居要职的朋友写信求助，但都没有什么结果。或许是因为备尝人情冷暖之后的激愤，他借着鹘能报恩的传说，讽刺那些曾经利用过自己的人不能在危难之际施以援手。后者可能是为曾经的同志辩诬。文章最后一段对鹘的描述像极了曾经的革新派，他们凌厉的政治改革触怒了当权者，虽然在改革中施行了不少善政，却在改革失败之后饱受世人的诋毁。他们与鹘一样都是貌似"翘翘"而内行仁义的善类，却因为不符合世人评判善恶的标准，蒙受不白之冤。柳宗元在文中表达的两层意思，一则为自己，一则为同道。本来不相连属，柳宗元巧妙地用鹘将它们绾结成一体，中间只用一个"又"字，就使得文意转换流畅，文章新意迭出。

唐代以鹘为题材的文学作品除了本文之外，知名的还有李邕的《鹘赋》、杜甫的《义鹘行》。三篇作品虽然都是托"鹘"喻志之作,写法却各不相同。《鹘赋》是赋,擅长铺陈描摹,因此文章着墨最多的是鹘的外在形貌与内在品格;《义鹘行》是诗,擅长抒情言志,因此诗人在叙事中投射着强烈的正义感与同情心,透露出自己爱憎分明、疾恶如仇的性格。本文是"说",重点是说理,因此既没有对鹘形貌、品格的精工描摹,也没有使用太多的修辞方法塑造感人的文学形象。文章叙事绝不枝蔓,描写力避烦琐,语言不求华丽,目的就是将道理说得透彻融通。当然,好的"说"不仅要能讲理、会讲理,而且要能够融情入理,情理兼备。本文讽刺忘恩负义也好,反驳世人观点也好,都是由自我遭际引发,说理之外可以使人真切地体会到作者的愤慨。正因如此,包括《鹘说》在内的柳宗元的"说"既有警世的功能,又有动人的力量。

捕 蛇 者 说①

永州之野产异蛇,黑质而白章,触草木尽死,以啮人,无御之者。②然得而腊之以为饵,可以已大风、挛踠、瘘、疠,去死肌,杀三虫。③其始,太医以王命聚之,岁赋其二,募有能捕之者,当其租入,永之人争奔走焉。④

有蒋氏者,专其利⑤三世矣。问之,则曰:"吾祖死于是,吾父死于是,今吾嗣⑥为之十二年,几死者数矣。"言之,貌若甚戚者。⑦余悲之,且曰:"若毒之乎?余将告于莅事者,更若役,复若赋,则何如?"⑧

蒋氏大戚,汪然出涕曰:"君将哀而生之乎?⑨则吾斯役之不幸,未若复吾赋不幸之甚也。⑩向吾不为斯役,则久已病矣。自吾氏三世居是乡,积于今六十岁矣,而乡邻之生日蹙⑪。殚其地之出,竭其庐之入,号呼而转徙,饥渴而顿踣,触风雨,犯寒暑,呼嘘毒疠,往往而死者相藉也。⑫曩与吾祖居者,今其室十无一焉;与吾父居者,今其室十无二三焉;与吾居十二年者,今其室十无四五焉,非死即徙尔。⑬而吾以捕蛇独存。悍吏之来吾乡,叫嚣乎东西,隳突乎南北,哗然而骇者,虽鸡狗不得宁焉。⑭吾恂恂而起,视其缶,而吾蛇尚存,则弛然而卧。⑮谨食之,时而献焉。退而甘食其土之有,以尽吾齿。⑯盖一岁之犯死者二焉,其余则熙熙而乐,岂若吾乡邻之旦旦有是哉!⑰今虽死乎此,比吾乡邻之死则已后矣,又安敢毒耶?⑱"

余闻而愈悲。孔子曰:"苛政猛于虎也。"⑲吾尝疑乎是,今以蒋氏观之,犹信。⑳呜呼!孰知赋敛之毒,有甚是蛇者乎!故为之说,以俟夫观人风者得焉。㉑

注释

① 本文作于永州贬谪时期,具体写作时间不详。

② 永州:州名,治所在零陵县(今湖南永州市)。野:郊外。质:质地,底色。章:花纹。啮(niè):咬。御:防御,抵挡。

③ 腊(xī):本义为干肉,此处作动词,意为风干。饵:药饵。已:停止。大风:麻风病。挛(luán)踠(wǎn):手足屈曲无法伸展之病。瘘(lòu):颈部肿大的病。疠(lì):癞病。死肌:坏死的肌肉。三虫:道家所谓居于人体内可以致人疾病的三尸虫,大概就是人体内的寄生虫。

④ 太医:掌管皇家医疗的官员。岁赋其二:每年征收两条。募:招募。当:抵。

⑤ 专其利:独占这种(捕蛇而不用交税)好处。

⑥ 嗣:继承。

⑦ 貌若甚戚:表情看上去似乎很悲伤。貌:脸色,神情。戚:悲伤。

⑧ 若毒之乎:你痛恨捕蛇这件事吗?莅(lì)事者:管事的人,即地方长官。

莅:管理。"更若役"三句:更换你捕蛇的差事,恢复你曾经的赋税,怎么样?

⑨ 戚:悲伤。汪然:形容泪多的样子。涕:眼泪。哀而生之:怜悯我,想让我活下去。生:使动用法,使之生。

⑩ "则吾"二句:我捕蛇这件差事的不幸,远远比不上恢复我的赋税造成的不幸。

⑪ 蹙:困窘。

⑫ 殚、竭:都是竭尽的意思。出:出产的东西。转徙:流亡迁徙。顿踣:困顿颠仆。犯:冒。呼嘘:呼吸。毒疠:导致疫病之毒气。相藉(jiè):互相枕藉,形容死人一个压一个。

⑬ 曩(nǎng):从前。今其室十无一焉:现在十家之中没剩下一家。非死即徙:不是死了就是迁走了。

⑭ 悍吏:凶暴的官吏。叫嚣:大声叫喊吵嚷。隳突:横行,骚扰。东西、南北为互文,指到处。哗然:人多声杂的样子。骇:惊。

⑮ 恂恂:小心谨慎的样子。缶:(放蛇的)瓦罐。弛然:放心的样子。

⑯ 退:回家。甘食:有滋有味地吃。其土之有:自己地里出产的东西。尽吾齿:度过我的一生。

⑰ 犯死:冒生命危险。熙熙:快乐无忧的样子。旦旦有是:天天有死亡的威胁。

⑱ 死乎此:死于捕蛇的差事。安敢毒耶:哪里敢怨恨呢?

⑲ 苛政猛于虎:《礼记》记载,孔子从泰山旁边路过,看到有个妇人在坟前哭得很悲伤。孔子听了一阵,便吩咐子路去询问她,为什么在这里哭。妇人说,此处多虎,她的公公、丈夫都被老虎咬死了,如今儿子也葬身虎口。孔子问她,为什么不搬走呢?妇人回答,因为这里没有苛政。于是,孔子便对弟子说"苛政猛于虎也"。苛政:残暴的统治。

⑳ 吾尝疑乎是：我曾经怀疑过这句话。今以蒋氏观之：现在从蒋氏的遭遇来看。观：观察。
㉑ "故为"二句：因此为此事写了这篇文章，留待考察民情的官员能够看到它。俟（sì）：等待。观人风者：考察民情的人。

> 评析

《捕蛇者说》讲述的是一个比悲伤还悲伤的故事。毒蛇和赋税都是致命的"毒药"，只不过前者的毒性略略轻于后者。两杯都是毒药，二选一，出于生存的本能，人们竟然争相选择略微温和的死亡过程。明知道结局，却无力抗争，这就是比悲伤还悲伤的故事。

"毒"是全篇的文眼，也是展开叙事的主线。永州郊外有一种奇毒无比的蛇，接触草木，草木枯死，咬人，人死。本来人们避之唯恐不及，却因为能够抵偿一年的赋税，竟然使得一州百姓争相去捕捉它。文章专门用"争奔走""专其利"两个短语来呈现永州百姓对捕蛇差事的渴望。"争奔走"形容的是永州百姓为获得这份差事争先恐后的场景，"专其利"形容的是蒋氏三代获得差事之后的"幸福"与"满足"。百姓宁愿捕蛇，也不愿意缴纳赋税，当然是因为毒蛇的毒远不及赋税的毒。赋税的毒性既猛烈又持久。蒋氏邻里但凡缴纳赋税的，要么流亡，要么死亡，十二年里消失大半。相比交税，捕蛇真是幸运得多，一年之中只要冒两次生命危险，之后就不用像邻居一样每天经受死亡的威胁。两害相权取其轻，柳宗元笔下的毒蛇毒性越大，越能体现加在永州百姓身上赋税的酷烈。文章第一段极言毒蛇之毒，第二、三段以毒蛇之毒衬托赋税之毒，两相比较，第四段顺理成章地得出"赋敛之毒，有甚是蛇者"的结论。全文由"毒"字领起，又由"毒"字收束，中间两段虽是全文中心，作者却故意先说毒蛇，再徐徐道出赋敛之毒。如此一来，不仅叙事引人入胜，而且结构显得波澜迭起。

"悲"是本文的辅线，它在文章里一共出现四次，蒋氏两次，作者两次，每次都是后一次的程度比前一次有所加重。蒋氏讲述父祖死于毒蛇之口的时候表现出的是"甚戚"，但是听说要恢复自己的赋役的时候表现出的是"大戚"。作者第一次悲的是捕蛇给蒋氏一家带来的伤害，第二次"愈悲"的是缴纳赋税对蒋氏邻里造成的毒害。无论是蒋氏还是作者，他们前后两次悲伤程度的加深都反映出赋敛之毒甚于毒蛇猛兽的事实。总之，如果毒是叙述事实，悲就是情感呈现；如果毒是正面描写，悲就是侧面衬托。作者将毒和悲两条线交织在一起，以叙事为主，以言情为辅，使得文章的脉络更加细密，行文也更加畅达。

杜甫曾经在《忆昔》里这样描述大唐盛世："忆昔开元全盛日，小邑犹藏万家室。稻米流脂粟米白，公私仓廪俱丰实。九州道路无豺虎，远行不劳吉日出。齐纨鲁缟车班班，男耕女桑不相失。"诗歌或许有夸张的成分，但是可以想见盛唐百姓的生活还算得上安居乐业。但安史之乱以后，繁华一去不返，大唐从此再也没能恢复元气。从那时起，人间惨剧便在各种类型的文学作品里频繁出现。杜甫《自京赴奉先县咏怀五百字》说"朱门酒肉臭，路有冻死骨"，白居易《轻肥》说"是岁江南旱，衢州人食人"，韩愈《御史台上论天旱人饥状》说京畿百姓遭遇旱灾之后，仍然要缴纳重税，以致妻离子散，家毁人亡。这些诗文时间的跨度约半个世纪，地域涵盖了北方与南方。可见，《捕蛇者说》里的故事并不是永州的特例，而是时常在唐朝治下的州郡上演。或许情节、版本各异，但结局都一样令人心碎。

观八骏图说[①]

古之书有记周穆王驰八骏升昆仑之墟者，后之好事者为之图，宋、齐以下传之。②观其状甚怪,咸若骞若翔,若龙凤麒麟,若螳螂然。③其书尤不经,世多有,然不足采。④世闻其骏也,因以异形求之。则其言圣人者,亦类是矣。故传伏羲曰牛首,女娲曰其形类蛇,孔子如倛头,若是者甚众。⑤孟子曰:"何以异于人哉?尧、舜与人同耳!"⑥

今夫马者,驾而乘之,或一里而汗,或十里而汗,或千百里而不汗者,视之,毛物尾鬣,四足而蹄,龁草饮水,一也。⑦推是而至于骏,亦类也。今夫人,有不足为负贩者,有不足为吏者,有不足为士大夫者,有足为者,视之,圆首横目,食谷而饱肉,绤而清,裘而燠,一也。⑧推是而至于圣,亦类也。然则伏羲氏、女娲氏、孔子氏,是亦人而已矣。骅骝、白义、山子之类,若果有之,是亦马而已矣。⑨又乌得为牛,为蛇,为倛头,为龙、凤、麒麟、螳螂然也哉?

然而世之慕骏者,不求之马⑩,而必是图之似,故终不能有得于骏也。慕圣人者,不求之人,而必若牛、若蛇、若倛头之问。故终不能有得于圣人也。诚使天下有是图者,举而焚之,则骏马与圣人出矣。

注释

① 八骏图:古画名,描画的是周穆王西游各国时所乘的八匹骏马。唐代之前的画家常以此为题材作画,如东晋史道硕《周穆王八骏图》、南朝宋史粲《穆天子八骏图》,唐代阎立本也曾画过《八骏图》。柳宗元所见大约是南北朝画家绘制的《八骏图》。

② 周穆王:姓姬,名满。西周第五代君主,昭王之子。传说他爱好远游,乘八骏所驾的车,一日行万里,到达极远的巨蒐国和昆仑山,参加西王母的宴会,见到太阳落山的地方。八骏:相传为周穆王的八匹良马。八骏的名称各书记载不一,《列子》和《穆天子传》作骅骝(华骝)、绿耳、赤骥、白牺(白

义)、渠黄、蹜轮(逾轮)、盗骊、山子。王嘉《拾遗记》作绝地、翻羽、奔宵、超影、蹜辉、超光、腾雾、挟翼。昆仑之墟：昆仑山，中国古代传说中的西方神山。宋、齐：南朝的宋和齐两个朝代。

③ 状：八骏的形态。骞(qiān)：飞腾。

④ 不经：近乎荒诞，不合常理。不足采：不足取。

⑤ 伏羲：古代传说中的三皇之一。女娲：古代传说中造人的始祖。据说，伏羲、女娲都是人首蛇身。柳宗元说伏羲为牛首，未知何据。孔子如倛(qī)头：《荀子》记载，孔子的头像是方相的头。倛头：方相，古代驱除疫鬼时扮神的人所戴的面具。

⑥ "孟子"二句：《孟子·离娄下》记载，齐王暗中派人观察孟子，看他是否真的与一般人不同，孟子便对来人说："(我)哪有异于常人的地方呢？就是尧、舜也与普通人一样。"

⑦ 一里、十里、千百里：均用作动词，即行一里，行十里，行千百里。毛物：马的皮毛。鬣(liè)：马颈上的鬃毛。齕(hé)草：吃草。

⑧ 负贩者：背着货物售卖的人。圆首横目：头是圆的，眼睛是横着长的。食谷而饱肉：吃粮食和肉类。绨：用作动词，穿细葛布做的衣服。裘：用作动词，穿皮衣。

⑨ 骅骝、白羲、山子：即八骏。若果：如果。

⑩ 不求之马：不到马中去寻找。

> 评析

文学与绘画是两种不同的艺术门类，其表现手法与内容都存在一定的差异。文学的工具是语言，绘画的工具则是画笔。文学可以表现不同空间中先后承续的事件，但绘画只能表现一瞬间静态的画面。中国古代虽然有"诗画一律"的说法,但两门艺术终究区别更多。有意思的是,两种不同的艺术在古代文学作品中常常交融在一起,并形成许多与绘画有关的文学样式。常见的有题画诗、画记、画跋等,它们体式各异,内容也各有偏重,比如,画记多记录与画相关的事迹或信息,题跋则好作艺术评论。在诸多绘画文学中,柳宗元的《观八骏图说》算是比较另类的一篇,它以"说"为体,意在阐明某种道理,至于是谁画的,画得怎样,他似乎并不关心。与其说它是画评或画论,还不如说它是借题发挥、借古论今的醒世恒言。

周穆王是个极具传奇色彩的历史人物,他曾经从洛阳出发,一路向西到达过极远的地方。之所以能跨越千山万水,是因为他有一位名叫造父的车夫和八匹号称八骏的良马。据说,八骏驾的车可以日行千万里,如此神马良驹现实中当然不可能存在,后世画家自然只能靠想象来描绘它们。从柳宗元的描述看,八骏中有的被画成龙形,有的被画成凤状,总之没有一匹是马应该有的样子。柳宗元是一个善于怀疑的思想家,尤其对一些荒诞不经的言论或事迹,其反驳与批判更是不遗余力。比如,他在《天说》里提出天是无意志的存在,不能对人类施以赏罚。奇形异象的八骏自然也引起柳宗元的质疑,不过要是仅仅停留在辩驳的层面,那本文或许会被命名为"观八骏图辩"。既然写成《观八骏图说》,柳宗元肯定是想发挥说体文的特点,阐述一番"言外之意"。文章的议论由马引出,重点却落在人上。骏马也是马,应与常马无异,圣人也是人,应与常人无异。言下之意,圣人之所以为圣,不在于奇异的外形,而在于内在的修为或德行。以貌取人也好,取马也罢,无异于缘木求鱼,终究难以求得真正的良材。全文从八骏说起,再由马及人,良马与圣人两两对举,正说反说,文章波澜起伏,读起来妙趣横生。无独有偶,柳宗元的另一篇说体文《鹘说》也表达过类似的观点,只不过《鹘说》强调的是不能以外表来判断善恶,本文强调的则是不能以外表来衡量才能或品行。

种树郭橐驼传①

　　郭橐驼，不知始何名。病偻，隆然伏行，有类橐驼者，故乡人号之"驼"。②驼闻之曰："甚善，名我固当。"③因舍其名，亦自谓橐驼云。④其乡曰丰乐乡，在长安西。⑤驼业种树，凡长安豪富人为观游及卖果者，皆争迎取养。⑥视驼所种树，或移徙，无不活，且硕茂早实以蕃。⑦他植者虽窥伺效慕，莫能如也。⑧

　　有问之，对曰："橐驼非能使木寿且孳也，能顺木之天，以致其性焉尔。⑨凡植木之性，其本欲舒，其培欲平，其土欲故，其筑欲密。⑩既然已，勿动勿虑，去不复顾。⑪其莳也若子，其置也若弃，则其天者全而其性得矣。⑫故吾不害其长而已，非有能硕茂之也；不抑耗其实而已，非有能早而蕃之也。⑬他植者则不然，根拳而土易，其培之也，若不过焉则不及。⑭苟有能反是者，则又爱之太殷，忧之太勤，旦视而暮抚，已去而复顾。⑮甚者爪其肤以验其生枯，摇其本以观其疏密，而木之性日以离矣。⑯虽曰爱之，其实害之；虽曰忧之，其实仇之，故不我若也。⑰吾又何能为哉！"

　　问者曰："以子之道，移之官理⑱可乎？"驼曰："我知种树而已，理，非吾业也。然吾居乡，见长人者好烦其令，若甚怜焉，而卒以祸。⑲旦暮吏来而呼曰：'官命促尔耕，勖尔植，督尔获。⑳早缫而绪，早织而缕，字而幼孩，遂而鸡豚。'㉑鸣鼓而聚之，击木而召之。㉒吾小人辍飧饔以劳吏者，且不得暇，又何以蕃吾生而安吾性耶？故病且怠。㉓若是，则与吾业者其亦有类乎？"

　　问者嘻曰："不亦善夫！吾问养树，得养人术。"㉔传其事以为官戒。

注释

① 郭橐（tuó）驼：人名，因为驼背而后背隆起得像驼峰一样，人称郭橐驼。橐

驼：即骆驼，背上有驼峰隆起，像是背负皮囊一般，故称橐驼。传：一种古代文体，大致可分为三种，一种是史书上的人物传记，一种是文人学者所写的单篇传记，一种是以传记命名的虚构的人物故事。

② 病偻：患有痀偻病。隆然：形容郭橐驼脊背高耸的样子。伏行：弯腰俯身行走。

③ 名：用作动词，命名。固当：的确恰当。

④ "因舍"二句：因此放弃了原先的名字，也称自己为"橐驼"。

⑤ 丰乐乡：郭橐驼居住的乡名。长安：唐都城，在今陕西西安市。

⑥ "凡长"二句：凡是长安有观览游玩需求的富豪以及卖水果的，都争相把郭橐驼请到家中供养。取养：供养在家，本文指雇用。

⑦ 移徙：移植的树。早实：早结果实。实：用作动词，结果实。蕃：繁多。

⑧ 他植者：其他的种树人。窥伺：暗中观察。效慕：效法，摹仿。莫能如：没有谁能比得上。

⑨ 有问之：有人问他。寿：活得长久。孳(zī)：孳生。天：树木生长的自然规律。致：达到，充分发展。性：树木的本性、特性。焉尔：而已，罢了。

⑩ 性：本文指种树的方法。培：培土，植物的根部的封土。筑：捣封土。

⑪ "既然"三句：已经这样做以后，不要再去动它，不再担心它，离开之后就不要再回头看它。

⑫ 其莳(shì)也若子：栽种的时候像抚育自己的孩子一样用心。其置也若弃：栽好之后把它们放在一边，就像抛弃一样。全：保全，指树的生长规律不受破坏。其性得：树的本性得以发展。

⑬ 不害其长：不妨碍它的生长。硕茂：使动用法。抑耗：抑制和损耗。早、蕃：均为使动用法。

⑭ 根拳而土易：树根拳曲并且更换土壤。若不过焉则不及：封土不是过多就是太少。

⑮ 反是：与此相反。是：指前面的种种错误的种树方法。殷：深切。勤：次数多，频繁。旦视而暮抚：清晨去看，傍晚去摸。

⑯ 爪：作动词，用手指抓。肤：树皮。验其生枯：检查它是活着还是死了。本：树干。观其疏密：观察它筑土的松紧。离：违背。

⑰ 仇之：把它当仇人。不我若：即不如我。

⑱ 官理：为官治理百姓。理：治。唐高宗名李治，为避其讳，唐代改治为理。

⑲ 长人者：当官的人。烦其令：频繁地发布命令。烦：通"繁"，繁多。若甚怜：好像很爱护（百姓）。卒以祸：结果却带来灾祸。

⑳ 促：催促。尔：你们。勖（xù）：勉励。督：督促。获：收割。

㉑ 缫（sāo）：煮茧抽丝。而：同"尔"，你们。绪：丝头，抽丝的时候找到丝头便能顺利抽丝。早织而缕：早些纺好你们的线。字：养育。遂：喂养。豚：小猪。

㉒ 鸣鼓：击鼓。聚：使动用法，使聚合。击木：击打木梆。召：召集。

㉓ 辍：停止。飧（sūn）饔（yōng）：晚饭和早饭，引申为吃饭。蕃吾生：繁育我们的后代。安吾性：安定我们生活。性：同"生"。怠：疲倦。

㉔ 嘻（xī）：叹词。夫：语气词，表示感叹。"吾问"二句：我问的是种树，却得到治理百姓的方法。

评析

传是一种脱胎于史书的文体，源头可以追溯至司马迁的《史记》。传体文到了中唐尤其是在韩愈、柳宗元的笔下有了新的变化，韩、柳二人的传借鉴传奇小说的笔法，写入一些市井小民，有的可能是他们亲眼所见，有的可能是听来的故事，有的甚至加入了一些虚构的成分。韩、柳为市井百姓立传不仅是看重他们的品行、事迹，而且是为了发表议论，阐发道理。因此，他们的传记不仅叙事,也说理;不仅记录人物,也讽刺现实。

《种树郭橐驼传》就是一篇旨在说理的"传",它的写作意图与《捕蛇者说》类似,只是二者态度、方式略有不同。《捕蛇者说》是直面下层百姓的苦难,毫不隐讳地将苛政的酷烈暴露无遗。《种树郭橐驼传》的语气温和一些,表述也比较委婉。从柳宗元后来参与的永贞政治改革的内容来看,当时朝廷对百姓生活的侵扰远比《种树郭橐驼传》中描述的严重。永贞政治改革有四项重要内容:一是强化中央集权,重塑朝廷权威;二是打击专权的宦官与跋扈的藩镇;三是打击贪暴官员,进贤用能;四是减免赋税,革除弊政。第四项与百姓生活最为密切,革除的弊政主要包括停罢宫室、五坊,免除当年夏秋两季的青苗钱,以及各种进奉、羡余钱。宫室、五坊都是宫廷对民间市场的变相掠夺,要么是以低价值的东西换取高价值的物品,要么是巧立名目侵夺百姓的财物,两项恶政一度使得长安市场无法正常运行。青苗钱是一种附加税,征收之时粮食尚未成熟,所以称为青苗钱。进奉、羡余是各地军政长官在正式的租赋之外,单独给皇帝进奉的财物,往往是连同赋税一起向百姓征收。以上弊政几乎一年四季不间断地干扰百姓生活,经常使得他们无法正常开展农业生产或商业活动。《种树郭橐驼传》对诸种弊政造成的恶果避而不谈,说明当时的柳宗元更希望向当政者提供改良时政的方法,而不是彻底的揭露与批判。因此,虽然《种树郭橐驼传》的写作技巧已经相当纯熟,但在情感上尚缺乏一些直击人心的力量。

从体式上看,本文与正史列传的差别颇大。首先,正史列传即使再简单,也会搞清楚传主姓甚名谁,没有这一点,传主的事迹便失去了依托。而本文中的郭橐驼其实只是个诨号,至于真名早已无从得知。出现这种情况的原因可能是,郭橐驼的事迹是道听途说而来,柳宗元写传之时既没有实地考察,也没有找当事人求证。或许不是柳宗元没有这个能力,而是无意于那么做。对于柳宗元来说,郭橐驼叫什么不重要,重要的是他做过的事情可以告诉人们什么道理。其次,正史列传比较在意人物生平的完整,生于何时,卒于何时,做过什么官,做过哪些事,只要原始史料允许,史官都会详细地记录下来。本文记录的只是郭橐驼生活的一个侧面,第一段虽然也交代了一些个人信息,但都极其简略。文章大量篇幅都在讲述郭橐驼种树的方法、心得,以及其中所蕴含的道理。从这个角度上讲,《种树郭橐驼传》与陶渊明的《五柳先生传》有些类似:其一,它们都不太在意传主的真实姓名;其二,叙事都集中在传主的某一方面。当然二者也有不同,前者是对话体,后者是陈述体;前者重在告诫当政者不要过多地干扰百姓的生活,后者重在表现五柳先生"不戚戚于贫贱,不汲汲于富贵"的品格。从这个角度上讲,《种树郭橐驼传》又与庄子的寓言类似。《庄子》里有很多生动有趣的故事,它们多数是以对话的形式展开,并且最终阐明一个道理。因此,《种树郭橐驼传》在文体或形式上是传记,而精神或功能上近似寓言。

梓 人 传①

裴封叔之第,在光德里。②有梓人款其门,愿佣隟宇而处焉。③所职寻引、规矩、绳墨,家不居砻斫之器。④问其能,曰:"吾善度材,视栋宇之制,高深、圆方、短长之宜,吾指使而群工役焉。⑤舍我,众莫能就一宇。⑥故食于官府,吾受禄三倍;作于私家,吾收其直太半焉。⑦"他日,入其室,其床阙足而不能理,曰:"将求他工。"⑧余甚笑之,谓其无能而贪禄嗜货⑨者。

其后京兆尹将饰官署,余往过焉。⑩委群材,会众工。⑪或执斧斤,或执刀锯,皆环立向之。⑫梓人左持引右执杖而中处焉。⑬量栋宇之任,视木之能,举挥其杖曰:"斧!"彼执斧者奔而右;顾而指曰:"锯!"彼执锯者趋而左。⑭俄而斤者斫、刀者削,皆视其色,俟其言,莫敢自断者。⑮其不胜任者,怒而退之,亦莫敢愠焉。⑯画宫于堵,盈尺而曲尽其制,计其毫厘而构大厦,无进退焉。⑰既成,书于上栋,曰"某年某月某日某建",则其姓字也。凡执用之工不在列。⑱余圜视大骇,然后知其术之工大矣。⑲

注释

① 梓人:本是古代专门造乐器悬架、饮器和箭靶的木工,本文泛指木工。本文大约作于柳宗元在长安为官期间(789—805)。

② 裴封叔:裴瑾,字封叔,闻喜(今山西闻喜县)人,柳宗元的姐夫。光德里:即光德坊,唐代长安城内的住宅区被分为一百零八坊,光德坊便是其中之一。唐代有时会出现坊、里同名的现象,光德里(坊)便是这种情况。

③ 款:敲,叩。"愿佣"句:(梓人)想租赁空闲的房屋居住。隟(xì)宇:空闲的房屋。隟:同"隙"。

④ 职:执掌。寻、引:均为古代的长度单位,八尺为一寻,十丈为一引。规:圆规。矩:画方形用的直角尺。绳墨:木工画直线用的工具,形状似斗,故而又称墨斗。"家不"句:家里没有刀斧等工具。居:存储。砻(lóng):磨。斫(zhuó):砍。

⑤ 能:才能、本领。"吾善"四句:我善于计算安排材料,根据建筑物的样式,选择与它高矮、方圆、长短相当的木料,(工程)由我指挥,工匠们只是按照我的要求操作。制:形制、式样。役:操作,施工。

⑥ "舍我"二句:离开我,工匠们连一间房子都建不成。

⑦ 食:谋生。禄:酬金。直:同"值",报酬。太半:大半。

⑧ 阙:同"缺",缺少。足:床腿。理:修理。求:请。

⑨ 贪禄嗜货:贪利好财。

⑩ 京兆尹:唐代设置京兆府,管理京城事务,京兆尹是其最高行政长官。饰:

修整。过:访问,拜访。

⑪ "委群"二句:堆积着许多木材,集合着众多工匠。委:堆积。

⑫ 斤:斧子。环立向之:围成一圈面向梓人站着。

⑬ 引:尺子。杖:指挥用的手杖。中处:站在中间。

⑭ 量:估量。任:本文指房屋某个部分的功能。能:本文指木料特点,长短、粗细、质地等性质。举挥:举起来挥舞。斧、锯:均用作动词,用斧子砍,用锯子锯。奔而右:往右边跑去。趋而左:向左边跑去。

⑮ 俄而:不久。斤者:拿斧子的人。刀者:拿刀的人。视其色,俟其言:看着他的脸色,等着他的吩咐。俟:等待。莫敢自断者:没有谁敢自作主张。

⑯ 退:斥退。愠(yùn):怒,怨恨。

⑰ "画宫"四句:将官署房屋的图样画在墙上,图样刚满一尺,却能详尽地描绘出整座房屋的外形与结构,没有一点出入。宫:室。堵:墙。盈:满。曲尽:详尽。毫厘:比喻极微细之处。无进退:没有出入。

⑱ 上栋:支撑屋脊的正梁。"凡执"句:凡是(建造房屋)所使用的工匠的名字都不写在上面。

⑲ 圜(huán)视:张目而视,惊愕。大骇:大惊。术:技术。工:工巧,精湛。大:高超。

继而叹曰:彼将舍其手艺,专其心智,而能知体要者欤?①吾闻劳心者役人,劳力者役于人,彼其劳心者欤?能者用而智者谋,彼其智者欤?②是足为佐天子、相天下法矣!物莫近乎此也。③彼为天下者本于人。其执役者,为徒隶,为乡师、里胥;其上为下士;又其上为中士、为上士;又其上为大夫、为卿、为公。④离而为六职,判而为百役。⑤外薄四海,有方伯、连率。⑥郡有守,邑有宰,皆有佐政。⑦其下有胥吏,又其下皆有啬夫、版尹,以就役焉,犹众工之各有执伎以食力也。⑧彼佐天子相天下者,举而加焉,指而使焉,条其纲纪而盈缩焉,齐其法制而整顿焉,犹梓人之有规矩、绳墨以定制也。⑨择天下之士,使称其职;居天下之人,使安其业。视都知野,视野知国,视国知天下,其远迩细大,可手据其图而究焉,犹梓人画宫于堵而绩于成也。⑩能者进而由之,使无所德;⑪不能者退而休之,亦莫敢愠。不衒能,不矜名,不亲小劳,不侵众官,日与天下之英才讨论其大经,犹梓人之善运众工而不伐艺也。⑫夫然后相道得而万国理矣。相道既得,万国既理,天下举首而望曰:"吾相之功也。"后之人循迹而慕曰:"彼相之才也。"士或谈殷、周之理者,曰伊、傅、周、召,其百执事之勤劳而不得纪焉,犹梓人自名其功而执用者不列也。⑬大哉相乎!通是道者,所谓相而已矣。其不知体要者反此:以恪勤为公,以簿书为尊,衒能矜名,亲小劳,侵众官,窃取六职百役之事,听听于府廷,而遗其大者远者焉,所谓不通是道者也。⑭犹梓人而不知绳墨之曲直、规矩之方圆、寻引之短长,姑夺众工之斧斤刀锯以佐其艺,又不能备其工,以至败绩用而无所成也。不亦谬欤?

或曰:"彼主为室者,傥或发其私智,牵制梓人之虑,夺其世守而道谋是用,虽不能成功,岂其罪耶?亦在任之而已。"⑮余曰:不然。夫绳墨诚陈,规矩诚设,高者不可抑而下也,狭者不可张而广也。⑯由我则固,不由我则圮。彼将乐去固而就圮也,则卷其术,默其智,悠尔而去,不屈吾道,是诚良梓人耳。⑰其或嗜其货利,忍而不能舍也,丧其制量,屈而不能守也,栋桡屋坏,则曰"非我罪也",可乎哉,可乎哉?⑱

余谓梓人之道类于相,故书而藏之。梓人,盖古之审曲面势者,今谓之都料匠云。⑲余所遇者,杨氏,潜其名。

注释

① 继而:表示紧随着某事之后。心智:智慧。体要:大体,要领。

② "吾闻"二句：我听说劳心的人役使别人，劳力的人被别人役使。语出自《孟子·滕文公》"劳心者治人，劳力者治于人"。"能者"句：有技能的人运用自己的技能，有智力的人运用自己的智谋。

③ 相：治理。物莫近乎此：没有什么事情比这件事（梓人造屋）更接近（辅佐天子、治理天下的法则）。近：近似。

④ 执役者：服役的人。徒隶：服劳役的犯人。乡师：《周礼》中的官名，掌管乡民的教化与监察等事务，本文指一乡之长。里胥：一里之长。胥：官府中的小吏。士、大夫、卿：古职官名。公：周代为辅佐君主掌管军政的最高长官，太师、太傅、太保合称三公。周代之后，三公官名时有变化，汉代大司马、大司徒、大司空合称三公，唐代司空、太尉、司徒合称三公。

⑤ 离：分离。六职：治、教、礼、政、刑、事六种职事。判：分离。百役：各种具体的工作。

⑥ 薄：靠近。四海：古人以为中国四周有海环绕，中国称为海内。方伯：殷周时代一方诸侯之长，后代州郡长官也称方伯。连率：即连帅，古代十国诸侯之长。

⑦ 郡：中国古代的地方行政区划。守：太守，一郡最高的行政长官。邑：古代或泛指城市，或指地方行政区划。宰：邑的最高行政长官。佐政：辅助最高行政长官处理行政事务的官员。

⑧ 啬夫：古代官吏名。秦汉时期，每乡设置啬夫，职掌听讼、收取赋税。版尹：掌管地方户籍的小吏。就役：做具体工作。伎（jì）：技能。食力：靠个人能力吃饭。

⑨ 举而加：举荐任命。加：将官职加于举荐的人身上。条其纲纪：使其纲纪有条理。盈缩：增减。齐其法制：使其法制整齐划一。定制：确定的制度或范式。

⑩ 都、野：周王城外百里为郊，郊外为野，野又包括甸、稍、县、都四个地区。

国：诸侯的封地。远迩(ěr)细大：远近大小之事。手据：手持。究：推知。绩于成：事业完成。

⑪ "能者"二句：有才能的人提拔任用，又不让他们不感恩德。由：任用。休：罢免。

⑫ 衒(xuàn)能：炫耀才能。矜(jīn)名：自夸名声。不亲小劳：不亲自做各种小事。不侵众官：不侵夺众多官员的职权。大经：国家大计。伐：夸耀。

⑬ 伊：伊尹，名挚，商初大臣，曾帮助商汤灭夏桀。傅：傅说，商王武丁的大臣，辅佐武丁治国理政。周：周公，姬旦，辅佐周武王伐纣，后又辅佐周成王。召(shào)：召公，姬奭，周成王时为太保，与周公分陕而治，治陕以西地。因封地在召，故称召公。百执事：各种从事具体工作的人，意即百官。勤劳：辛勤劳苦。纪：同"记"，记录，记载。

⑭ 恪勤：恭敬勤恳。公：同"功"，功劳。簿书：官府中的文书簿册。听听：和颜悦色。遗其大者远者：遗忘重大而意义深远的事情，即上文所说的大经、体要之类。

⑮ 主为室者：造房子的主人。私智：个人的智慧，常常指偏狭的见识。牵制：约束。世守：（梓人）世代相继的职业。道谋是用：采用过路人的意见，而过路人的意见往往不统一，因而导致事做不成。岂其罪耶：难道是梓人的罪吗？亦在任之而已：又不过在于是否信任他罢了。

⑯ "高者"二句：高的地方不可以压低，窄的地方不可以拓宽。抑：向下压。张：扩张。

⑰ "彼将"句：如果屋主乐意不要（房屋）坚固而非要（它）倒塌。固：坚固。圮：坍塌。就：靠近。卷：收藏。默：缄默。悠：疾走的样子。不屈吾道：不放弃自己的原则。

⑱ 嗜其货利：贪图他的钱财。"丧其"二句：丧失自己的规划，屈从（屋主）而

不能坚持原则。栋挠：屋梁脆弱易折。

⑲ 审曲面势：审查材料的曲直等外在形式。都料匠：负责土木工程营造的建筑师或总工匠。

> 评析

　　《梓人传》是一篇既严肃又严谨的文章。说它严肃是因为它讨论的是古代社会的一个大问题，也是读书人历来热衷思考的问题——如何做好宰相。宰相自诞生的那一天起就不得不思考两个问题：一是如何管理天下；二是如何处理君臣关系。《梓人传》就是试图在中唐背景下回答以上两个问题。彼时宰相越来越没有实权，要么是庸碌之辈，尸位素餐；要么唯唯诺诺，马首是瞻。有鉴于此，柳宗元借梓人造屋表达了自己心中的宰相观。其一，宰相治国的关键在于人才管理。一方面要能知人，将合适的人选安排在合适的位置上，充分发挥他们各自的能力；另一方面要能容人，既不能嫉贤妒能，又不能侵夺下属的职权。一旦百官各安其事，各司其职，宰相便能足不出户而谋划天下大事。其二，宰相应该具有独立的人格。一旦相权和皇权发生冲突，尤其是皇权严重干扰相权时，宰相应该坚持立场与原则，合则留，不合则去，纵使丢掉宰相之位也在所不惜。前者强调的是宰相的能力，后者强调的是宰相的品格。

　　严格来说，《梓人传》中的观点都不算是柳宗元的原创。前一个观点源出《吕氏春秋》"分职"篇，《梓人传》中的"为相之道"无论是立意还是行文都与《吕氏春秋》所说的"为君之道"很相似，只是《梓人传》将"道"的主语由"君"换成了"相"，而且论述更加详细、缜密，更具文采与说服力。后一个观点出自《论语》。孔子曾称赞卫国大夫蘧伯玉说，蘧伯玉真是君子啊！国家政治清明就出来做官，政治黑暗就把自己的本领藏起来。柳宗元将孔子所说的君子应该恪守的原则移植到了宰相身上,强调宰相应该始终保持独立的人格,不要轻易屈从皇权,更不能轻易放弃原则。由此可见,《梓人传》的主体结构与主要观点借鉴了《吕氏春秋》,又在此基础上吸收了孔子所称扬的"君子之道"作为补充,从而形成了一套独特的宰相治国的理论。

说它严谨是因为它有着精密的结构与论证,以及相当具有说服力的结论。本文以传命名,开头两段与一般的传体文无异,都是在叙述事情的来龙去脉。后三段则跳出传文体的限制,从梓人造屋迁移到宰相治国,以类比的方式阐述宰相治国的关键在于识人、用人。类比论证的优长在于可以使人快速地认同某一观点,可以将一些不易说明的问题深入浅出地说明白。使用类比论证的关键在于两点:一是类比双方要具有高度的相似性,越相似越有说服力;二是类比的对象要贴近人们的生活,以常见的事物说明抽象的道理。《梓人传》在这两点上都做得非常出色。柳宗元借助梓人造屋类比宰相治国,不仅将事例和道理紧密地联系,使得文章首尾贯通,气脉相连,而且由浅入深地说明了宰相治国的原理所在,增强了文章的说服力。因此,《梓人传》兼具传与论两种文体的优长,既有娓娓道来的叙事,又有坚实有力的说理,而二者的黏合剂便是那恰到好处的类比论证。

值得注意的是,《梓人传》虽然在立意、写法上对《吕氏春秋》"分职"篇多有借鉴,但二者在表述上详略有别。比如,同是类比,《吕氏春秋》只是笼统地以匠人造屋类比为君之道,而《梓人传》则把类比分为三层,逐层叙说,先说宰相举荐、使用人才就像梓人按照规矩、绳墨确定规则一样;然后说宰相运筹帷幄就像梓人按照图纸建成宫室一样;最后说宰相发挥众人才能而不求名就像梓人运用众工而不炫技一样。再如,同是讲用人,《吕氏春秋》只是提到勇者、智者、辨者,而《梓人传》上讲到方伯、连帅,下讲到啬夫、版尹,罗列出十数种不同才性、职责的人才。可见,《梓人传》在《吕氏春秋》的基础上锦上添花,叙述更加精密,条例更加清晰,道理自然讲得更加透彻。

童区寄传①

柳先生曰：越人少恩，生男女必货视之。②自毁齿已上，父兄鬻卖，以觊其利。③不足，则取他室，束缚钳梏之。④至有须鬣者，力不胜，皆屈为僮。⑤当道相贼杀以为俗。⑥幸得壮大，则缚取么弱者。⑦汉官因以为己利，苟得僮，恣所为不问。⑧以是越中户口滋耗。⑨少得自脱，惟童区寄以十一岁胜，斯亦奇矣。桂部从事杜周士为余言之。⑩

童寄者，柳州荛⑪牧儿也。行牧且荛，二豪贼劫持反接，布囊其口，去逾四十里之墟所卖之。⑫寄伪儿啼，恐栗为儿恒状。⑬贼易之，对饮酒醉。一人去为市，一人卧，植刃道上。⑭童微伺其睡，以缚背刃，力下上，得绝，因取刃杀之。⑮逃未及远，市者还，得童大骇。⑯将杀童，遽曰："为两郎僮，孰若为一郎僮耶？⑰彼不我恩⑱也。郎诚见完与恩，无所不可。"市者良久计曰："与其杀是僮，孰若卖之？与其卖而分，孰若吾得专焉。幸而杀彼，甚善。"即藏其尸，持童抵主人所，愈束缚牢甚。⑲夜半，童自转，以缚即炉火烧绝之，虽疮手勿惮，复取刃杀市者。⑳因大号，一墟皆惊。童曰："我区氏儿也，不当为僮。贼二人得我，我幸皆杀之矣，愿以闻于官㉑。"

墟吏白州，州白大府，大府召视，儿幼愿耳。㉒刺史颜证奇之，留为小吏，不肯。与衣裳㉓，吏护还之乡。乡之行劫缚者，侧目莫敢过其门。㉔皆曰："是儿少秦武阳㉕二岁，而讨杀二豪，岂可近耶！"

注释

① 区(ōu)寄：姓区名寄。
② 柳先生：柳宗元自称。越人：古人常称浙江、福建、两广地区为越，其地之人为越人，本文指柳州一带的人。少恩：缺少仁慈怜悯之心。货视之：像

商品一样看待他们。

③ 毁齿：换牙，指儿童七、八岁的年龄。鬻(yù)卖：售卖。觊(jì)：觊觎，希望得到。

④ 束缚：捆绑。钳梏：束颈的铁圈与木制的手铐，钳、梏本是名词，本文用作动词。

⑤ 有须鬣者：已经长了胡须的男子。力不胜：力量弱小而敌不过对方。屈：屈服。僮：奴仆。

⑥ "当道"句：在路上相互残杀，竟然成了风俗。贼：残害。

⑦ 缚(fù)取：绑架。么(yāo)弱者：年龄小、身体弱的人。么：同"幺"，小。

⑧ 汉官：此地的汉族官员，相对于越人而言。因以为己利：利用这类事情为自己谋利。恣：放纵。问：追究。

⑨ 滋耗：愈益减少。

⑩ 桂部：唐高宗永徽以后分岭南道为广州、桂州、容州、邕州、交州五都督府，统称"岭南五管"。桂部即桂管，治所在桂州（今广西桂林市），下辖柳州、梧州等十五州，区寄的事正是发生在其所管辖的柳州。从事：官名，唐代藩镇幕僚的泛称。杜周士：贞元十七年（801）进士，元和年间曾任桂管观察留后。

⑪ 荛：柴，本文用作动词。

⑫ 行牧且荛：一面放牧，一面打柴。反接：将双手反绑在背后。布囊其口：用布堵住他的嘴。布囊：布口袋，本文用作动词。逾：超过。墟：亦作"圩"，村镇集市。

⑬ 儿：名词作状语，像小孩一样。恐慄(lì)：恐惧颤抖。慄：战栗。为儿恒状：做出小孩常有的样子。恒状：常态。

⑭ 易之：轻视。为市：找买家。市：交易。植刃道上：把刀插在路上。

⑮ 以缚背刃：把捆绑他双手的绳子靠在刀刃上。力下上：用力上下摩擦。

⑯ 得：抓住。骇：惊诧。
⑰ 遽曰：急忙说。郎：奴仆对主人的称呼。孰若：怎比得上。
⑱ 彼不我恩："彼不恩我"宾语前置的形式，意为那个人对我无恩德。
⑲ 抵：到达。主人所：买主的家。愈：更，越。
⑳ 即：靠近。绝之：使之绝。疮手：烧伤手。惮（dàn）：害怕。
㉑ 愿以闻于官：希望把这件事报告官府。
㉒ 墟吏：管理集市的官吏。大府：桂管经略观察使府衙。幼愿：年幼善良。
㉓ 衣裳（cháng）：古时上衣为衣，下裙为裳，亦泛指衣服。
㉔ 行劫缚者：做绑架勾当的人。侧目：不敢正视，形容畏惧的样子。
㉕ 秦武阳：亦称秦舞阳，战国时燕国人。《战国策》记载，秦舞阳十三岁时就杀过人，人们畏惧他。后被燕太子丹选为荆轲助手，一同赴秦国刺杀秦王，未遂，被杀。区寄杀强盗时年仅十一岁，而秦舞阳杀人时十三岁。

评析

《童区寄传》是一篇类似传奇小说的人物传记。传奇是一种唐代流行的用文言文写成的小说，虽然被称为小说，用的却是传记的体式，因此篇名往往叫某某传或某某记。

《童区寄传》与传奇类似之处在于：其一，它们用的都是传记体，仅从篇名上看，几乎不能分辨二者。其二，它们使用了一些相似的笔法。史书的传记力求传主信息完整，姓名、籍贯、家世、政绩，但凡原始材料允许，史官都会编入传记。传奇则不同，它们用的虽是传记体，但往往只是围绕主人公的某一事迹展开叙事，作家无意全面了解主人公的生平经历，但求将他身上最为奇异的事件记录下来。《童区寄传》亦是如此，虽然简单交代了区寄的一些信息，但都非常简略，文章的绝大部分篇幅都在叙写他智杀强盗的奇异经历。

其三，主人公的身份有相似之处。一般来说能在史书中立传的人物，若非帝王将相、高门广第，那也得是在某一领域有贡献或影响极大的人物，引车卖浆、贩夫走卒一类的小人物几乎不会有人为他们写记立传。传奇则不同，主人公的身份各异，高的有皇帝贵妃，低的有歌儿舞女，总之只要是事迹称奇，就可以为之做一篇"传记"。区寄是柳州荛牧儿，社会地位微不足道，柳宗元写《童区寄传》完全是因为发生在区寄身上的事情离奇得不可思议。其四，也是二者最为相似之处，就是它们的内容都具有传奇属性。《童区寄传》的"奇"大约可以概括为：奇人、奇事、奇俗。区寄年仅十一岁，即使按照古代标准也不过是个身体、心智没有发育完全的童子。如此儿童遭遇两个凶残的强盗，竟能临危不惧，靠着勇敢、坚忍、机智接连将二贼毙命，并且逃出生天。不得不说区寄异于常人的表现，已经远远超出人们对于孩子的想象，难怪柳宗元等人听说之后啧啧称奇。要知道区寄面对的是两个穷凶极恶的强盗，一言一行稍有差池便有生命之虞，他能全身而退不仅因为机智，而且因为超乎常人的沉稳与勇气。此为奇人。区寄的事迹曲折离奇，脱身的过程波澜迭起。区寄先是假装恐惧，让两个强盗放松警惕，这是第一层波澜。然后伺机杀了其中一个强盗，并侥幸逃脱，这是第二层波澜。逃脱未远，在又一次落入魔掌之后，说服另一个强盗不杀自己，这是第三层波澜。最后忍痛烧断绳索，手刃强盗，得以脱身，这是第四层波澜。四层波澜层层推进，扣人心弦，此为奇事。此地之人亲情淡漠，自己的孩子尚且不爱，更不可能怜爱别人的孩子，久而久之形成了买卖、盗窃甚至是杀害孩童的恶俗。此种风气与"慈爱孝悌"之风大异，此为奇俗。

综上所述，我们固然可以按照文体的标准将《童区寄传》视为传记，但说它是一篇传奇也未尝不可。

蝜蝂传^①

蝜蝂者，善负小虫也。行遇物，辄持取，卬^②其首负之。背愈重，虽困剧不止也。^③其背甚涩，物积因不散，卒踬仆不能起。^④人或怜之，为去其负。苟能行，又持取如故。又好上高，极其力不已，至坠地死。

今世之嗜取者，遇货不避，以厚其室，不知为己累也，唯恐其不积。^⑤及其怠而踬也，黜弃之，迁徙之，亦以病矣。^⑥苟能起，又不艾^⑦。日思高其位，大其禄，而贪取滋甚，以近于危坠，观前之死亡不知戒。^⑧虽其形魁然大者也，其名人也，而智则小虫也。亦足哀夫！

注释

① 蝜蝂（fù bǎn）：又称"负版"，一种善于背负东西的小虫。本文大约作于永州。

② 卬（áng）：同"昂"。

③ "背愈"二句：背的东西越来越重，即使疲惫不堪也不肯停止（往背上背东西）。剧：极。

④ "其背"三句：它背部不光滑，背的东西前后积累不容易散落，最终蝜蝂被压倒爬不起来。涩：不光滑。踬（zhì）仆：跌倒。

⑤ 嗜（shì）取者：贪得无厌的人。不避：不回避，即一味地占有。以厚其室：以此来增加自己的家产。厚：用作动词，增加。累：负担。积：聚集。

⑥ 怠：同"殆"，危险。黜（chù）弃：罢官，不再被任用。迁徙：贬谪。亦以病：也会因为贪心而感到痛苦。

⑦ 艾（ài）：停止。

⑧ 高其位：使自己的官位升高。大其禄：使自己的俸禄增加。滋甚：更加厉

害。危坠：本义为从高处坠落，本文形容身处危险的境地。前之死亡：前人因贪财而丧命。

评析

"传"这一文学体裁在柳宗元手中被运用得千变万化，有时用来叙事，有时用来说理；有时传主是人，有时传主是一种动物。《蝜蝂传》的主角是一只小虫，它有两个特点：一是好负物，二是好上高。前者常使它困剧不堪，后者常置它于死地。可是它永不觉悟，危险过后又故态复萌。柳宗元将蝜蝂与当时社会的一类人关联起来，蝜蝂的无厌就像他们对于财物永无止境的贪求；蝜蝂的好高就像他们对于功名利禄的无限追求。这种将动物拟人化并用它说明一个道理或讽刺某种现象是寓言的表现手法。因此，我们可以说《蝜蝂传》是一篇寓言体传记，譬之衣服，传是面子，寓言是里子。

作为文学体裁的寓言，其实质就是比喻。只不过是一种较为复杂的比喻，它不仅有本体、喻体，而且围绕二者形成一定的故事情节，通过故事来说明道理，虚构故事是其最为显著的特点。《蝜蝂传》也有一些虚构的成分。其一，"蝜蝂"这个词可能是柳宗元的原创。《论语》里有"负版者"，意思是背负国家图籍的人。《尔雅》里又说它是一种虫。因此，有人认为柳宗元在"负版"二字前分别加了个"虫"旁，造出一个新词"蝜蝂"。其二，《尔雅》里只有"负版"的名字，并没有介绍它的形貌、习性。柳宗元是最早细致描画"蝜蝂"的人，后来无论是对"蝜蝂"的解释，抑或是关于蝜蝂的文学创作，援引或依据的都是柳宗元的《蝜蝂传》。

柳宗元为蝜蝂写传或许是受韩愈的启发。韩愈曾写过一篇毛笔的传记《毛颖传》。柳宗元被贬永州之后，听说《毛颖传》饱受世人嘲笑与攻击，专门写过一篇《读韩愈所著〈毛颖传〉后题》，极力为韩愈辩护，反驳世人的观点。

柳宗元认为,《毛颖传》是一篇旷世奇文,它的写法虽然诙谐,内容却"有益于世"(《读韩愈所著〈毛颖传〉后题》)。《蝜蝂传》与《毛颖传》主题虽然各异,但写法、立意多有类似之处,它们同样有讽刺现实的用意,同样有益于世道人心。

关于《蝜蝂传》的写作动机存在多种不同的说法。有人认为,《蝜蝂传》是柳宗元贬谪之后的自悔之言。柳宗元年轻时曾攀上高位,却不知适可而止,最终身遭贬谪,反思过往,痛定思痛,撰《蝜蝂传》以自警。有人认为,《蝜蝂传》是讽刺朝廷当政者贪得无厌的行为。还有人将讽刺的对象坐实为王涯。王涯年纪略长于柳宗元,二人年轻时就相识,王涯为人贪权嗜禄,不仅爱财,而且爱好聚积书籍、书画,据说家里的收藏可以与皇家匹敌。但是我们认为在没有确凿证据的情况下,对于《蝜蝂传》写作动机的判断应该稍微融通一些,它讽刺的固然可能是某个具体的个人,但也可能是一种贪求成风的社会现象,只是揭露得过于真切而犀利。

李赤传①

李赤,江湖浪人也。尝曰:"吾善为歌诗,类李白。"②故自号曰李赤。游宣州,州人馆之。③其友与俱游者有姻焉。间累日,乃从之馆。④赤方与妇人言,其友戏之。赤曰:"是媒我也,吾将娶乎是。"⑤友大骇,曰:"足下妻固无恙,太夫人在堂,安得有是?⑥岂狂易病惑耶⑦?"取绎雪饵之⑧,赤不肯。有间,妇人至,又与赤言。即取巾绖其脰⑨,赤两手助之,舌尽出。其友号而救之,妇人解其巾走去。赤怒曰:"汝无道,吾将从吾妻,汝何为者?"赤乃就牖间为书,辗而圆封之。⑩又为书,博封之⑪。讫⑫,如厕。久,其友从之,见赤轩厕抱瓮诡笑而侧视,势且下。⑬入,乃倒曳得之⑭。又大怒曰："吾已升堂面吾妻⑮。吾妻之容，世固无有，堂之饰，宏大富丽，椒兰之气，油然而起。顾视汝之世犹溷厕也，而吾妻之居，与帝居钧天、清都无以异，若何苦余至此哉？"⑯然后其友知赤之所遭，乃厕鬼也。聚仆谋曰："巫去是厕。"遂行宿三十里。夜，赤又如厕。久，从之，且复入矣。持出，洗其污，众环之以至旦。去抵他县，县之吏方宴，赤拜揖跪起无异者。⑰酒行，友未及言，已饮而顾赤，则已去矣。走从之。赤入厕，举其床捍⑱门，门坚不可入，其友叫且言之。众发⑲墙以入，赤之面陷不洁者半矣。又出洗之。县之吏更召巫师善咒术者守赤，赤自若也。夜半，守者怠，皆睡。及觉，更呼而求之，见其足于厕外，赤死久矣，独得尸归其家。取其所为书读之，盖与其母妻诀，其言辞犹人也。

柳先生曰：李赤之传不诬⑳矣。是其病心而为是耶？抑固有厕鬼耶？赤之名闻江湖间，其始为士，无以异于人也。一惑于怪，而所为若是，乃反以世为溷，溷为帝居清都，其属意明白。㉑今世皆知笑赤之惑也，及至是非取与向背决不为赤者㉒，几何人耶？反修而身，无以欲利好恶迁其神而不返，则幸矣，又何暇赤之笑哉？

> 注释

① 本文所记李赤的事迹又见于唐代小说集《独异志》，情节、人物稍有不同，叙事有详略之别。
② 歌诗：广义泛指诗歌；狭义则特指配合音乐或一定旋律演唱的诗歌，有时也专指乐府诗。类：像。
③ 宣州：今安徽宣城市一带。馆之：让他住下来。
④ "其友"三句：李赤的朋友和同游的人是姻亲，（因为访亲戚）间隔了几天，才跟着李赤来到寓所。

⑤ "是媒"二句：这是为我说媒的,我将要在这里娶妻。

⑥ 无恙：安好。太夫人：母亲的尊称。

⑦ 狂易：精神失常。病惑：神志不清。

⑧ 绛雪：绛雪丹,道家丹药。饵：使动用法,使……服食。

⑨ 经：勒住。脰(dòu)：脖子。

⑩ 就：走进。牖(yǒu)：窗户。辗而圆封之：捻成一卷封起来。

⑪ 博封之：铺开展平封起来。

⑫ 讫(qì)：完毕。

⑬ 轩厕：厕所。瓮：粪缸。诡笑：诡异地笑。势且下：看样子就要下去。

⑭ 倒曳得之：将他倒拽上来。

⑮ 升堂：登上厅堂。堂：房屋的正厅。

⑯ 溷(hùn)厕：厕所。钧天：天的中央,传说是天帝住的地方。清都：传说中天帝居住的宫殿。苦余：使我受苦。

⑰ 抵：到达。"赤拜"句：李赤打躬、作揖、跪下、起身,不见有什么异常的地方。

⑱ 捍：抵御。

⑲ 发：毁坏。

⑳ 不诬：不假,不妄。

㉑ 一惑于怪：一旦被鬼怪所迷惑。属(zhǔ)：着意。

㉒ 取与：索取与给予。向背：拥护与反对。

评析

　　李赤的事迹在唐代有两个不同的版本,一个是柳宗元的《李赤传》,一个是李伉(又作李冘、李亢)的《独异志》。总的来说,两个版本的故事情节大致相同，都可以分为两个叙事单元，第一单元有三个主要人物李赤、朋友、妇人，故事围绕李赤与妇人展开，朋友是事件的见证者；第二单元有两个主要人物李赤、朋友，故事围绕李赤如厕展开，朋友扮演的是救援者的角色。可是，相似的情节并不意味着产生类似的阅读体验。《李赤传》读起来更加真切生动，人物事迹就像电影画面一般一帧帧地呈现在读者眼前。

　　一篇优秀的叙事文通常会在两个方面做得非常出色，一是叙事节奏，二是细节描写。叙事节奏指的是叙事的详略以及由此造成的故事发展的快慢、起伏等变化。《李赤传》的叙事节奏把握得非常好，两个叙事单元之间各有详略，两个叙事单元之内又各有侧重。首先，《李赤传》明显详写第二叙事单元，略写第一叙事单元。之所以这么安排可能出于以下原因：第二叙事单元中李赤的一系列言行实在过于奇怪，他三番五次进入厕所，爬进粪坑，别人阻止他，他却说厕所里富丽堂皇并且散发着奇异的香味，人间才是臭不可闻的地方。实事求是地说，第一叙事单元叙述的事情也很奇怪，但类似的由于鬼魅迷惑而导致精神失常的故事在当时流行的志怪小说里屡见不鲜。两相比较，第二叙事单元明显更有传奇性，也更能凸显李赤迷失心性之后的狂态，理应着墨更多。《独异志》的叙事节奏就不如《李赤传》出色，它的两个叙事单元几乎用了相同的笔墨，分不出哪一部分是详写，哪一部分是略写，以至于节奏过于平缓，既没有充分展现情节的跌宕起伏，又没能表现李赤故事的传奇色彩。其次，《李赤传》两个叙事单元内部也有详略剪裁。《独异志》用了不少笔墨描写李赤写信，纵然情节交代颇为完整，却没能突出第一叙事单元的叙事重点。《李赤传》的第一叙事单元详写的是李赤两次与妇人周旋的经过，李赤写信几乎是一笔带过，并且为了避免干扰叙事节奏，柳宗元将信的内容的介绍放在第二叙事单元的末尾。如此安排既保证了故事的完整性，又突出李赤为鬼魅迷惑之后的情态。《独异志》的第一叙事单元对李赤初次见妇人的情形写得较为详细，而对李赤自称娶妻的事交代得相对简略。《李赤传》正好相反，略写前者，详写后者。前者只用了六个字"赤方与妇人言"，后者却用了三句话，先用李赤与朋友的对话，交代李赤所谓的娶妻为什么反常，再用李赤斥责朋友的话，交代李赤为什么帮着妇人勒住自己脖子。如此一来不仅第一叙事单元的叙事脉络更加清晰，也为下文叙述李赤屡次进入厕所做足了铺垫。

《李赤传》的细节描写也很出色，主要体现在两个地方。其一，柳宗元在第一叙事单元中细致刻画了李赤前后两次不同的封信方式，其用意直到第二叙事单元的末尾才显示，原来柳宗元希望用不同的封信方式告诉读者，李赤写的是两封诀别信，一封给母亲，一封给妻子。信的内容显示李赤写信时仍然是清醒的，封信的方式也恰恰说明了这一点，能够细致地完成不同方式的密封，应该不是失去理智的状态。这一细节描写将李赤在迷失心智之后时而癫狂时而清醒的状态巧妙地展现。其二，第一叙事单元形容李赤被勒住脖子之后的情态，用了"舌尽出"三个字；第二叙事单元形容李赤第一次将要跳入粪坑的情形，用了"势且下"三个字，仅仅六个字就既写出当时情势的危急，又刻画出李赤迷失心性之后的状态。

总之，合理的叙事结构与精巧的细节描写，既有利于营造跌宕起伏的故事情节，又可以塑造特点鲜明的人物形象，用得好自然就增加了《李赤传》对读者的吸引力。

乞 巧 文①

柳子夜归自外庭，有设祠者，饔饵馨香，蔬果交罗，插竹垂绥，剖瓜犬牙，且拜且祈。②怪而问焉。女隶进曰："今兹秋孟七夕，天女之孙将嫔于河鼓。③邀而祠者，幸而与之巧，驱去蹇拙，手目开利，组紃缝制，将无滞于心焉。④为是祷也。"

柳子曰："苟然欤？吾亦有所大拙，傥可因是以求去之。"乃缨弁束祛，促武缩气，旁趋曲折，伛偻将事，再拜稽首称臣而进曰："下土之臣，窃闻天孙，专巧于天，镠辖璇玑，经纬星辰，能成文章，黼黻帝躬，以临下民。⑤钦圣灵、仰光耀之日久矣。今闻天孙不乐其独得，贞卜于玄龟，将蹈石梁，欸天津，俪于神夫，于汉之滨。⑥两旗开张，中星耀芒，灵气翕欻，兹辰之良。⑦幸而弭节，薄游民间，临臣之庭，曲听臣言：臣有大拙，智所不化，医所不攻，威不能迁，宽不能容。⑧乾坤之量，包含海岳，臣身甚微，无所投足。⑨蚁适于垤⑩，蜗休于壳。龟鼋螺蜯，皆有所伏。⑪臣物之灵，进退唯辱。彷徉为狂，局束为訾，吁吁为诈，坦坦为忝。⑫他人有身，动必得宜，周旋获笑，颠倒逢嘻。⑬己所尊昵，人或怒之。变情徇势，射利抵巇。⑭中心甚憎，为彼所奇。忍仇佯喜，悦誉迁随。⑮胡执臣心，常使不移？反人是己，曾不惕疑。贬名绝命，不负所知。⑯抃嘲似傲，贵者启齿。⑰臣旁震惊，彼且不耻。⑱叩稽匍匐，言语谲诡。⑲令臣缩恧⑳，彼则大喜。臣若效之，瞋怒丛己。彼诚大巧，臣拙无比。王侯之门，狂吠狴犴㉑。臣到百步，喉喘颠汗㉒。睢盱㉓逆走，魄遁神叛。欣欣巧夫，徐入纵诞㉔。毛群掉尾，百怒一散。㉕世途昏险，拟步如漆，左低右昂，斗冒冲突。㉖鬼神恐悸，圣智危栗。泯焉直透，所至如一。㉗是独何工，纵横不恤。㉘非天所假，彼智焉出？独酷于臣，恒使玷黜㉙。沓沓謩謩，恣口所言。㉚迎知喜恶，默测㉛憎怜。摇唇一发，径中心原。胶加钳夹，誓死无迁。㉜探心扼胆，踊跃拘挛。㉝彼虽佯退，胡可得旃！㉞独结臣舌，喑抑衔冤。㉟擘眦㊱流血，一辞莫宣。胡为赋授，有此奇偏？眩耀为文，琐碎排偶，抽黄对白，啽哢飞走。㊲骈四俪六，锦心绣口，宫沉羽振，笙簧触手。㊳观者舞悦，夸谈雷吼。㊴独溺臣心，使甘老丑。矔昏莽卤，朴钝枯朽。㊵不期一时，以俟悠久。旁罗万金，不彏弊帚。跪呈豪杰，投弃不有。眉矉颐蹙，喙唾胸欧。㊶大毁而归，填恨低首。㊷天孙司巧，而穷臣若是，卒不余畀㊸，独何酷欤？敢愿圣灵悔祸，矜臣独艰。付与姿媚，易臣顽颜。凿臣方心,规以大圆。拔去呐舌,纳以工言。㊹文词婉软,步武轻便。齿牙饶美,眉睫增妍。突梯卷脔㊺,为世所贤。公侯卿士,五属十连㊻。彼独何人,长享终天!"

言讫,又再拜稽首,俯伏以俟。至夜半,不得命,疲极而睡,见有青橐朱裳,手持绛节而来告曰㊼:"天孙告汝,汝词良苦,凡汝之言,吾所极知。汝择而行,嫉彼不为。汝之所欲,汝自可期。胡不为之,而诳我为!㊽汝唯知耻,诡貌淫词,宁辱不贵,自适其宜。㊾中心已定,胡妄而祈?坚汝之心,密汝所持,得之为大,失不污卑。凡吾所有,不敢汝施,致命而升,汝慎勿疑。"

呜呼! 天之所命,不可中革㊿。泣拜欣受,初悲后怿。抱拙终身,以死谁惕!

注释

① 乞巧:宗懔《荆楚岁时记》记载,传说牛郎、织女在农历七月七日夜里相会,这天夜里妇女纺彩线,穿七孔针,并在庭院中陈列瓜果,向织女乞巧。若是有蜘蛛在瓜果上结网,则为得巧。

② 外庭:堂前面的庭院。祠:祭坛。饘(zhān)饵:稠粥与糕饼。插竹垂绥(ruí):祭坛边上插上用竹子做的旗杆,旗子的疏穗垂在下面。剖瓜犬牙:切开的瓜果犬牙般交错放在一起。

③ 女隶:女仆。秋孟:即孟秋,农历七月。嫔(pín):帝王的女儿出嫁,本文指织女牛郎七夕相会。河鼓:牵牛星的别称。

④ 邀而祠者:迎请、祭祀织女的人。蹇(jiǎn)拙:迟钝拙笨。手目开利:眼明手巧。组紃:纺织布帛。紃:同"纤"。无滞于心:心手相应,无所阻塞。

⑤ 缨弁(biàn)束衽(rèn)：系好帽子，整理衣服，表示恭敬。促武缩气：趋步快走，屏住呼吸。旁趋曲折：从旁边快步绕行。伛(yǔ)偻(lǚ)将事：弯着腰准备祈祷。再拜稽首：古代行跪拜礼时，拜了又拜，叩头至地，表示高度尊敬。下土：人间。轇(jiāo)轕(gé)：交错。璇(xuán)玑(jī)：本文可能代指北斗星。经纬：丝织品的纵线称经，横线称纬，本文用作动词，组织。文章：色彩华美的图案或花纹。黼(fǔ)黻(fú)：绣有华美花纹的礼服，本文用作动词，制作礼服。

⑥ 贞卜：占卜。石梁：石桥。款：至。天津：银河。俪：成双，配对。神夫：牛郎。汉：天河。

⑦ 两旗开张：左旗九星、右旗九星像两面大旗排布在两旁。两旗：星宿名，左旗九星在河鼓左边，右旗九星在河鼓右边。中星：河鼓，即牵牛星。翕(xī)欻(xū)：飘动的样子。

⑧ 弭节：停车不进。薄游：漫游。曲听：谦称让你听我诉说而使你受到委屈。智所不化：智者不能教化。医所不攻：医生不能治疗。宽不能容：宽厚的人不能容忍。

⑨ 海岳：大海和高山。无所投足：意即举步维艰。

⑩ 垤(dié)：蚂蚁洞口的小土堆，代指蚁穴。

⑪ 鼋(yuán)：鳖的一种。蜯(bàng)：同"蚌"，河蚌。所伏：藏身之所。

⑫ 局束：拘束。吁吁：长吁短叹的样子。坦坦：安然自得。忝(tiǎn)：厚颜无耻。

⑬ 动必得宜：行为举动一切合宜。周旋：交际应酬。颠倒：举止失措。

⑭ "己所"四句：自己尊重的或亲近的人，若是有人迁怒于他，马上放弃往日的情谊，屈从现实的形势，(以便)博取名利、投机钻营。射利：谋求名利。蠵(xī)：罅隙。

⑮ "中心"四句：内心特别憎恨某个人，若是有人高看他一眼，就忍着内心的

仇恨,装作高兴的样子,讨好他、赞美他,(不惜)改变本心、随声附和。

⑯ "胡执"数句:为什么固执己见,使它一直不能改变呢?反对别人的观点,坚持自己的主张,竟然不害怕或者怀疑。即使遭到贬谪,甚至丧命,也不肯背弃朋友。惕(tì):害怕。

⑰ 抃(biàn):拍手,鼓掌。启齿:即开口笑。

⑱ "臣旁"二句:我在旁边感到震惊,但他们并不觉得可耻。

⑲ 叩稽:叩头稽首。匍匐:手足并用,伏地爬行。两个词都是形容人卑躬屈膝的情态。谲(jué)诡:变化多端。

⑳ 缩恧(nù):畏缩羞惭。

㉑ 狴(bì)犴(àn):传说中龙的九个儿子之一,形似虎,常立于狱门。本文代指狗。

㉒ 喉喘颠汗:气喘吁吁,头顶冒汗。

㉓ 睢(huī)盱(xū):张目,形容惊恐的神情。

㉔ 纵诞:恣肆放纵。

㉕ 毛群:群狗。百怒一散:所有的怒气一下子消失。

㉖ 拟步如漆:就像在漆黑的夜里摸索前行。斗冒:顶撞、冒犯。

㉗ 泯:尽。透:有版本作"遂",遂,行的意思。所至如一:所到之处都一样(畅通无阻)。

㉘ 是独何工:这是一种什么样的技巧。纵横不恤(xù):任意横行,无所顾忌。

㉙ 玷黜(chù):污蔑排斥。

㉚ 沓沓:话多的样子。謇謇:放肆的样子。恣口所言:信口而言。

㉛ 默测:暗中揣测。

㉜ 胶加钳夹:(巧夫与上司的关系牢固得)像是胶黏合、钳夹住一般。无迁:不变。

㉝ "探心"二句：揣摩上司的心理,摸清上司的脾气,一举一动都勾连在一起。

㉞ "彼虽"二句：虽然他们(巧夫)假装退让,又怎么能得到(上司)同意呢!旃(zhān)：助词,之、焉二字的合读。

㉟ 独结臣舌：唯独使我说不出话。喑(yīn)抑：受了委屈也无法言说。衔冤：含冤。

㊱ 擘眦：眼眶裂开。擘(bò)：分开。眦(zì)：眼眶。

㊲ 抽黄对白：黄、白既是颜色,词性又能对仗,本句形容骈文对仗工整,文辞华丽。喑(án)哢(lòng)：鸟鸣声。飞走：飞禽走兽,形容骈文偏好罗列各种名物。

㊳ 骈四俪六：无论是四字句还是六字句都两两相对。骈文好用四言或六言的句子对偶排比,因此又称四六文。锦心绣口：优美的文思,华丽的辞藻。"宫沉"二句：宫音低沉,羽音高扬,就像弹奏笙与簧一样(悦耳)。本句是说骈体文在语音上也有讲究,要平仄搭配,悦耳动听。

㊴ 舞悦：高兴得手舞足蹈。夸谈雷吼：夸奖之声犹如雷鸣一般。

㊵ 嚚(yín)昏：冥顽不灵。莽卤：鲁莽、粗糙。朴钝枯朽：朴实迟钝,枯槁腐朽。

㊶ 矉：同"颦",皱眉。頞(è)蹙(cù)：皱眉头。頞：同"额"。咪唾：嘴巴吐口水。胸欧：胸中作呕,形容厌恶至极。欧：通"呕"。

㊷ 赧(nǎn)：羞愧。填恨：满怀羞恨。

㊸ 卒不余畀(bì)：始终不把灵巧赐与我。畀：给与。

㊹ 呐(nè)舌：木讷之舌。呐：通"讷",言语迟钝。纳：放进。

㊺ 突梯：圆滑随俗的样子。卷(juàn)脔(luán)：拘谨畏缩,不得申舒的样子。

㊻ 五属十连：指掌管一方军政大权的封疆大吏。

㊼ 青褎(xiù)朱裳：青色上衣,红色的下衣。褎：同"袖",代指上衣。绛(jiàng)节：古代使者持作凭证的红色符节。

㊽"汝择"二句：你的行为是有选择的（知道自己该做什么，不该做什么），（坚决）不会去做你所憎恶的行为。"汝之"二句：你想要的，你当然可以去追求。"胡不"二句：为什么不那样去做，反而来欺骗我呢？诳：哄骗。

㊾ 谄貌淫词：谄媚的样子，邪僻荒诞的言论。自适其宜：做自己应该做的事。

㊿ 中革：中途改变。

> 评析

《乞巧文》是一篇集中反映柳宗元思想主张的文章。要理解这篇文章，需要抓住关键，概括起来就一个字"巧"。

首先，"巧"是本文的中心，它的内涵包括以下四个方面。在为人上，"巧夫"做人没有原则，完全以现实决定自己的好恶；也没有底线，朋友可以出卖，仇人不惜讨好，一切都唯利是图。在官场上，"巧夫"如履平地，左右逢源。在言语上，"巧夫"善于揣摩他人尤其是上司的心理、脾气、爱憎，总能讨得上司的欢心。在文章上，"巧夫"好做讲究对仗、辞藻、声韵的骈文，将语言的形式美发挥到极致，忽略情感思想的表达，也不求反映世道人心。"巧"的本质不过是"伪装"二字，"巧夫"种种无耻行径都是伪装的结果。总之，一个人选择"巧"就意味着放弃道义，放弃原则，一切言行都基于现实利害。柳宗元在阐述"巧"内涵的同时，还塑造了一个八面玲珑的"巧夫"形象。而正是在"巧夫"的映衬之下，才凸显作者的"拙"：语言木讷，不仅不能讨人欢心，甚至辩白不了自己的冤屈；文章质朴，不入时人眼，以至于寸步难行。或许不免夸张，却是作者被贬后的真实感受。

其次，本文写法"巧"。一是结构颇见匠心。民间乞巧习俗是文章的切入点，巧与拙的表现及其二者的比照是文章的主体部分，织女否定巧、肯定拙的态度是文章的总结。三个部分既环环相扣,又层层转折。乞巧本是民间女子的活动,柳宗元作为士大夫,以此切入自然会引起读者的好奇,造成一种奇崛之势。类似诗歌的"起兴",巧妙地引出士大夫应该关注的问题。由一个民间传说转向讨论一种普遍存在的社会问题,符合读者对士大夫文章的心理预设,文势便从奇崛渐趋平正。文章结尾否定主体部分的观点,反转"巧"与"拙"的含义,又使得文势陡然一转。古人云"文似看山不喜平",以之形容《乞巧文》的阅读体验可谓恰如其分。二是巧用反讽手法。本文立论欲否定,先肯定;欲肯定,先否定,整篇都在反着说。"巧夫"违背儒士立身处世的原则,却能得到梦寐以求的功名利禄;作者恪守原则,却处处受人贬抑与排挤。作者无力改变荒谬的现实,只能佯装赞赏巧夫的"巧",痛恨自己的"拙"。人间找不到出路,作者将目光转向天界,他向织女乞"巧",其实是让天神来评判人间的是非。织女拒绝乞巧的请求,就相当于否定之否定,间接表明"巧"的卑劣与"拙"的高尚。至此,作者借助织女之口宣告了正确的"巧""拙"观念,也完成了本文的反讽叙事。

不难看出,"巧夫"就是小人,作者才是君子。儒家观念中的理想社会应该是小人失道,君子当道。可现实恰恰相反,君子与小人的易位意味着社会秩序的崩坏,而当绝大多数精英奉行小人的逻辑时,则意味着崇高的瓦解。同样面对黑白颠倒的社会,《渔父》里的屈原是激烈的,他正面痛斥现实的荒谬,宁愿葬身鱼腹,也不与世浮沉。《古风》里的李白是哀怨的,他用"梧桐巢燕雀"象征小人得志,用"枳棘栖鸳鸾"象征君子失所,委婉宣泄心中的不满。柳宗元则是困惑的,他想不通"巧夫"何以左右合宜,自己何以格格不入,他应该经历过痛苦的反思,甚至是思想斗争,最后还是坚定了自己的理想与原则,宁愿守"拙",也不愿学"巧"。《乞巧文》所用的反讽叙事很好地展现了柳宗元困惑、矛盾、挣扎、坚守的心路,并且写得跌宕起伏,一波三折。

宥蝮蛇文① 并序

家有僮,善执蛇。晨持一蛇来谒曰:"是谓蝮蛇。犯于人,死不治。② 又善伺人,闻人咳喘步骤,辄不胜其毒,捷取巧噬肆其害。③ 然或慊不得于人,则愈怒,反啮草木,草木立死。④ 后人来触死茎,犹堕指、挛腕、肿足,为废病。⑤ 必杀之,是不可留。"余曰:"汝恶得之?"曰:"得之榛中。"⑥ 曰:"榛中若是者可既乎?"曰:"不可,其类甚博。"余谓僮曰:"彼居榛中,汝居宫内,彼不汝即,而汝即彼,犯而斗死以执而谒者,汝实健且险,以轻近是物。⑦ 然而杀之,汝益暴矣。彼耕获者,求薪苏者,皆土其乡,知防而入焉,执耒、操鞭、持芟,扑以远其害。⑧ 汝今非有求于榛者也,密汝居,易汝庭,不凌奥,不步暗,是恶能得而害汝?⑨ 且彼非乐为此态也,造物者赋之形,阴与阳命之气,形甚怪僻,气甚祸贼,虽欲不为是不可得也。⑩ 是独可悲怜者,又孰能罪而加怒焉?⑪ 汝勿杀也。"余悲其不得已而所为若是,叩其脊,谕而宥之。⑫ 其辞曰:

吾悲夫天形汝躯,绝翼去足,无以自扶,曲脊屈胁,惟行之纤。⑬ 目兼蜂虿,色混泥涂,其颈麂恶,其腹次且,褰鼻钩牙,穴出榛居。⑭ 蓄怒而蟠,衔毒而趋,志蕲害物,阴妒潜狙。⑮ 汝之禀受若是,虽欲为蛙为螾⑯,焉可得已?凡汝之为恶,非乐乎此,缘形役性⑰,不可自止。草摇风动,百毒齐起,首拳脊努,呻舌摇尾。⑱ 不逞其凶,若病乎己。⑲ 世皆寒心,我独悲尔。吾将雍吾庭,葺吾楹,室吾垣,严吾扃,俾奥草不植,而穴隙不萌。⑳ 与汝异途,不相交争。虽汝之恶,焉得而行?

嘻!造物者胡甚不仁,而巧成汝质。既禀乎此,能无危物?贼害无辜,惟汝之实。阴阳为戾,假汝忿疾。㉑余胡汝尤,是戮是抶?㉒宥汝于野,自求终吉㉓。彼樵竖持芟,农夫执耒,不幸而遇,将除其害,余力一挥,应手糜碎。㉔我虽汝活,其惠实大。他人异心,谁释汝罪?形既不化,中焉能悔?㉕呜呼悲乎!汝必死乎!毒而不知,反讼其内。㉖今虽宽焉,后则谁贳?㉗阴阳尔,造化尔,道乌乎在?可不悲欤!

> 注释

① 蝮蛇:生于我国南方的一种毒蛇。从柳宗元的描述看,本文所说的蝮蛇应是尖吻蝮,其吻鳞和鼻间鳞向上前方突出,因此又名褰鼻蛇。
② "犯于"二句:人被(它)咬了,便会不治而亡。
③ 伺人:暗中观察人。步骤:缓步走、快步走。胜:克制。捷取巧噬:敏捷地攻击人,灵巧地咬伤人。
④ 慊(qiàn):恨,不满足。啮:咬。
⑤ 堕:脱落。挛:手足蜷曲。
⑥ 汝恶(wū)得之:你是怎么抓到它的?榛(zhēn):丛生的树木。
⑦ 宫内:房屋之内。即:接近。犯而斗死:冒着生命危险招惹它。轻近:轻率接近。
⑧ 耕获者:农夫。求薪苏者:采集柴草的人。苏:本义是紫苏草,本文泛指草。土其乡:长期居住在乡里。耒:古代翻土农具耜的曲木柄。芟(shān):大镰刀。扑:拍打(赶走蝮蛇)。
⑨ 易:芟治草木。凌:迫近。奥:幽深的地方。
⑩ 气:秉性。贼:残忍。
⑪ "是独"二句:蝮蛇真是可悲又可怜,谁又能再怪罪它,将愤怒发泄到它身上呢?
⑫ 谕:告知。宥:宽恕。
⑬ 形:用作动词,赋形。绝:断。曲膂屈胁:弯曲着脊背和两胁。膂(lǚ):脊柱。胁:腋下肋骨。纡(yū):屈曲。

⑭ 蜂虿(chài)：蜂和虿，都是有毒刺的螫虫。其颈蹙恧(nù)：脖颈像是惭愧一样缩着。恧：惭愧。次且：犹豫不进的样子，形容蝮蛇爬行速度慢。寋(qiān)鼻钩牙：鼻子上翘，牙像钩子。寋：撩起。

⑮ 蟠：盘曲。蕲：通"祈"，祈求。阴妒潜狙：暗生嫉恨，暗中窥伺。

⑯ 螾：同"蚓"，蚯蚓。

⑰ 缘形役性：因为身体与本性的驱使。

⑱ 首拳脊努：头抬着，脊背弓着。呻(rán)舌：吐舌。

⑲ 若病乎己：就像自己受到伤害一样。

⑳ 薙(tì)：除草。葺：修缮。楹：堂屋前部的柱子。窒：塞。扃(jiōng)：门窗箱柜上的插关，本文指门。奥草不植：茂密的荒草无法生长。

㉑ 戾：乖张。忿(fèn)：忿怒。

㉒ 余胡汝尤：我为什么要怪罪你。尤：责备、怪罪。戮：杀。挞(chì)：用鞭、杖或竹板击打。

㉓ 终吉：善终。

㉔ 樵竖：打柴的人。竖：古代对人的贱称。糜碎：粉碎。

㉕ "形既"二句：(你的)形体都没有变化，内心能改过自新吗？中：内心。

㉖ "毒而"二句：毒害人而不自知，反而在心里争辩。讼：争论、争辩。内：内心。

㉗ 赍：有的版本作"赖"，似乎更加贴合文意。谁赖：即"赖谁"，依靠谁？

评析

《宥蝮蛇文》是骚体文，它的源头可以追溯至屈原的《离骚》。《离骚》有三个显著的文体特征：一是句式以六言、七言为主，杂以五言、八言，而且句中常使用语气词"兮"；二是多抒发幽愤或抑郁的情绪；三是运用"香草美人"手法，即赋予一些事物特定的意义，用它们象征现实中的人物。仅从体式看，《宥蝮蛇文》与《离骚》的差别很大，《宥蝮蛇文》大部分用四言写成，而且句中不用"兮"字，但若从抒情特征与象征手法来看，二者确实存在一脉相承的关系。柳宗元写过多篇以动物为主题的骚体文，几乎篇篇都有特定的寓意。《骂尸虫文》用尸虫比拟现实中专事谗毁的宵小之徒；《憎王孙文》用王孙（猴子）与猿猴的善恶不相容影射当时革新派与守旧派的势不两立。《宥蝮蛇文》应该也是一篇运用象征手法批判现实、抒发不满的文章，或许正是如此人们才将其视为骚体文。

对于《宥蝮蛇文》的现实指涉向来见仁见智，但至少有一点是比较确定的，蝮蛇象征的肯定是恶人。具体是谁虽然无法确定，但未尝不可将其视为一类人的群像。他们生性邪恶，总是无法控制害人的恶念；心肠极其毒辣，出手就要置人于死地；行事阴险，总是用尽方法暗地里害人。显然，柳宗元曾经受过这类人的戕害，以至于留下如此惨痛的记忆。柳宗元并不是一个乡愿，他的文章爱憎分明，对小人或恶徒的挞伐向来不遗余力。那么，《宥蝮蛇文》为什么一反常态，宽恕恶毒如蝮蛇一般的人呢？有人认为因为柳宗元胸次广大，宅心仁厚；也有人认为因为柳宗元没有认清他们的危害，善心用错了地方；还有人认为，柳宗元在经历贬谪之后，更加洞悉社会的黑暗，自己不能也没必要与恶人计较，敬而远之才能避害。以上观点各有各的视角，也各有各的道理。可是，无论哪一种都不是定论。或许我们还可以从另外的角度来解读柳宗元宽恕蝮蛇的原因。

柳宗元一再强调，蝮蛇的恶毒是与生俱来的禀性，也就是说，恶毒是上天赋予蝮蛇的天性。柳宗元宽宥蝮蛇，其实是把责任推给了造就万物的上天，是它不够仁慈，才有了蝮蛇害人的本性；是阴阳失调，才有了蝮蛇的暴戾。自幼浸润儒家思想的读书人都会天然地相信天道的正义，上天可以感知人间的善恶是非，从而赞助善行，惩罚恶行。那它为什么会造就蝮蛇一般的毒物，并且纵容它的恶行呢？柳宗元宽恕蝮蛇，其实就是变相诘问上天，是对天道的质疑。永贞政治改革失败以后，一系列的打击使得柳宗元真切地感受到现实与理想之间的鸿沟，又加上善于思辨的个性，他在永州谪居时期写的许多作品都发出过对上天的质疑或诘问。《天说》认为上天根本不能对人间实施赏罚，也没有哀怜仁慈之心；《乞巧文》质问天神织女为什么不公平，给予"巧夫"各种讨好的功夫，而对自己却那么吝啬。本文诘问的是上天为什么会造出蝮蛇以及如它一般的恶人，其思想与被贬之后的其他"问天"之作一脉相承。

古往今来，每当人们遭遇不平之事往往先是呼天抢地，进而责问上天的不公。司马迁在《伯夷列传》之后发过一段长长的议论，他不解地问道，人们常说"上天没有偏爱，常常帮助善良的人"。可是伯夷、叔齐品行高洁却被饿死，而杀人如麻的盗跖竟然寿终正寝。现实中操行不轨的人可以终身逸乐，正直公正的人却屡屡遇到灾祸。人们所说的天道究竟是正确，还是不正确呢？关汉卿在窦娥含冤被杀前写道："地也，你不分好歹何为地！天也，你错勘贤愚枉做天！"柳宗元宽宥蝮蛇，诘问苍天正是这种情绪的外化，也是曲折地表达对现实世界的不满。

吊屈原文①

后先生盖千祀兮，余再逐而浮湘。② 求先生之汨罗兮，揽蘅若以荐芳。③ 愿荒忽之顾怀兮，冀陈词而有光。④

先生之不从世兮，惟道是就⑤。支离抢攘兮，遭世孔疚。⑥ 华虫荐壤兮，进御羔襦。⑦ 牝鸡咿嘤兮，孤雄束咮。⑧ 哇咬环观兮，蒙耳大吕。⑨ 董蓫以为羞兮，焚弃稷黍。⑩ 狂狙⑪之不知避兮，宫庭之不处。陷涂藉秽兮，荣若绣黼。⑫ 榱折火烈兮，娱娱笑舞。⑬ 谗巧之嘵嘵兮，惑以为咸池。⑭ 便媚鞠恶⑮兮，美逾西施。谓谟言之怪诞兮，反寘瑱而远违。⑯匿重痼以讳避兮，进俞、缓之不可为。⑰

何先生之凛凛兮，厉针石而从之。⑱但仲尼之去鲁兮，曰吾行之迟迟。⑲柳下惠之直道兮，又焉往而可施？⑳今夫世之议夫子兮，曰胡隐忍而怀斯㉑？惟达人之卓轨兮，固僻陋之所疑。㉒委故都以从利兮，吾知先生之不忍；立而视其覆坠兮，又非先生之所志。㉓穷与达固不渝兮，夫唯服道以守义。㉔矧先生之悃愊兮，蹈大故而不贰。㉕沉璜瘗佩兮，孰幽而不光？荃蕙蔽匿兮，胡久而不芳？㉖

先生之貌不可得兮，犹仿佛其文章。㉗托遗编而叹唶兮，涣余涕之盈眶。㉘呵星辰而驱诡怪兮，夫孰救于崩亡？何挥霍夫雷电兮，苟为是之荒茫。㉙耀姱辞之瞳朗兮，世果以是之为狂。㉚哀余衷之坎坎兮，独蕴愤而增伤。谅先生之不言兮，后之人又何望。㉛忠诚之既内激兮，抑衔忍而不长。㉜芈为屈之几何兮，胡独焚其中肠？㉝

吾哀今之为仕兮，庸有虑时之否臧㉞！食君之禄畏不厚兮，悼得位之不昌㉟。退自服以默默兮，曰吾言之不行。㊱既谕风之不可去兮，怀先生之可忘！㊲

注释

① 吊：本义为吊唁，即在葬礼上哀悼逝者。屈原：名平，芈姓，出身于楚国远支宗族。担任过楚国三闾大夫、左徒等职，后无辜受到诽谤，先被楚王疏远，后又被放逐，含恨投汨罗江而死。

② 千祀：千年。屈原投汨罗江大约在楚顷襄王二十二年（前277）或二十三年（前276），柳宗元途径汨罗在永贞元年（805），前后相距千余年。再逐：再贬。柳宗元先被贬为邵州刺史，旋即又贬永州司马。湘：湘江，在今

湖南。

③ 汨罗：汨罗江，在今湖南东北部。蘅若：杜蘅、杜若，均为香草名。荐芳：祭献芳香。荐：祭献。

④ 荒忽：隐约，模糊不清。顾怀：眷顾。冀：希望。光：荣耀。

⑤ 就：靠近。

⑥ 支离：残破的样子。抢攘：纷乱的样子。孔：大。

⑦ 华虫：山鸡的别称，古代常用作冕服上的装饰，本文代指绣着山鸡图案的礼服。荐壤：垫在地上。荐：本义为草席，此处用为动词，引申为铺、垫。羔裘(xiù)：羊羔皮做的衣服，地位低贱的人所服。

⑧ 牝鸡：母鸡。咿(yī)嚘(yōu)：鸡鸣声。孤雄：孤独的雄鸡。咮(zhòu)：鸟嘴。

⑨ 哇咬：俚俗的音乐，民歌。环观：围着欣赏。蒙耳：遮住耳朵。大吕：黄钟大吕的省称，庄严正大、和谐高妙的音乐。

⑩ 堇(jǐn)：乌头。喙(huì)：乌喙。二者皆为有毒植物。羞：同"馐"，美食。稷黍：稷和黍。

⑪ 犴(àn)狱：牢狱。

⑫ "陷涂"二句：陷入泥泞里，坐卧在污秽上，却像是披上华丽的衣服一般荣耀。绣黼(fǔ)：绣着华美花纹的衣服。黼：古代礼服上绣的黑白相间的斧形花纹。

⑬ 榱(cuī)：椽子。娱娱：欢乐的样子。

⑭ 谗巧：谗邪巧佞的人。嚣嚣(xiāo)：争辩声。咸池：古乐曲名，相传是尧帝时的音乐。

⑮ 便媚：阿谀谄媚。便：通"辩"，善于言辞。鞠(jū)恧(nù)：弯着身子，低声下气。

⑯ 谓：以为。谟(mó)：计谋，策略。寘：同"置"。瑱(tiàn)：古代冠冕悬在

两侧用以塞耳之玉。

⑰ 匿:隐藏。重痼(gù):经久不愈的重病。讳避:忌讳回避。俞、缓:俞跗和秦缓,都是古代的名医。

⑱ 凛凛:威严而使人敬畏的样子。厉:同"砺",磨。针石:古代治病用的金针和石针。

⑲ "但仲"二句:《孟子·万章下》记载,孔子离开齐国的时候,手里捧着刚淘好还没晾干的米就匆忙出发。离开鲁国的时候,他说:"走慢一点吧。因为这是离开父母国家时的礼节。"

⑳ 直道:正直行事。柳下惠:春秋中期鲁国大夫展禽。《论语·微子》记载,柳下惠当士师,好几次被撤职。有人对他说:"您不可以离开鲁国吗?"他说:"正直地工作,到哪里去不多次被撤职? 不正直地工作,为什么一定要离开祖国呢?"

㉑ 胡隐忍而怀斯:为什么隐忍(痛苦),怀恋这个国家(楚国)而不离开呢?

㉒ 达人:通达事理的人。卓轨:卓越的行为。轨:人的操行。僻陋:偏执而浅陋的人。

㉓ 委:抛弃。故都:可以指楚国的都城郢都,也可以代指屈原的故国。覆坠:倾覆坠落,比喻国家衰落覆亡。

㉔ 穷与达:得志与不得志,困顿与显达。渝:改变。服:坚信。

㉕ 矧(shěn):况且。悃(kǔn)愊(bì):至诚。大故:重大变故,指死亡。

㉖ 璜:半环形玉器。瘗(yì):埋。荃、蕙:皆是香草。蔽匿:封藏。

㉗ "先生"二句:先生的容貌现在已经无法看到,但从文章中似乎还能看您的形象。

㉘ 遗编:遗著。涣:水流散,本文指流眼泪。

㉙ 挥霍:迅疾的样子,本文可释为驱驰。屈原的《离骚》中有雷神为他驾车的描述。苟:轻率。荒茫:渺茫。

㉚ 姱(kuā)：美好。瞙(tǎng)：不明。"瞙朗"组成偏义复词，只取"瞙"的意思。

㉛ 谅：料想。望：责备。

㉜ "忠诚"二句：忠诚在内心激荡，就是一时忍住，也不会长久不说。衔忍：口如衔枚一般忍着不说话。

㉝ "芈为"二句：源出于芈姓的屈姓该有多少人啊，为什么只有你心急如焚？芈：楚国王室的姓。屈：屈原的祖先屈瑕是楚武王熊通之子，受封于屈地，因此以屈为姓。

㉞ 庸有：那有。否(pǐ)臧(zāng)：恶与善。

㉟ 悼：恐惧。昌：高。

㊱ 自服：自守。吾言之不行：我的主张无法实行。

㊲ 媮(tōu)风：苟且偷安的风气。媮：同"偷"。

评析

屈原大概是中国历史上引起共鸣最多的失意人。后世文人经过他投水的汨罗江畔，往往会创作诗文来凭吊他，贾谊和柳宗元的同题文章《吊屈原文》便是其中较为知名的两篇。两篇主题相似的文章，后世的评价不尽相同，贾谊得到的几乎是一致褒扬，柳宗元则是毁誉参半。有观点认为，屈原、贾谊被贬的原因与柳宗元不同，二人皆是因谗言而无辜受难，柳宗元则是因依附王叔文而得罪迁谪，贾谊作文凭吊屈原是有感而发，柳宗元则是强行比附。如此解读实在过于武断。柳宗元与屈原的经历确实存在诸多不同，但这并不能阻止柳宗元在心理上将自己与屈原比拟。彼时彼刻，柳宗元或许就是觉得他和屈原一样都是别有怀抱的伤心人，面对的都是顽固而强大的势力，遭受的都是莫可辩白的冤屈。后来柳宗元写过不少讽刺、批判小人当道、黑白颠倒的诗文,大概都是这一心理在文学作品中的投射。

那么,如何客观地评价柳宗元与贾谊的文章呢?首先,必须承认二者之间的渊源关系。两篇文章都有一段引言,交代写作缘起;前半部分都用一系列比喻描述屈原所处社会的黑白颠倒,而且都以名鸟、宝物比贤人,以恶禽、秽物比奸佞。虽然喻体各不同,但手法如出一辙,显然是遥承《离骚》"香草美人"手法的遗意。两篇文章的后半部分都从叙述转向议论,并阐明了作者对于屈原以身殉国的意见。其次,必须正视二者的区别。两篇文章最大区别在于发表的议论不同。尽管贾谊对屈原的处境充满同情,却不赞同屈原以身殉国的做法。他认为,屈原之所以投水而死是因为没有认清自身所处的时代,不懂得怎样在浊世中生存。正确的处世态度应是,若无人理解,完全可以离开故土,远逝他国;若世事险恶,要懂得明哲保身,伺机而动。柳宗元的观点从某种角度上看是与贾谊的论辩,针对贾谊为屈原设计的两条出路,一一做了反驳。柳宗元认为,屈原不离开楚国是因为不忍心,不全身远害是因为不合乎志趣。他最终选择慷慨赴死是因为他不愿丧失自己的操守,改变自己的志向。客观地说,柳宗元更能从屈原的角度去理解屈原,观点似乎更趋近真相。

柳宗元并未止步于反驳贾谊,还在他的观点之外翻出两层意思。一是突出屈原不与世俗妥协的品格。柳宗元笔下的屈原是一位明知不可为而为之的悲情人物。他的言行在世俗看来是徒劳的,甚至是狂妄的。屈原不为人理解,却又坚持己见,结局固然是悲剧的,但其中折射出的品质却是稀缺可贵的。结合同一时期柳宗元的自我书写不难发现,屈原隐喻的其实就是柳宗元自己。二是由凭吊屈原迁移到现实批判。从屈原的遭遇写到作者的悲叹足以构成一篇相当完整的《吊屈原文》。事实上,包括贾谊在内的许多作者也确实就是这么写的。柳宗元却将笔触伸向现实,以屈原的忧国忧民反衬当时官场风气的败坏。一篇作品的深度往往由其思想的广度决定,写个人又不囿于一己的感受与得失,强调文章干预现实的功能正是柳宗元的散文创作一直追寻的目标。

伊尹五就桀赞①

伊尹五就桀。或疑曰:"汤之仁闻且见矣,桀之不仁闻且见矣,夫胡去就之亟也?"②柳子曰:"恶,是吾所以见伊尹之大者也。彼伊尹,圣人也。圣人出于天下,不夏、商其心,心乎生民而已。③曰:'孰能由④吾言?由吾言者为尧、舜,而吾生人尧、舜人矣。'退而思曰:'汤诚仁,其功迟⑤;桀诚不仁,朝吾从而暮及于天下可也。'于是就桀。桀果不可得,反⑥而从汤。既而又思曰:'尚可十一乎?使斯人蚤被其泽也。'⑦又往就桀。桀不可,而又从汤。以至于百一、千一、万一,卒不可,乃相汤伐桀。⑧俾⑨汤为尧、舜,而人为尧、舜之人,是吾所以见伊尹之大者也。仁至于汤矣,四去之;不仁至于桀矣,五就之,大人之欲速其功如此。⑩不然,汤、桀之辨,一恒人尽之矣,又奚以憧憧圣人之足观乎?⑪吾观圣人之急生人,莫若伊尹;伊尹之大,莫若于五就桀。"作《伊尹五就桀赞》:

圣有伊尹,思德于民。往归汤之仁,曰仁则仁矣,非久不亲。⑫退思其速之道,宜夏是因。⑬就焉不可,复反亳殷。⑭犹不忍其迟,亟往以观。庶狂作圣,一日胜残。⑮至千万冀一,卒无其端。⑯五往不疲,其心乃安。遂升自陑,黜桀尊汤,遗民以完。⑰大⑱人无形,与道为偶。道之为大,为人父母。大矣伊尹,惟圣之首。既得其仁,犹病其久。恒人所疑,我之所大。呜呼远哉!志以为诲。⑲

> 注释

① 伊尹：名伊，一名挚，商汤的大臣，辅佐商汤灭夏。《孟子·告子下》记载，伊尹曾五次投奔商汤，五次投奔夏桀，但不失为仁人君子。《孟子·万章上》记载，商汤曾多次派人礼聘伊尹，最终才使得伊尹为自己效力。柳宗元此文乃就《孟子·告子下》中的说法立论，表彰伊尹的人格与功绩。本文大约作于永州。桀：夏朝末代君主，被商汤打败之后，死在放逐的途中。赞：一种专门用于赞美人或物的文体。

② 汤：又称成汤、商汤等，商朝第一位王。闻且见：既听说，又见到。去就：离开、接近。亟：屡次。

③ "圣人"三句：圣人出现在世上，心不会向着夏朝，也不会向着商朝，而是向着人民。

④ 由：听从。

⑤ 其功迟：（即使我辅佐他）发挥功效也很慢。

⑥ 反：同"返"。

⑦ 尚可十一：尚且有十分之一的希望。蚤：通"早"。被其泽：受到他的恩惠。被：蒙受。

⑧ 卒：最终。相汤伐桀：辅佐汤讨伐桀。相：辅佐。

⑨ 俾：使。

⑩ 仁至于汤：仁达到汤的程度。大人：对伊尹的尊称。功：功绩。

⑪ 恒人：常人，一般的人。憧憧（chōng）：往来不绝的样子。足观：足以看出。

⑫ "仁则"二句：《史记·殷本纪》记载，伊尹意欲干谒商汤，不得已做了有莘氏陪嫁的奴隶，以烹饪技艺接近商汤，再伺机展示自己的政治才能。

⑬ 道：方法。宜夏是因：应该依靠夏（实现施德于民德理想）。

⑭ 亳（bó）：汤时商代的都城。殷：商王朝自盘庚至纣的都城。商朝曾多次迁都，亳、殷是其中最有名的两个。本文用它们指代商朝。

⑮ 庶：希望。狂：狂妄无知。圣：明哲。胜残：克服残暴。

⑯ 冀：希望。端：端倪，迹象。

⑰ 升：登。陑（ér）：山名，在今山西永济市南。传说是伊尹辅佐商汤讨伐夏桀起兵的地方。遗民：夏朝留下的百姓。完：保全。

⑱ 大：尊崇。

⑲ 远：深奥。志：记录。诲：教诲。

评析

赞是一种古老的文体，在柳宗元以前已经有几百年的写作历史，形成了一些写作规范。赞一般是由四字句写成，句尾往往押韵。赞的篇幅通常较简短，有些赞有序，赞为韵文，序为散文，有些只有赞文。赞的对象有时是人，有时则是重要历史人物的某一事迹。赞有两项重要的功能：一是赞美功能，针对人物品格或事迹进行一番颂扬；二是补充说明功能，对赞颂人物的事迹作更为充分的叙述或说明。

《伊尹五就桀赞》对传统赞文体最大的突破在于，用赞的形式来辨析经典中的可疑之处。《孟子》关于伊尹的记载颇有不能自圆其说的地方。《孟子·万章上》说，伊尹曾在有莘国隐居，但凡不合乎道义的君主，就算给他再大的官职、再高的俸禄，他都不看一眼。《孟子·万章下》却说，伊尹认为任何君主都可以侍奉，因此他世道太平做官，世道混乱也做官。《孟子·告子下》又说，伊尹五次投奔商汤，五次投奔夏桀，即使如此，孟子也依然认为伊尹是仁人君子。三处表述固然有不同的语境，但客观上确实给后人带来一些疑问。既然伊尹那么恪守道义，为什么会多次离开仁义的商汤，投奔无道的夏桀呢？伊尹既然投奔过夏桀，又怎么称得上仁呢？柳宗元的《伊尹五就桀赞》就是试图勘破《孟子》留下的疑案。柳宗元的高明之处在于没有陷入对三处表述是非曲直的争论，因为它们确实存在互相龃龉的地方，而是为它们找到了一个共同的理由。儒家素来有民本思想，《孟子》将这种思想表述为"民为贵，社稷次之，君为轻"。孟子认为，人民、国家、君主的重要性依次递减，三者之中人民最重要。那么，爱民就是仁德的最高表现。从这个前提出发，伊尹跟随夏桀还是商汤并不是最重要的，最重要的是他是否为人民谋福祉。投靠夏桀是为了更快地实现爱民、化民的政治理想，投靠商汤亦是如此。无论反复几次，最终的目的都是不变的。

按照柳宗元的逻辑，《孟子》里的疑问便能迎刃而解，伊尹不是德行有亏，也不是识人不明，而是超越了忠君，达到仁之至高的"爱民"境界。柳宗元的思路虽然新奇，但并不是诡辩或强辩。《孟子》不止一次说过，伊尹之所以愿意出仕，是因为他认为自己有责任让天下百姓享受尧舜一般明君治下的恩泽。这很可能就是柳宗元立论的逻辑起点，当然也是佐证柳宗元观点最有力的内证。综上所述，柳宗元用的虽然是赞的体式，贯彻的却是论的方法。以论作赞，既能表达对伊尹五就桀的赞美，又能逻辑严密地表述观点。或许，这就是柳宗元没将本文写成说或论体文的原因吧。

《伊尹五就桀赞》的观点虽然有理有据，但是不以为然的也大有人在，苏轼便是其中的一位。他的《柳子厚论伊尹》认为，柳宗元写《伊尹五就桀赞》不过是为了辩解自己为什么跟随王叔文参加政治改革。换句话说，柳宗元是把王叔文比作夏桀，把自己比作伊尹，自己跟随王叔文并非攀附权贵，而是为了保存唐朝。柳宗元、苏轼都是辩论高手，他们的文章无论是观点还是结构往往都自有一套逻辑。单看其中一家似乎都能服人，二人合观却不太好判断谁对谁错。因为他们不是在同一个层面上讨论问题，或者说讨论的并不是同一个问题。这种现象告诉我们,写议论文尤其是驳论文,辩论双方必须在同一个前提下,从某一个出发点展开讨论,才能得出双方乃至第三方都认同的结论。不然,必然会出现"一千个读者有一千个哈姆雷特"的局面。

忧　　箴①

忧可无乎？无谁以宁！子如不忧,忧日以生。忧不可常,常则谁怿②？子常其忧,乃小人戚。③敢问忧方④,吾将告子：有闻不行,有过不徙；宜言不言,不宜而烦⑤；宜退而勇⑥,不宜而恐。中之诚恳,过又不及。⑦忧之大方,唯是焉急！内不自得,甚泰⑧为忧。省而不疚,虽死优游。⑨所忧在道,不在乎祸。吉之先见,乃可无过。告子如斯,守之勿堕⑩！

注释

① 箴是以劝告、规诫为内容的一种文体。箴是"针"的古字,古人以箴刺治病,类似现在的针灸。箴可以治疗人身体上的病,而规劝的话可以纠正人行为上的偏失,因此箴字也就有了规诫的意思,进而用来指称以箴规为内容的文体。
② 怿：喜悦。
③ 戚：忧愁,悲伤。《论语·述而》："君子坦荡荡,小人长戚戚。"孔子认为,小人于人于事,斤斤计较,患得患失,所以经常局促忧愁。
④ 忧方：哪些事情需要忧愁。
⑤ 烦：烦琐,繁多。
⑥ 勇：在儒家的语境里,勇是一种没有节制或缺乏理智的勇敢。

⑦ "中之"二句：内心的真诚，要么太多，要么不够。

⑧ 泰：安定。

⑨ 省：反省。优游：从容。

⑩ 堕（huī）：荒废。

评析

"惩前毖后，治病救人"，纠正行为上的偏失和治疗身体上的疾病一样是救人的行为，只是一个用言语，一个用药石。因此古人形象化地将规劝别人的行为或者言语称为箴。箴一般都用四言写成，目的是便于吟诵，从本质上说，箴其实是一种体式与《诗经》类似的古诗。箴可分为官箴和私箴，官箴是朝廷专门负责进谏的官员规劝君王而作的箴；私箴则是一般上下级之间交流意见所作的箴。无论对象是谁，箴都是为别人而作的，只是私箴流行之后，渐渐出现了一种既可以有益于他人，又能警示自己的箴。《忧箴》和它的姊妹篇《诫惧箴》同属于这一类型。

忧虑是人类与生俱来的一种情绪，常常给人们带来困扰。柳宗元在遭遇政治打击之后，曾在相当长的时间里受到这种情绪的困扰，他想过很多方法来排遣，都收效甚微。最终不得不直面忧虑，试图在自己的知识背景下开出一副能自治也能治人的药方。

柳宗元认为人的忧虑既不能多，也不能完全没有，多了人生便失去乐趣，没有则会不思进取。忧与不忧的尺度在于言行是否合宜，适当的时候做适当的事，便会减少忧虑。忧与不忧的原则在于立身、处世是否合道，只要符合道的原则，即使因之而得忧，内心也能泰然处之。柳宗元的忧虑观显然植根于儒家思想，思维方式上尤其借鉴了中庸观念。人需要适当的忧虑是"中庸"，行事合宜也是"中庸"。不难看出，柳宗元是通过提升自身的道德素养来达到心灵的平静。

　　高明的文学作品与平凡的文学作品之间最大的差别在于，前者总是能够基于一己的得失、感受，发现人所共通的体验或者提出一些超越性的意见。左思在饱受门阀制度的压迫之后，写出《咏史》组诗，控诉门阀制度的虚伪以及下层文人因之而受到的戕害。杜甫在经历屋漏不止、寒夜难眠之后，联想到同样不得安居的天下寒士，唱出"安得广厦千万间，大庇天下寒士俱欢颜！风雨不动安如山。呜呼！何时眼前突兀见此屋，吾庐独破受冻死亦足！"（《茅屋为秋风所破歌》）柳宗元写作《忧箴》之前肯定也有一段痛苦的经历或者独特的心路，不可否认《忧箴》里或多或少有对过往的反思，反思之后又能提出超越一己感受的观点。在柳宗元的眼里，忧虑不仅是一种消极情绪，而且是一个人生必须面对的终极问题。要克服它的消极影响，不仅要在言行上下功夫，而且要在心性上下功夫。一旦内心坚守住道义，并达到一种自适的状态，忧虑便不足为惧。这一观点不失为一种可以解忧的方法。

三　　戒① 并序

　　吾恒恶世之人，不知推己之本，而乘物以逞，或依势以干非其类，出技以怒强，窃时以肆暴，然卒迨于祸。②有客谈麋、驴、鼠三物，似其事，作《三戒》。

临 江 之 麋

　　临江之人，畋得麋麑，畜之。③入门，群犬垂涎，扬尾皆来。其人怒，怛④之。自是日抱就犬，习示之，使勿动，稍使与之戏。⑤积久⑥，犬皆如人意。麋麑稍大,忘己之麋也,以为犬良我友,抵触偃仆,益狎。⑦犬畏主人,与之俯仰甚善,然时啖其舌。⑧三年,麋出门,见外犬在道甚众,走欲与为戏。外犬见而喜且怒,共杀食之,狼藉⑨道上,麋至死不悟。

注释

① 三戒:三件足以引以为戒的事。戒是一种古代文体,常用历史事实或虚构的故事来阐明某种道理,从而引起人们的警戒。
② 推己之本:探求自己的实际情况或能力。推:寻求,探索。乘:凭借,依仗。物:自身以外的势力。逞:放肆。干:求取。出:显露。窃时:乘机。肆暴:随心所欲地为非作歹。迨(dài):及。
③ 临江:唐代县名,今江西樟树市。畋(tián):打猎。麋麑:鹿的幼兽。畜(xù):饲养。
④ 怛(dá):威吓,恐吓。
⑤ 自是:从此。习:经常,常常。稍:逐渐。戏:嬉戏。
⑥ 积久:经历很长时间。
⑦ 忘己之麋:忘了自己是鹿。良:的确,真的。抵触:用角碰触。偃仆:仆倒。二者都是麋与群犬玩耍的动作。狎:亲昵。
⑧ 俯仰:周旋,应付。啖其舌:咂咕自己的舌头,形容群犬的馋。啖(dàn):吃。
⑨ 狼藉:纵横散乱的样子,形容外犬吃剩下的麋的尸骨皮肉。

黔 之 驴

黔无驴,有好事者船载以入。①至则无可用,放之山下。虎见之,庞②

然大物也，以为神。蔽林间窥之，稍出近之，慭慭然③莫相知。他日，驴一鸣，虎大骇，远遁，以为且噬己也，甚恐。④然往来视之，觉无异能⑤者。益习其声，又近出前后，终不敢搏。稍近，益狎，荡倚冲冒，驴不胜怒，蹄之。⑥虎因喜，计之曰："技止此耳！"因跳踉大㘎⑦，断其喉，尽其肉，乃去。噫！形之庞也类有德，声之宏也类有能。向不出其技，虎虽猛，疑畏，卒不敢取。今若是焉，悲夫！

注释

① 黔：唐代黔中道，辖境包括今湖北西南、四川东南、贵州北部、湖南西部一带。船：名词作状语，用船。
② 尨：通"庞"。
③ 慭慭(yìn)然：谨慎小心的样子。
④ 远遁：逃往远处。噬(shì)：吞，咬。
⑤ 异能：特殊的本领。
⑥ 荡：触碰。蹄：用作动词，用蹄子踢。
⑦ 跳踉(liáng)：跳跃。㘎(hǎn)：虎怒吼。

永某氏之鼠

永有某氏者，畏日，拘忌异甚。①以为己生岁直②子，鼠，子神也。因爱鼠，不畜猫犬，禁僮勿击鼠。仓廪庖厨，悉以恣鼠不问。③由是鼠相告，皆来某氏，饱食而无祸。某氏室无完器，椸无完衣，饮食大率鼠之余也。④昼累累与人兼行，夜则窃啮斗暴，其声万状，不可以寝。⑤终不厌。⑥数岁，某氏徙居他州。后人来居，鼠为态如故。其人曰："是阴类恶物也,盗暴尤甚,且何以至是乎哉!"⑦假五六猫,阖门撤瓦,灌穴,购僮罗捕之。⑧杀鼠如丘,弃之隐处,臭数月乃已⑨。呜呼! 彼以其饱食无祸为可恒也哉!

注释

① 永:永州。某氏:某姓之人,意即不知姓名之人。畏日:害怕触犯忌日。拘忌:禁忌。

② 直:同"值",正当。

③ 仓廪(lǐn):贮藏米谷的仓库。古代称谷仓为仓,米仓为廪。庖(páo)厨:厨房。恣:听任,放纵。

④ 完器:完好的器物。椸(yí):衣架。大率:大都。鼠之余:老鼠(吃)剩下的。

⑤ 累累:成群结队。兼:并。窃啮:偷咬。万状:各种各样。

⑥ 终不厌:(某氏)始终不讨厌。

⑦ 阴类恶物:生活在阴暗处的坏东西。何以至是乎:为什么(猖獗)到这种程度。

⑧ 阖门:关门。撤瓦:搬开陶器。瓦:用陶土烧成的器皿。购:花钱雇人。罗捕:搜索捕捉。

⑨ 臭:同"臭"。已:停止。

评析

我们通常把柳宗元一些借物说理、讽刺、批判的文章视为寓言,但它们诞生之时各有各体,有的叫骚,有的叫传,有的为说,有的为戒。换句话说,我们现在称之为寓言的文章在古代其实分属不同文体。《宥蝮蛇文》《憎王孙文》属于骚体文,骚体文的特点是借用特定的事物暗喻幽愤。因此,两篇文章不遗余力地叙述、控诉、挞伐蝮蛇、王孙的恶毒、卑劣,以此表现对于害人的宵小之徒的憎恶,同时也寄寓柳宗元自己深受其害却又无可奈何的悲叹。《罴说》《鹘说》属于说体文,说有两层含义:一是(可能是虚构的)民间传说或者故事可以称为说;二是借物议论或针砭时弊也可以称为说。因此,两篇文章都是一边叙事一边议论,最终通过叙事来阐明道理。《蝜蝂传》属于传,传的特点是通过记录传主的事迹呈现传主的品质或作者的褒贬。因此,《蝜蝂传》通过叙述蝜蝂善负好高的事迹讽刺那些贪求无厌的人。《三戒》属于戒(诫)体文,戒有"警戒"的意思,文体特征是通过虚构的故事来警戒世人。它所叙述的三个故事既包含作者的感受,又从本质上总结了社会生活中的某些现象,不仅可以警戒时人,而且能警示后人。

　　从现代立场出发,以上几篇文章确实具有一些寓言的特征,它们是具有讽喻或劝诫意义的故事,多运用比喻、拟人、夸张的方法,通过叙述故事或者塑造形象来阐明一个道理。可是如果从古人的立场出发,它们虽然确实包含说理、讽刺的意图,但是呈现的方式以及过程略有差异。"骚"的故事性不强,文章一般通过塑造某一具有特殊品质的形象来表达讽刺或纾解郁结。"说""传"虽然兼有叙事与说理,但是重心一般放在说理上,故事较为简单,情节略显单薄。《三戒》可能是诸文之中最接近现代寓言的一种。首先,它们的情节复杂且饶有趣味。三个故事首尾完整、曲折离奇,每篇都能分出两到三个层次,每一层较之上一层情节都向前推进一步。其次,塑造出生动的寓言形象。柳宗元《三戒》运用了大量的细节描写,临江之麋亲昵群犬的动作,黔驴被老虎激怒之后的情态,永某氏鼠在主人纵容之下的猖狂,无不曲尽其妙。最后,蕴含着深刻且具有普遍意义的教训。《三戒》源于柳宗元对中唐社会的深度观察,但它的意义远远超出了时代的限制,它所讽刺的三种人没有哪个社会不存在。三个故事本身对人们的启发,实际上比作者原本的寓意更为广泛。所以说《三戒》已经非常接近现代寓言。

柳宗元写作《三戒》时一定有特定的寓意,但是时代、文化背景各异的读者作出的解读不尽相同。古代的读者似乎更希望找出柳宗元的真实用意,而现代读者更喜欢挖掘其中的寓意。《三戒》之所以能够为读者提供如此广阔的解读空间,正是因为《三戒》反映了人类社会中带有普遍性的现象,它们可以超越作者写作时的主观意图,为不同时代的读者提供一些规律性的认识。

谤　　誉^①

凡人之获谤誉于人者,亦各有道。君子在下位则多谤,在上位则多誉;小人在下位则多誉,在上位则多谤。何也?君子宜于上不宜于下,小人宜于下不宜于上,得其宜则誉至,不得其宜则谤亦至。此其凡^②也。然而君子遭乱世,不得已而在于上位,则道必咈于君,而利必及于人,由是谤行于上而不及于下,故可杀可辱而人犹誉之。^③小人遭乱世而后得居于上位,则道必合于君,而害必及于人,由是誉行于上而不及于下,故可宠可富而人犹谤之。君子之誉,非所谓誉也,其善显焉尔。小人之谤,非所谓谤也,其不善彰^④焉尔。

然则在下而多谤者,岂尽愚而狡也哉?^⑤在上而多誉者,岂尽仁而智也哉?^⑥其谤且誉者,岂尽明而善褒贬也哉?^⑦然而世之人闻而大惑,出一庸人之口,则群而邮之,且置于远迩,莫不以为信也。^⑧岂惟不能褒贬而已,则又蔽于好恶,夺于利害,吾又何从而得之耶?^⑨孔子曰:"不如乡人之善者好之,其不善者恶之。"^⑩善人者之难见也,则其谤君子者为不少矣,其谤孔子者亦为不少矣。传之记者，叔孙武叔，时之贵显者也。⑪其不可记者又不少矣。是以在下而必困也。及乎遭时得君而处乎人上，功利及于天下，天下之人皆欢而戴之，向之谤之者，今从而誉之矣。是以在上而必彰也。

或曰："然则闻谤誉于上者，反而求之，可乎？"⑫曰："是恶可，无亦征其所自而已矣！⑬其所自善人也，则信之；不善人也，则勿信之矣。苟吾不能分于善不善也，则已耳。如有谤誉乎人者，吾必征其所自，未敢以其言之多而举⑭且信之也。其有及乎我者，未敢以其言之多而荣且惧也。苟不知我而谓我盗跖，吾又安取惧焉？苟不知我而谓我仲尼，吾又安取荣焉？知我者之善不善，非吾果能明之也，要必自善⑮而已矣。"

注释

① 谤誉：毁谤、指责与称赞、表扬，意即说坏话，说好话。文章大约作于永州。

② 凡：大概，要略。

③ 咈（fú）：同"拂"，违逆、乖戾。犹：还是。

④ 彰：揭示，表露。

⑤ "然则"二句：那么（君子）身处下位的时候受到很多指责，难道此时的他们都是愚蠢又狡诈的吗？

⑥ "在上"二句：（君子）身处上位的时候受到很多赞誉，难道此时的他们都是仁德又聪明的吗？

⑦ "其谤"二句：那些指责或赞誉（君子）的人，难道全都明白事理而又善于褒贬吗？

⑧ 邮、置：都是驿站，本文用作动词，传播。远迩：远近。信：真实。

⑨ "岂惟"四句：何止不能（分辨）褒贬（的真实性），他们还被好恶所蒙蔽或者

依据自己的利弊判断（褒贬），我们又从哪里得知一个人的真实情况呢？岂惟：何止。

⑩ 此句见于《论语·子路》。

⑪ 传：文字记载，指《论语》。叔孙武叔：鲁国大夫，名州仇，武是他的谥号。《论语·子张》记载，叔孙武叔毁谤仲尼。子贡说："不要这样做，孔子是毁谤不了的。他人的贤能，好比丘陵，尚能逾越；孔子简直是太阳和月亮，绝无逾越的可能。纵使有人要自绝于日月，对日月能有什么损害呢？只是表明他不自量罢了。"时之贵显者：当时显贵的人。

⑫ 上：官僚集团的上层。反而求之：回头来从自己这方面寻找原因。反：同"返"。

⑬ 无亦：不亦，不过。征：追究，追问。所自：（谤誉）出自哪里。

⑭ 举：谈论，称引。

⑮ 自善：自觉坚守、践行善的原则。

[评析]

柳宗元的大部分文章从题目上看就能分辨它们属于哪种文体，有些却不能，《谤誉》《鞭贾》《舜禹之事》《咸宜》等几篇就属于这种情况。因为文体标志不明显，有人将其归到"杂题"一类。杂题文章题目的样式五花八门，没有一个固定的命名模式，唐宋时期这样的文章有时也叫杂文，说理可能是它们唯一的共同点。当然同是说理，方法也不尽相同。《鞭贾》是寓言式的说理，《舜禹之事》是反驳式的说理，《谤誉》则是直接说理，从不同角度、多个层次阐明自己关于毁谤和赞誉的观点。

曲折迂回是《谤誉》最显著的特征。这首先体现在文章的结构上。谤、誉是本文的行为线索，柳宗元围绕它们用了三个层次阐述三个相互关联的观点。第一层观点是"君子在下位则多谤,在上位则多誉;小人在下位则多誉,在上位则多谤"。第二层抛开小人不论,只讨论君子为什么在下位的时候受到的毁谤多,在上位的时候受到的赞誉多。第三层再宕开一笔,讨论君子应该如何正确面对谤与誉。文章第一层观点脱胎于儒家的君子、小人观念,即君子宜于处在上位,小人应该处在下位。从这个前提出发,柳宗元提出了自己的观点,君子处在上位多誉,反之则多谤;小人处在上位多谤,反之则多誉。柳宗元可能并不关心小人谤、誉的多寡。文章第二层只就君子的谤、誉展开讨论,缩小讨论范围的同时,也改变了讨论的方向。柳宗元认为大多数人并不能对君子作出客观公正的评价。君子身处下位的时候,一旦受人非议,不明就里的人们便会信以为真,将毁谤散播开来。待到君子身处上位,使得国富民安,受到君子惠泽的人们自然会从毁谤转向赞誉。这便是"君子在下位则多谤,在上位则多誉"的原因。文章第三层以"或曰"开头,说明讨论方向又有所改变。"或曰"其实是一种假设,通过否定某种假设,作者可以进一步讨论已有观点之外的其他可能。如果说前两层是在表述客观事实,第三层则是在表明主观态度。柳宗元认为,君子面对谤誉的时候要辨明它们的来源,若是出于别有用心的恶徒之口,无论他们的身份、地位如何,一律无须在意。当然如果无法辨别来源,那更不用理睬,做好自己就行。可以看出,文章每一层都在上一层的基础上提出了新的观点,尽管我们可以看出其中的联系,但很难说它们是简单的递进或者并列关系。

曲折迂回的特点还表现在观点的表述上。文章第一层的观点表述其实有三次转折。首先说的是在通常情况下"君子在下位则多谤,在上位则多誉;小人在下位则多誉,在上位则多谤"为什么合理。其次说的是这一观点为什么在政治混乱的时候依然适用。最后说的是赞誉与指责最终的目的都是彰显善与不善,也就是惩恶扬善。前两次转折是从正反两个方面说明观点的合理性,后一次则是从原有观点中引申出一层新的意思。文章第二层的观点表述也有两次转折。第一次是在没有任何铺垫或说明的情况下,从上一层的观点直接转向君子谤誉的阐述,至于小人的则弃而不论。本层起首两个问句完全没有主语,如果不联系上下文仔细揣摩,很难确定它们是针对君子还是针对小人,或者同时针对二者。第二次是在论述的过程中改换了观点的表述方式,用"在下而必困"替换了"在下位则多谤",用"在上而必彰"替换了"在上位则多誉"。客观地说,无论是未作说明的观点转换,还是表述方式的转换,都会使得观点的表达更加晦涩。

或许是因为《谤誉》的行文太过迂回曲折,甚至有些晦涩难懂,以至于古代有人觉得它与柳宗元一贯的散文风格不相吻合,怀疑它不是柳宗元的手笔。当然这只是一种猜测,并没有确凿的证据。对于现代的普通读者来说,《谤誉》是否出自柳宗元之手并不是最值得关心的问题,他们更关心的是能否从中汲取教益。《谤誉》的思想虽然有一些时代局限,但其中的一些观点至今仍有现实意义。因为每个人的一生都会不可避免地遭受他人的褒贬,怎样面对褒贬,柳宗元站在儒家士大夫的立场为我们提供了一种思考的方式。

鞭 贾①

市之鬻鞭者,人问之,其贾宜五十,必曰五万。②复之以五十,则伏而笑;以五百,则小怒;五千,则大怒;必以五万而后可。③有富者子,适市买鞭,出五万,持以夸余。④视其首,则拳蹙而不遂;视其握,则蹇仄而不植;其行水者,一去一来不相承;其节朽墨而无文,掐之灭爪,而不得其所穷;举之翻然若挥虚焉。⑤余曰:"子何取于是而不爱五万?"曰:"吾爱其黄而泽。且贾者云。"⑥余乃召僮爚汤以濯之。⑦则遫然枯,苍然白,向之黄者栀也,泽者蜡也。⑧富者不悦。然犹持之三年。后出东郊,争道长乐坂下。⑨

马相踶,因大击,鞭折而为五六。⑩马踶不已,坠于地,伤焉。视其内则空空然,其理若粪壤,无所赖者。⑪

今之栀其貌,蜡其言,以求贾技于朝,当其分则善。⑫一误而过其分,则喜;当其分,则反怒,曰:"余曷不至于公卿?"⑬然而至焉者亦良多矣。居无事,虽过三年不害。⑭当其有事,驱之于陈力之列以御乎物,以夫空空之内,粪壤之理,而责其大击之效,恶有不折其用,而获坠伤之患者乎?⑮

注释

① 鞭贾(gǔ):卖鞭子的商人。

② 贾(jià):同"价"。五十、五万:即五十钱、五万钱。

③ 复:回复,即买家还价。伏而笑:弯着腰笑。

④ 适:往、到。持以夸余:拿着鞭子向我夸耀。

⑤ 首:鞭梢。拳蹙:卷缩。拳:同"卷"。蹙:收缩。遂:顺,引申为舒展。握:鞭柄。蹇(jiǎn)仄(zè):歪斜。植:同"直"。承:衔接。节:马鞭上的节纹。朽墨:腐朽色黑。掐之灭爪:用指甲掐,指甲便陷入其中。不得其所穷:不知道(陷入)多深。翲(piāo)然:轻飘飘的样子。挥虚:形容挥动马鞭时轻得像什么都没有。

⑥ 爱:吝惜。且贾者云:并且卖家索价(五万)。

⑦ 爚(yuè):烧,煮。汤:热水。濯(zhuó):洗,涤。

⑧ 遬:同"速"。苍然:灰白色。栀(zhī):木名,果实可作黄色染料。泽者蜡:光泽是因为涂了蜡。

⑨ 东郊:长安城东郊。争道:抢路。长乐坂:地名,位于唐代长安城东北郊。

⑩ 踶(dì):用蹄子踢、踏。鞭折而为五六:鞭子断为五六节。

⑪ 理:肌理,质地。粪壤:粪土。赖:依靠,凭借。

⑫ 柅其貌,蜡其言:意即伪装言行。贾技:兜售自己的才能。当其分(fèn)则善:(朝廷授予的职位)适合他的才能,这是合理的。分:资质。有的版本没有这句话,也能说通。
⑬ 曷:何。公卿:三公九卿的简称,此处泛指高官。
⑭ 居:平居,平常。无事:国家没有发生重大变故。三年:多年。
⑮ 当其有事:一旦有大事发生。当:假使。陈力之列:即"陈力就列",在自己所任的职位上施展本领。列:行列,引申为担任的职位。御:治理。大击:用力挥动马鞭击马。折其用:马鞭折断不能使用。

评析

中国古代的散文写作往往遵循"大体须有,定体则无"的原则,意即一种文体可能有大概的体式,没有一个固定的体式。换句话说,古代文体之间有时并不存在绝对的界限,分属不同文体的文章有时会有类似的体式。就像《鞭贾》在柳宗元的文集中属于"杂题",但体式跟"说""传"相似,都是借着一个故事来阐发某种道理。将其改成《鞭贾说》或《鞭贾传》,也未尝不可。

当然无论隶属于什么文体,好的说理文都有一个共同的特征。它们阐述的往往是别人没有讲过甚至是从未意识到的道理,古代人们通常称之为警策。说理文怎样才能做到警策呢?一种方法是对通行的观点提出有理有据的反对意见,另一种方法是从常见的现象之中归纳出人们视而不见的道理。《鞭贾》属于后一种类型。本文的"鞭"指的是马鞭,古人常常骑马或驾车出行,马鞭当然是必不可少的工具。因为它是习见之物,所以常常被写到文学作品中,高适写过《咏马鞭》,刘禹锡写过《酬元九侍御赠壁州鞭长句》,顾况、元稹等人也都有关于马鞭的诗。这些诗歌无一例外表达的是对马鞭的赞美。

柳宗元则反其道而行之，他笔下的马鞭本是一个"金玉其外、败絮其中"的物件，经过鞭贾一番巧妙的营销，反而卖出大大超过本身价值的价格。尽管如此，它依旧是那条劣质的马鞭，一旦遇到非常情况，原形立即显露。柳宗元借着鞭贾卖鞭的故事讽刺了当时的两种人，一是没有真才实学却侥幸窃取高位的官员，二是没有识人之明却刚愎自用的当权者。同时也告诉世人一个道理，价格高未必品质好，官位高未必才性高，无论是人还是物，即便可以一时侥幸蒙混过关，也终究经不住实践的检验。鞭贾售卖马鞭本来是一件稀松平常的事，柳宗元却将它与某种社会现象联系起来，说出一个人们习焉不察的道理。

　　《鞭贾》在行文上也有值得称道的地方。首先，状物穷形尽相。柳宗元对马鞭的描绘极其细致，头怎样，尾怎样，装饰、节文乃至颜色都交代得清清楚楚。柳宗元用在马鞭上的笔墨并不是为了炫耀文采，而是为了凸显马鞭所比喻的人物的形象。柳宗元对于马鞭的描绘越详尽，读者对于那些腹中空空、装腔作势之徒的认知就越真切。如果说状物、类比、说理是本文写作的逻辑顺序，那么状物就是其中最重要的一环。一旦在它上面做足功夫，接下来的环节便水到渠成。其次，写人曲尽其妙。本文写了两个人物，一个是鞭贾，一个是富少。写鞭贾最精彩的地方是买家出价之后的不同情态，先是弯着腰笑，然后是有点生气，最后是大怒。情态是心理活动的外现，柳宗元虽然只写了鞭贾的情态，读者却可以通过它来感知鞭贾的心理。富少是本文着墨最多的人物，从柳宗元对他的情态、动作、语言描写来看，他是一个容易被表象所迷惑的人。当被告知马鞭的品质与价格不相称时，他却说自己喜欢的是马鞭的颜色，言下之意，他并不十分在意品质。他还是一个相当顽固的人。当"我"再一次揭穿马鞭颜色伪装时，他竟然面露不悦，并且固执地使用马鞭三年。直到马鞭断为五六节，他才明白马鞭原来真的一无是处。可是一切已经为时已晚，所有的恶果都要由他自己承受，尤其是财富与健康上的损失。从笔墨的多寡和批判的力度来看,本文虽然名为《鞭贾》,但是细细品味文意,柳宗元似乎对富少的意见更大一些。

读韩愈所著《毛颖传》后题^①

自吾居夷,不与中州人通书。^②有来南者,时言韩愈为《毛颖传》,不能举其辞,而独大笑以为怪,而吾久不克见。^③杨子诲之来,始持其书,索而读之,若捕龙蛇,搏虎豹,急与之角而力不敢暇,信韩子之怪于文也。^④世之模拟窜窃,取青媲白,肥皮厚肉,柔筋脆骨,而以为辞者之读之也,其大笑固宜。^⑤

且世人笑之也,不以其俳^⑥乎?而俳又非圣人之所弃者。《诗》曰:"善戏谑兮,不为虐兮。"^⑦《太史公书》有《滑稽列传》,皆取乎有益于世者也。故学者终日讨说答问,呻吟习复,应对进退,掬溜播洒,则罢愈而废乱,故有"息焉游焉"之说。^⑧不学操缦,不能安弦。^⑨有所拘者,有所纵也。大羹玄酒,体节之荐,味之至者。^⑩而又设以奇异小虫、水草、榧梨、橘柚,苦咸酸辛,虽蜇吻裂鼻,缩舌涩齿,而咸有笃好之者。^⑪文王之昌蒲菹,屈到之芰,曾晳之羊枣,然后尽天下之奇味以足于口。^⑫独文异乎?韩子之为也,亦将弛焉而不为虐欤!息焉游焉而有所纵欤!尽六艺之奇味以足其口欤!^⑬而不若是,则韩子之辞,若壅大川焉,其必决而放诸陆,不可以不陈也。^⑭

且凡古今是非六艺百家,大细穿穴用而不遗者,毛颖之功也。^⑮韩子穷古书,好斯文,嘉颖之能尽其意,故奋而为之传,以发其郁积,而学者得之励,其有益于世欤!^⑯是其言也,固与异世者语,而贪常嗜琐者,犹咕咕然动其喙。^⑰彼亦甚劳矣乎!

> **注释**

① 韩愈(768—824)：字退之。河阳(今河南孟州南)人，郡望昌黎，常自称昌黎韩愈，世称韩昌黎。柳宗元与韩愈一起倡导唐代的古文运动，世称"韩柳"。《毛颖传》：韩愈用传记文学手法写的一篇讽刺现实的寓言故事。毛颖：毛笔。柳宗元认为《毛颖传》乃是一篇奇文，有其独到的价值，在元和五年(810)写下这篇文章，驳斥世人对它的非议与讪笑。

② 居夷：谪居永州。夷：本是中原以外的各族的泛称，又引申为少数民族居住的地方，此处指永州。中州：中原。通书：通信。

③ 时言：偶尔谈到。举：称引。克：能。

④ 杨子诲之：杨诲之，杨凭之子。角：较量。力不敢暇：力气不敢一刻放松。暇：空闲，引申为放松。"若捕"三句形容的是作者读《毛颖传》的感受。

⑤ 模拟窜窃：模仿与抄袭。取青媲白：用青来配白，形容世人文章讲究对仗，词采华丽。媲(pì)：配。肥皮厚肉：形容文章文词冗繁。柔筋脆骨：形容文章思想空洞，情感没有力度。以为辞者：用这样的方式写文章的人。固宜：固然应当(这样)。

⑥ 俳(pái)：滑稽，幽默。

⑦ "善戏"二句：说话风趣爱开玩笑，却不刻薄伤人。语出《诗经·卫风·淇奥》。戏谑：开玩笑。虐：暴虐。

⑧ 习复：指学过后反复温习。应对进退：接待宾客的举止行动。掬溜播洒：洒水打扫卫生。掬(jū)溜：用手抄水的意思。"讨说答问，呻吟习复"说的是学习知识；"应对进退，掬溜播洒"说的是学习各种日常礼节。罢：同"疲"。废乱：停止与紊乱。息焉游焉：勤勉学习之余还有适当的休息、娱乐，语出《礼记·学记》。

⑨ 操：播弄。缦：琴弦。安弦：弹琴时琴弦拨弄有条不紊，如此便会弹奏出和谐的乐音。

⑩ 大羹：不加调味料的肉汁。玄酒：古代祭礼中当酒用的清水。二者都是祭祀礼仪中重要的祭品。体：体荐，将半个祭祀用的牺牲放在俎上。节：折俎，将牺牲肢解，连肉带骨放置在俎上。荐：进、献。

⑪ 楂(zhā)梨：楂梨，一种味酸的梨。蜇吻裂鼻：味道刺激口鼻，像是被虫叮咬，鼻子裂开一样。缩舌涩齿：使舌头缩起来，使牙齿酸涩。

⑫ "文王"句：《吕氏春秋》记载，周文王好食菖蒲菹，孔子听说之后也效仿着吃，一开始勉强才能吃下去，过了三年才逐渐适应它的味道。菖蒲菹，昌蒲做成的腌菜。"屈到"句：《国语·楚语上》记载，楚国大臣屈到酷爱吃芰，有一次生病，他嘱咐管理宗族事物的人说："祭祀我的时候，一定要用芰。"芰(jì)，俗称菱角。"曾皙"句：《孟子·尽心下》记载，曾皙特别爱吃羊枣，曾皙死后，他的儿子曾子就不忍再吃羊枣（因为看见羊枣，就想到死去的父亲）。曾皙：名点，曾参的父亲，孔子弟子。羊枣：果名。果实小而圆，形似羊矢(屎)，俗称"羊矢枣"。

⑬ 尽六艺之奇味：穷尽六艺中的奇异风格。六艺：指儒家的"六经"，即《礼》《乐》《书》《诗》《易》《春秋》。

⑭ 壅(yōng)：堵塞。决：决堤。

⑮ 百家：儒家之外诸子的学说或著作。大细：大的，小的。穿穴：本义是挖洞，本文引申为穿凿。用而：因而。

⑯ 斯文：礼乐教化、典章制度。嘉：夸奖，赞许。郁积：积聚在心中的忧郁愤懑。学者得之励：后学者读到《毛颖传》会受到激励。

⑰ 言：言辞，文章。琐：细琐。呫呫(chè)：喋喋不休。喙：嘴。

评析

像柳宗元《读韩愈所著〈毛颖传〉后题》一样因为读某书或某文而作的，且题目中有个"读"字的文章，在现代一般称为读后感，在古代常称为"读某"，属于题跋文体中的一个小类。题跋是一种古代文体，也是古代文集中的一个重要文类，包括题某、跋某、书某、记某，还有就是读某。通俗地说，题跋就是人们书写在各种文本或者图像后的阅读或欣赏感悟。题跋的内容非常驳杂，它们有的偏重议论，有的偏重说理，有的偏重叙事，有的偏重考证，并没有什么统一的体式特征。"读某"是题跋中出现最早的一种类型，韩愈有《读荀》《读鹖冠子》等四篇、柳宗元则有《读韩愈所著〈毛颖传〉后题》一篇，二人之后，晚唐的皮日休等人也有类似的文章。总的来说，"读某"的篇幅都比较短小，内容多样，有的是阅读感悟，有的是则阅读引出的思考，写法不外乎围绕阅读内容发表一些议论。

《毛颖传》是韩愈用传记体式写的一篇寓言。文章的主人公毛颖其实就是毛笔。韩愈根据蒙恬造笔的传说虚构了毛颖的生平、事迹，并借此来隐晦地表达自己心中的抑郁不平之气。《毛颖传》无疑是一篇佳作，它构思新颖、结构巧妙、形象生动、语言考究，虚构与真实拿捏得恰到好处，涉及的典故看似信手拈来，却毫无违和造作的感觉。可就是这样一篇出色的文章在当时却受到广泛的批评和嘲讽。《毛颖传》遭受批评的原因有两个：一是韩愈文章向来以"明道"自任，《毛颖传》的创作态度不够严肃，虽有所寄托，但够不上"明道"的标准。换句话说，就是韩愈《毛颖传》一类的游戏文章与他一贯秉持的文章理念存在相互矛盾的地方。二是《毛颖传》使用了比较严肃的传记体。《毛颖传》其实是对史书传记的一种戏仿，也就是用一种幽默的态度或者诙谐的调子模仿某种经典文体或作品。戏仿的本质是解构，无论何种经典，一经戏仿便会或多或少地失去先前的严肃性。因此，思想较为保守的人很难认同或接受韩愈的戏仿。

柳宗元就《毛颖传》发表了完全不同的看法。他肯定了《毛颖传》的价值，并给出了三条理由。第一是儒家的传统里并不排斥戏谑诙谐，换句话说，它们与道并不是截然对立的。儒家教义反对的是过分的戏谑诙谐，如果能把握好分寸，戏谑诙谐可以成为一种放松身心的方法。第二是儒家礼仪制度里允许不同层次、不同用途的事物存在。大羹玄酒、体节之荐固然是人间至味，但是櫨梨、橘柚也有嗜好的人群。前者是祭祀礼仪中的必需品，后者是日常生活中的调剂品。文王是周朝开创者，屈到是楚国的重臣，曾皙是个爱好礼乐的人，他们在正式场合无疑都会尊崇礼仪规范，但并不妨碍他们在生活中有自己独特的嗜好。也就是说，"明道"的文章可以和其他类型的文章共存。第三也是最重要的一条，诙谐、戏谑也可以有益于世。韩、柳的古文在"明道"之外，特别讲究有益于时代，有益于民生。《毛颖传》既然可以通过毛颖的"事迹"激励后学者，那么它就是有益的，它的存在自然也是合理的。不难看出，本文不仅是《毛颖传》的读后感，而且是一篇驳论文。

我们不得不佩服柳宗元独到的眼光，《毛颖传》虽然在当时颇受非议，后来却受到很多人的追捧与模仿。唐代的陆龟蒙为笔写过《管城侯传》；司空图为镜子写过《容成侯传》；宋代苏轼为砚台写过《万石君罗文传》，为柑橘写过《黄甘陆吉传》；秦观为酒写过《清和先生传》；张耒写过《竹夫人传》；等等。在这些知名文学家竞相模仿的风潮中，《毛颖传》及其仿作最后竟然形成一种新的文学体式"假传"。在中国文学史上，因为一篇文章而开创一种文体流派的人屈指可数，先秦时期有屈原，汉代有枚乘，再有就是唐代的韩愈。

杨评事文集后序①

赞曰：文之用，辞令褒贬，导扬讽谕而已。②虽其言鄙野，足以备于用。③然而阙其文采，固不足以竦动时听，夸示后学。④立言而朽，君子不由也。⑤故作者抱其根源，而必由是假道焉。⑥作于圣，故曰经；述于才，故曰文。文有二道：辞令褒贬，本乎著述者也；导扬讽谕，本乎比兴者也。⑦著述者流，盖出于《书》之谟、训，《易》之象、系，《春秋》之笔削，其要在于高壮广厚，词正而理备，谓宜藏于简册也。⑧比兴者流，盖出于虞、夏之咏歌，殷、周之风雅，其要在于丽则清越，言畅而意美，谓宜流于谣诵也。兹二者，考其旨义，乖离不合。⑨故秉笔之士，恒偏胜独得，而罕有兼者焉。⑩厥有能而专美⑪，命之曰艺成。虽古文雅之盛世，不能并肩而生。

唐兴以来，称是选而不怍者，梓潼陈拾遗。⑫其后燕文贞以著述之余，攻比兴而莫能极；张曲江以比兴之隟，穷著述而不克备。⑬其余各探一隅，相与背驰于道者，其去弥远。⑭文之难兼，斯亦甚矣。若杨君者，少以篇什著声于时，其炳耀尤异之词，讽诵于文人，盈满于江湖，达于京师。⑮晚节遍悟文体，尤邃叙述。⑯学富识远，才涌未已，其雄杰老成之风，与时增加。既获是，不数年而夭。其季年所作尤善，其为《鄂州新城颂》《诸葛武侯传论》，饯送梓潼陈众甫、汝南周愿、河东裴泰、武都符义府、泰山羊士谔、陇西李炼凡六《序》，《庐山禅居记》《辞李常侍启》《远游赋》《七夕赋》，皆人文之选已。⑰用是陪陈君之后，其可谓具体者欤？⑱

呜呼！公既悟文而疾，既即功而废，废不逾年，大病及之，卒不得穷其工、竟其才，遗文未克流于世，休声未克充于时。⑲凡我从事于文者，所宜追惜而悼慕⑳也！宗元以通家修好，幼获省谒，故得奉公元兄命，论次篇简。㉑遂述其制作之所诣，以系于后。㉒

注释

① 杨评事：杨凌，生卒年不详，字恭履，弘农（今河南灵宝市）人。与兄杨凭、杨凝俱有文名，人称"三杨"，曾担任过大理寺评事（掌管刑狱判决的官），所以柳宗元称他杨评事。评事：大理寺评事，大理寺的属官。本文大约作

于贞元年间。

② 赞曰：一般是附在史传文后面的评语，用在文章里可以解释为"评论"。导扬：引导，颂扬。讽谕：讽刺劝告。

③ 鄙野：俚俗粗野。备于用：提供使用。

④ 阙：同"缺"，缺少。竦（sǒng）动：惊动，震惊。夸示：夸耀，展示。本句依据的是，孔子所说的"言之不文，行之不远"。

⑤ 立言：著书立说。朽：腐朽，意即没有生命力。不由：不遵循这种方式。

⑥ 抱：坚守。根源：根本，即"辞令褒贬，导扬讽谕"的功能。由是：借助文采。假道：借路，借助。

⑦ 二道：两种类型。著述：诗歌之外不需要押韵的文章。比兴：本是《诗经》中的两种表现手法，本文指诗歌。

⑧ 谟、训：传统认为《尚书》里的篇目可以概括为典、谟、训、诰、誓、命六体体式，谟、训是其中二体。谟：谋划，谋议。训：训诫，训告。象：象辞，是对《周易》卦辞与爻辞的解释。系：系辞，附于《周易》经文之后的上、下两篇文章，总论《周易》的原理、体例、术语等。《春秋》之笔削：传说孔子曾经修改过《春秋》，值得记载的就记载，应该删削的就删削，用来褒贬当时的人物或事件。削：删改时用刀削刮简牍上的字迹。简册：典籍。

⑨ 旨义：主旨，意图。乖离：背离。不合：本文指用于"辞令褒贬"的无韵之文与用于"导扬讽谕"的诗歌各有特点，互不相同。

⑩ 秉笔：执笔。偏胜独得：只擅长两种类型中的一种。

⑪ 厥：其。专美：本义是独享美名，本文指同时擅长两种类型的作品。

⑫ 称：符合。怍：愧。梓潼陈拾遗：初唐文学家陈子昂，梓潼射洪（今四川射洪市）人，曾任右拾遗。

⑬ 燕文贞：初唐文学家张说（667—730），字道齐。封爵燕国公，死后谥为文贞，因此称燕文贞。攻：致力于。极：顶点。张曲江：张九龄（678—740），

字子寿,唐代韶州曲江(今广东韶关市)人。不克备:未能达到完备(完美)的程度。

⑭ 隅(yú):角落。相与背驰于道:相互背道而驰。弥:更加,越发。

⑮ 篇什:《诗经》的"雅"和"颂"以十篇为一什,因此后人以之泛指诗歌。著:显扬。炳耀:光芒显耀,形容文采焕发。

⑯ 晚节:晚年。文体:本文指诗歌之外的各种无韵之文。邃(suì):深邃,本文引申为精通。叙述:叙事文体。

⑰ 季年:暮年,晚年。诸葛武侯:诸葛亮。

⑱ 陈君:指陈子昂。具体:具备全体的各部分。

⑲ 即功:快要成功。废:因病无法写作。疾、病:古代轻微的病叫疾,重病叫病。休声:美好的名声。

⑳ 悼慕:悼念仰慕。

㉑ 通家:世交。省谒:拜见。元兄:长兄,指杨凌的长兄杨凭,即柳宗元岳父。论次:按着一定顺序编辑。论:同"纶",治理。

㉒ 制作:撰述,作品。所诣:所达到的成就。系:附。

| 评析 |

　　序有按照某种条理叙述的意思,因此一些叙述书籍或作品写作缘由、思想、体例等内容的文章被称为序。中国古代的序大概可以分为书序、诗序、赠序等类别。《杨评事文集后序》就是一篇书序,说得更具体些,它属于书序当中的集序,也就是为文集所作的序。集序按照位置的不同又可以分为前序和后序,前序放在文集之前,后序则附在文集的后面。说得再具体些,本文又是一篇后序。

　　集序的文体规范大致可以归纳为两点:一是序文一定要涉及文集的内

容；二是一定要涉及作者的言论。至于怎么涉及，涉及什么，每个作者都有自己的方式。《杨评事文集后序》开篇是一段看似没有涉及文集或作者的议论。劈空议论用得好关键在于两点：一是观点要能引起人们的注意，这叫有力；二是所论要能为下文做好铺垫，这叫有序。毫无疑问，柳宗元在这两点上做得都很出色。几乎占到一半篇幅的议论最后得出一个非常醒目的观点，用于"辞令褒贬"的无韵之文与用于"导扬讽喻"的诗歌在功能、渊源、要求、写法上均不相同，唐以来能够二者兼善的人屈指可数。至此，文章前半部分的"势"已经蓄足，只等下文如何转向杨凌及其文学的叙述。杨凌在当时也是颇有声名的文人，但柳宗元只就他的两方面成就展开叙述。首先是他诗名早著，可能这是人所共知的事实，所以柳宗元只是一笔带过。其次是杨凌晚年在文章上取得过很高的成就，不仅领悟了各体文章的做法，而且写出一些优秀的作品。如此一来，上文的劈空议论便落到了实处，既然诗文兼备向来不易，杨凌又能在两方面均有造诣，成就自然超过唐以来的绝大多数作者，甚至可以与陈子昂并驾齐驱。客观地说，柳宗元对于杨凌的评价有过誉之嫌，但是集序的风格往往如此，就像当时墓志文的"谀墓"风气一样，"谀文"在序言里也是常见现象。

本文可以归纳出柳宗元的一些重要文学观念。首先，文章应该文、道兼备，尤其重视"文"的作用。孔子曾说过"质胜文则野，文胜质则史。文质彬彬，然后君子"（《论语·雍也》），《左传》里还有"言之无文，行而不远"的说法（《左传·襄公二十五年》）。柳宗元将儒家固有的"文"的观念运用到文章的写作中，为后来古文运动的成功打下了坚实的基础。其次，诗、文的渊源可以追溯至不同类型的儒家经典，文章的源头是《尚书》《易经》《春秋》等散文体著作；诗歌的源头是《诗经》等韵文体著作。既然儒家经典是一切文学的源头，那么文学创作就得体现儒家的教义，也就是要能"以文明道"。再次，诗、文的功能、写法、风格各不相同。文章的主要功能是直接表达意见（辞令褒贬),所以要写得气势雄壮,内容丰富,言词雅正,道理充分。诗歌的主要功能是委婉地表达意见(导扬讽喻),所以要写得华丽雅正,声韵悠扬,语言流畅,意蕴优美。最后,推崇陈子昂的诗文成就。陈子昂曾是初唐时期诗歌革新的旗手,柳宗元则是中唐时期古文运动的领袖。二人虽然时代悬隔,面临的境遇却有相似之处,初唐诗歌与中唐散文都曾弥漫着六朝以来软媚浮艳的文风。初唐诗歌正是因为陈子昂的倡导才发生变革,柳宗元就是要发扬陈子昂的变革精神,实现中唐散文文体的革新。因此,柳宗元把陈子昂称为唐代诗文第一人,依据的是他对唐代文学革新的贡献,而不仅仅是其创作上取得的成绩。综上所述,本文虽然是一篇柳宗元为别人写的后序,但其中表达了很多自己的主张。这是它区别于一般就人论人、就文论文集序的地方,也是其价值所在。

愚 溪 诗 序①

　　灌水之阳有溪焉,东流入于潇水。②或曰:冉氏尝居也,故姓是溪③为冉溪。或曰:可以染也,名之以其能④,故谓之染溪。余以愚触罪,谪潇水上,爱是溪,入二三里,得其尤绝者家焉。⑤古有愚公谷,今予家是溪,而名莫能定,土之居者犹龂龂然⑥,不可以不更也,故更之为愚溪。

　　愚溪之上,买小丘为愚丘。自愚丘东北行六十步,得泉焉,又买居之为愚泉。愚泉凡六穴,皆出山下平地,盖上出也。合流屈曲而南,为愚沟。遂负土累石,塞其隘为愚池。⑦愚池之东为愚堂。其南为愚亭。池之中为愚岛。嘉木异石错置⑧,皆山水之奇者,以余故,咸以愚辱焉。

　　夫水,智者乐也。⑨今是溪独见辱于愚,何哉?盖其流甚下,不可以溉灌;又峻急,多坻石,大舟不可入也;幽邃浅狭,蛟龙不屑,不能兴云雨⑩,

无以利世,而适类于余,然则虽辱而愚之,可也。宁武子"邦无道则愚",智而为愚者也;颜子"终日不违如愚",睿而为愚者也,皆不得为真愚。⑪今余遭有道,而违于理,悖于事,故凡为愚者莫我若也夫。⑫夫然,则天下莫能争是溪,余得专而名焉。

　　溪虽莫利于世,而善鉴万类,清莹秀澈,锵鸣金石,能使愚者喜笑眷慕,乐而不能去也。⑬余虽不合于俗,亦颇以文墨自慰,漱涤万物,牢笼百态,而无所避之。⑭以愚辞歌愚溪,则茫然而不违,昏然而同归,超鸿蒙、混希夷,寂寥而莫我知也。⑮于是作《八愚诗》,纪于溪石上。⑯

注释

① 愚溪:原名冉溪,在今湖南永州市芝山区西南。本文作于元和五年(810),此年柳宗元在冉溪边筑草庐居住,改其名为愚溪,并将附近的丘、泉、沟、池、堂、亭、岛也冠以"愚"名,与愚溪合称"八愚",还分别作诗咏之,称为《八愚诗》,本文即为《八愚诗》所作的序文。

② 灌水、潇水:均为湘江支流,在永州汇入湘江。古代黄河称为河,长江称为江,其他河流均称水。阳:水北为阳。

③ 姓是溪:用冉姓为溪命名。

④ 名之以其能:用它的功能来命名。

⑤ 入二三里:沿着它走二三里。尤绝者:景色绝佳的地方。家焉:安家于此。

⑥ 土之居者:当地土生土长的住户。龂龂(yín)然:争辩的样子。

⑦ 负土累石:运来泥土,垒起石头。隘:狭窄的地方。

⑧ 错置:错落安置。

⑨ "夫水"二句:《论语·雍也》记载,孔子说:"智者乐水,仁者乐山。"

⑩其流甚下：水位很低。峻急：湍急。坻（chí）：水中小洲或高地。幽邃：幽深。

⑪甯武子：名俞，春秋时卫国大夫，"武"是他的谥号。邦无道则愚：《论语·公冶长》记载，孔子说："甯武子这个人，国家太平就显露才智；国家昏乱就装糊涂。他的才智是别人赶得上的，他装糊涂是别人赶不上的。"终日不违如愚：《论语·为政》记载，孔子说："我整天和颜回谈论，他既没有疑问也不提反对意见，好像很愚笨。事后我观察他的作为，也都能发扬所听到的道理，可见颜回不愚笨。"

⑫有道：政治清明的时代。悖（bèi）：悖逆，违反。

⑬莫利：无益。鉴：照。锵鸣金石：发出的声音像金石一样铿锵。锵鸣：形容声音清越。金石：金属和石头制成的乐器。眷慕：留恋爱慕。

⑭文墨：写作诗文。漱涤：洗涤。牢笼：包罗。无所避之：事物在笔下无所遁形。

⑮昏然：意识不清的样子。鸿蒙：宇宙形成前的混沌状态。希夷：虚寂玄妙的境界。寂寥而莫我知：空虚寂静而忘记自我的存在。

⑯《八愚诗》：歌咏愚溪、愚丘、愚泉、愚沟、愚池、愚堂、愚亭、愚岛的八首诗。诗已失传。纪：同"记"，即题写。

评析

本文属于序文当中的诗序。诗序可分为两种，一种是一首诗的序，另一种是一组诗的序。前一种在魏晋时期已经出现，曹植《赠白马王彪》正文前就有一段介绍诗歌背景、人物等信息的序言。后一种大约也出现在魏晋时期，陶渊明《饮酒》二十首前亦有一段说明写作背景的序言。《愚溪诗序》是一篇为组诗写的序言。它与一般诗序不同，首先是篇幅较长，其次是内容不止于交代诗歌的相关信息,再次是可以独立成篇。从某种意义上说,《愚溪诗序》更像是诗集序,内容、写法与王羲之《兰亭集序》有些类似。

本文既然名为《愚溪诗序》,"愚"字当然是全文的文眼,顺着"愚"字可以清晰地抽绎出文章的脉络。第一段从愚溪的地理位置说起,依次叙述愚溪的原名,自己与愚溪的渊源,以及为其改名愚溪的原因。第二段从愚溪渐次说到愚溪周边以"愚"命名的景致。第三段从叙事转向议论,从溪之"愚"说到"我"的"愚",讨论"愚"的不同内涵的同时,强调自己不同于甯武子、颜渊的似愚实智,而是真愚。经过前三段叙事、议论的铺垫,最后一段作者才开始发挥序文的功能,交代写作缘由和背景。全文的叙事、写景、议论全都围绕"愚"字展开,每段扣住一个方面铺陈开去,最后又回到主题《八愚诗》。由"愚"字领起,又由"愚"字收束,文脉可谓畅达。

本文有两种读法,一种是作为记来读,另一种是作为序来读。本文最特别的地方是在序中融入一段写景,每处景致虽然着墨不多,但位置、距离都交代得很清楚。读者跟着作者仿佛从潇水进入愚溪,上溯二三里,登上愚丘,再向东北走六十步,见到了六孔泉眼,随着泉水蜿蜒向南,见到愚池,从池向东进入愚堂,堂的南边正是愚亭,此时向池中眺望,正见愚岛矗立在水中央。此种移步换景之法,后来在"永州八记"中被频繁使用。《愚溪诗序》既有突破文体限制的地方,也有符合文体规范的地方。如果说前两段类似记,后两段就是诗序的当行本色。先发议论,再巧妙关涉所序作品,是柳宗元序言写作常用的手法。柳宗元即使为别人的作品作序也都会忍不住发表一番议论,为自己的诗歌写序自然不会仅仅介绍写作背景或缘起。

序　　棋①

房生直温,与予二弟游,皆好学。②予病其确也,思所以休息之者。③得木局,隆其中而规焉④,其下方以直,置棋二十有四。贵者半,贱者半,贵曰上,贱曰下,咸自第一至十二,下者二乃敌一,用朱墨以别焉。⑤房于是取二毫,如其第书之。⑥既而抵戏者⑦二人,则视其贱者而贱之,贵者而贵之。其使之击触也,必先贱者,不得已而使贵者,则皆慄焉惵焉,亦鲜克以中。⑧其获也,得朱焉则若有余,得墨焉则若不足。⑨

余谛眂之,以思其始,则皆类也,房子一书之而轻重若是。⑩适近其手而先焉,非能择其善而朱之,否而墨之也。⑪然而上焉而上,下焉而下,贵焉而贵,贱焉而贱,其易彼而敬此,遂以远焉。⑫然则若世之所以贵贱人者,有异房之贵贱兹棋者欤?无亦近而先之耳!有果能择其善否者欤?⑬其敬而易者,亦从而动心矣,有敢议其善否者欤?⑭其得于贵者,有不气扬而志荡者欤⑮?其得于贱者,有不貌慢而心肆者欤⑯?其所谓贵者,有敢轻而使之者欤?其所谓贱者,有敢避其使之击触⑰者欤?彼朱而墨者,相去千万不啻⑱,有敢以二敌其一者欤?余墨者徒也,观其始与末,有似棋者,故叙。

注释

① 序:叙述。棋:弹棋,古代一种博弈游戏。本文大约写于永州司马任上。

② 房生直温:即房直温。生:古时对读书人的通称。予二弟:柳宗元的两个堂弟柳宗直、柳宗一。

③ 病:担心,忧虑。确:坚定,执着。思所以休息之者:想找个方法让他们休息一下。

④ 隆其中而规:中部隆起呈圆形。

⑤ "贵者"数句:贵棋子一半,贱棋子一半,贵子叫上等子,贱子叫下等子,双方都是依次从第一子摆放到第十二子,下等子两个才能抵一个上等子,用

红、黑两种颜色来区分它们。敌：相当。

⑥ 二毫：两支毛笔。如其第书之：依照棋子排列次序分别涂上红色和黑色。

⑦ 抵戏者：本文指对弈双方。

⑧ 使之击触：用棋子相互攻击对方。慄(lì)：害怕。惛(hūn)：糊涂。鲜克以中：很少能击中对方。

⑨ 获：缴获，本文指赢得对方的棋子。有余：满意。

⑩ 谛(dì)：细察。睨(nì)：本义是斜视，也可以泛指看。思其始：想着它们最初的时候(未涂颜色之前)。房子：即房直温。

⑪ 近其手：离他手近的(棋子)。先：先涂颜色。善而朱之：好的涂上红色。否(pǐ)而墨之：不好的涂成黑色。

⑫ 上焉而上：定为上等的就成了上等。下焉而下：定为下等的就成了下等。贵焉而贵：定为贵子就成了贵子。贱焉而贱：定为贱子就成了贱子。易彼而敬此：轻视黑子、贱子却重视红子、贵子。遂以远：于是它们之间的差别就大了。

⑬ "然则"四句：那么社会上用来区分人贵贱的方法，与房直温将棋子分为贵贱的方法有什么差别呢？无非就是先重用亲近的人！有谁真的能以才能来选择呢？

⑭ "其敬"三句：尊重谁或者轻视谁，人们往往会顺从并认可(成见)，有谁敢议论他们是好是坏呢？

⑮ 气：神情。志：内心。

⑯ 貌慢：外表傲慢。心肆：内心不平。

⑰ 击触：击打，碰撞。

⑱ 啻(chì)：但，仅，止。

| 评析 |

《序棋》《序饮》是柳宗元所有序言中最特别的两篇。《序棋》阐述的是由

棋而引发的思考;《序饮》记叙的是自己在愚溪之上饮酒的逸事以及感悟。它们不是为书籍或诗集而作,也不是为诗歌而作,更不是为赠别某人而作。严格来说,它们只是题目里有个"序"字,《序棋》跟夹叙夹议的"说"类似,《序饮》跟记事抒怀的"记"类似,与"序"都有明显的差别。它们和其他序文归为一类,很可能不是因为体式,而是因为题目。

  《序棋》给人最强烈的阅读体验可以概括为两句话。一是以小见大。儒家总是以家国天下为己任,向来不会对下棋之类的雕虫小技太过究心。非但不究心,可能还会时时提防读书人沉湎其中玩物丧志。孟子就曾说过"不孝有五",其中之一就是因为博弈饮酒而未能好好照顾父母。柳宗元虽是儒家教义坚定的拥护者和实践者,思想却相对包容。他对下棋并不是一味排斥,认为至少可以在苦读之余放松身心,这跟《读韩愈所著〈毛颖传〉后题》里对"戏谑"的态度很相似。为了防止追随自己的房直温和两个堂弟柳宗直、柳宗一读书读得太苦,柳宗元竟然亲自设计一款对弈游戏供他们消遣。下棋本来就是读书生活的一种调剂,按理说收到效果即可,没有太多值得关注的地方。然而借着这填充生活缝隙的小游戏,柳宗元竟说出一个大道理。下棋首先要用颜色区分棋子的等第,红色为上等子,黑色为下等子。棋子本来并没有本质上的差别,可是一旦涂上颜色便有了高下、贵贱之分。值得深思的是,哪个涂成红色,哪个涂成黑色,依据的并不是它们质地的优劣,而是哪个离手边更近。也就是说,离手边近的先被涂成红色,成了上等子,远的只能做黑色的下等子。在柳宗元的眼里,人世和棋局何其相似。首先,人们形成贵、贱的身份不是因为能力的强弱,而是因为与当权者的亲疏关系,亲近的人往往成为贵者,疏远的人就成了贱者。其次,贵、贱的身份一旦形成,人们就会按照身份去判别人的优劣,天然地重视贵者,轻视贱者。柳宗元指出的现象显然是不合理的,但在他的时代甚至是漫长的帝制时代确实真实存在。古代选人、用人标榜唯德是举、唯才是举,有才德就是仇人也会推荐,没有才德就是亲人也不会推荐。我们不能否认有些人确实能够做到，他们也因此在后代赢得了广泛的赞誉。但现实中更常见的是任人唯亲。柳宗元借棋来说明这一不合理的社会现象，主观上表达了对当时用人制度的不满，客观上也揭示了帝制时代用人体制的痼疾。

二是平凡中见警策。在中国古代文学中，棋并不算是什么罕见的题材，文人写棋有时是为了表现闲适的心态，有时则借它来说理。诗圣杜甫《秋兴八首》第四首中的名句"闻道长安似弈棋，百年世事不胜悲"，说的是政局犹如棋局一般反复多变。钱大昕《弈喻》用观棋容易下棋难来说明人们总是乐于指摘别人的错误，对自己的错误往往视而不见。尤侗《棋赋》将历史与棋局比对，认为观棋犹如读史，也可以悟出一些历史规律。以上三篇在以棋为题材的文学作品中颇具代表性，它们虽然视角各异，但往往都是从下棋或者是观棋活动着眼，发掘其中蕴含的历史规律或人生哲理。柳宗元关注的却是棋子的颜色，他用棋子涂色的过程类比人的贵贱形成的过程，并由此揭露任人唯亲的社会现实。两相比较，无论是视角还是说理，《序棋》都是更加新奇的一篇。它呈现的正是柳宗元文章一贯善于思辨的风格。

送娄图南秀才游淮南将入道序^①

仆未冠，求进士，闻娄君名甚熟。^②其所为歌诗，传咏都中。通数经及群书。当时为文章，若崔比部、于卫尉，相与称其文。^③众皆曰纳言曾孙也，而又有是，咸推让为先登。^④后十余年，仆自尚书郎谪来零陵，觐娄君，犹为白衣，居无室宇，出无僮御。^⑤仆深异而讯之，乃曰："今夫取科者，交贵势，倚亲戚，合则插羽翮，生风涛，沛焉而有余，吾无有也。^⑥不则屡饮食,驰坚良,以欢于朋徒,相贸为资,相易为名,有不诺者,以气排之,吾无有也。⑦不则多筋力,善造请,朝夕屈折于恒人之前,走高门,邀大车,矫笑而伪言,卑陬而妁媮。⑧偷一旦之容以售其伎⑨,吾无有也。自度卒不能堪其劳,故舍之而游,逾湖、江,出豫章,至南海,复由桂而下也。⑩少好道士言,饵药为寿,未尽其术,故往且求之。"仆闻而愈疑。往时观得进士者,不必若娄君之言,又少能类娄君之文学,又无纳言之大德以为之祖,无比部、卫尉以为之知,而升名者百数十人。今娄君非不足也,顾不乐而遁耳。因为余留三年。他日又曰:"吾所以求于心者未克,今其行也。"余既异其遁于名,而又德其久留于我也,故为之言。

夫君子之出,以行道也;其处,以独善其身也。⑪今天下理平,主上亟下求士之诏,娄君智可以任职用事,文可以宣风歌德,行于世,必有合其道而进荐之者。⑫遽而为处士,吾以为非时。将曰老而就休耶?则甚少且锐;羸而自养耶?⑬则甚硕且武。问其所以处,咸无名焉。若苟焉⑭以图寿为道,又非吾之所谓道也。夫形躯之寓于土,非吾能私之。幸而好求尧、舜、孔子之志,唯恐不得;幸而遇行尧、舜、孔子之道,唯恐不慊⑮,若是而寿可也。求之而得,行之而慊,虽夭其谁悲?今将以呼嘘为食,咀嚼为神,无事为闲,不死为生,则深山之木石,大泽之龟蛇,皆老而久,其于道何如也?⑯

仆尝学于儒,持之不得,以陷于是。以出则穷,以处则乖,其不宜言道也审矣。⑰以吾子见私于仆,而又重其去,故窃言而书之而密授焉。

注释

① 娄图南:唐初名臣娄师德的曾孙。娄图南与柳宗元相识于长安,后辗转来到永州,元和五年(810)离开永州前往淮南,本文因此而作。淮南:唐代淮

南道。入道：出家为道士。关于本文的写作时间有两种不同说法，一种是元和三年(808)，一种是元和五年(810)。我们认为后一种可能更符合实际。

② 仆：男子对自己的谦称。未冠：古代男子二十岁加冠，未满二十岁为"未冠"。进士：即进士科，唐代科举考试的科目。

③ 崔比部：即崔鹏，字元翰。曾任比部郎中，故曰"崔比部"。于卫尉：即于邵，字相门。卫尉：唐代有卫尉寺，设卫尉卿一人，少卿二人。

④ 纳言：官名，武则天神功元年(697)娄师德曾任此官。先登：名望才华出众的人。

⑤ 尚书郎：唐代尚书省诸司郎中、员外郎的通称。柳宗元曾任尚书省礼部司员外郎，所以自称"尚书郎"。零陵：即永州，其治所在零陵县(今湖南永州市)。觏(gòu)：遇见。白衣：本是古代平民的衣服，本文代指没有功名或官职的士人。僮御：僮仆。

⑥ 讯：问。取科者：参加科举考试的士子。羽翮：翅膀。沛焉而有余：形容气势极大。

⑦ 餍(yàn)：吃饱。坚良：坚车，良马。相贸为资：相互交换资财作为资本。相易为名：相互交换(赞誉)以获得名声。

⑧ 筋力：体力。造请：登门拜见。屈折：即卑躬屈膝。邀：迎候。矫笑：假笑。伪言：假话。卑陬(zōu)：惭愧不安的样子。呴(xū)喻(yú)：和悦的样子。

⑨ 偷一旦之容以售其伎：借着短暂的许可来展示自己的才能。伎：才能。

⑩ 湖：鄱阳湖。江：长江。豫章：古郡名，治所在今江西南昌市。南海：古郡名，治所在今广东广州市。桂：即桂林郡，古郡名，辖境约在今广西大部与广东小部。

⑪ 出：出仕。处：隐退。本句语出《孟子·尽心上》："穷则独善其身，达则兼

济天下。"

⑫ 理平：治平，升平。用事：执政。宣风：宣扬风教德化。

⑬ 锐：力量。羸(léi)：瘦弱。

⑭ 苟焉：苟且。

⑮ 慊(qiè)：满足。

⑯ 呼嘘：道家导引吐纳的养生术。咀嚼为神：大约指的是服用丹药之类的道家养生术。

⑰ 乖：不和谐。审：明确，明显。

> 评析

　　本文是一篇赠序。赠序是序文中比较特别的一种类型。诗序、书序都是为一个或一系列已经存在的文本而作。赠序则不同，它虽然也叫序，但叙的既不是诗也不是书，而是离别之际的亲情或友情。它们不需要依托任何已经存在的文本，是一种"凭空而生"的赠别文字。赠序最早是为赠别的诗文所作的序，只是后来即使没有诗文，人们也依然写一篇"序"为亲友送别，久而久之便形成了赠序的传统。赠序作家中最为知名的莫过于韩愈，他的《送孟东野序》《送李愿归盘谷序》是脍炙人口的名篇。柳宗元的赠序也写得很出色，只是名气略逊于韩愈。柳宗元写过三十余篇赠序，它们篇幅有长有短，内容有繁有简，写法变化多端。柳宗元赠序的创作态度比较严谨，大部分篇目能够不落应酬文字的俗套，少数还能自出新意。

　　本文是一篇带有鲜明个人特色的赠序，一方面体现了柳宗元好议论的风格，另一方面体现了他一贯倡导的人生价值观。娄图南是柳宗元的旧相识，二人在本该仕途精进的年纪，但一个因为政治斗争而被贬永州，另一个因为屡试不第而放弃科举。他们在永州曾有一段长达三年的交游，可想而知，柳宗元对于娄图南思想是有一定了解的，也知道他放弃科举的前因后果，可是依然不能认同他企图借道家寻求解脱的方法。因此，本文与一般的赠序稍显不同，柳宗元不仅没有鼓励友人，反而意欲劝阻他放弃科举、托身道门的计划。

娄图南自言放弃科举的理由有三条：一是没有权贵可以攀附，也就是没人推荐自己；二是没有朋友可以帮衬，也就是没有人为自己鼓吹名声；三是没有请托干谒的能力，也就是腰杆太硬、脸皮太薄。言下之意，唐代科举取士靠的不是才学而是各种门路、关系，自己"一无所有"，放弃也是迫于无奈。娄图南确实看穿了唐代科举制度的漏洞，但是既无法适应又无力改变，只好从道家那里寻求心灵的慰藉。柳宗元想要劝阻娄图南最好是能证明他的理由不成立。可是柳宗元并没有那么做，而是阐述了一番儒家的人生价值观，并以此为出发点否定了一味追求长寿的意义。如此当然也是一种回应，毕竟娄图南绝意科举之后就要去修炼道教的长寿之术。重申儒家人生价值观就是鼓励娄图南不要放弃科举，否定一味追求长寿就是要规劝他不要入道。

柳宗元没有直接回应娄图南提出的科举中存在的问题，并不意味着认同他的观点。柳宗元曾在另外两篇序言里表达过对唐代科举的看法，在一定程度上可以视为对娄图南的回应。他在《送崔子符罢举诗序》里说，当时有人认为进士考试弊病太多，想要用考察"孝悌经术兵农"来取代它。柳宗元认为这种观点过于片面，如果用其他选拔方式取代进士考试，同样会出现进士考试中的弊病。柳宗元的观点无疑更加允当。科举制度产生之前也有一些人才选拔制度，但是存在的弊端与造成的恶果都远甚于科举。科举考试尽管存在一些缺陷，但是总的来说还是一种相对公平的考试制度。他在《送韦七秀才下第求益友序》中说，科举考试与用兵类似，都要先张扬声势，再比拼实力。因为考官面对的试卷数量太多，阅卷时不免身心疲劳，只有对事先已有耳闻的士子的试卷才可能看得仔细。可见，柳宗元对唐代科举的认知还是比较通达的,既能看到它本身的合理性,又能发现由它而生的某些风气存在的合理之处。虽然他在一些文章中也曾指出考官不公等问题,但从来没有给应考或者落第士子灌输过消极思想。可见,无论是对自己还是对后学,柳宗元总是秉持着积极的人生态度。

始得西山宴游记①

　　自余为僇人,居是州,恒惴慄。②其隟也,则施施而行,漫漫而游。③日与其徒上高山,入深林,穷回溪,幽泉怪石,无远不到。④到则披草而坐,倾壶而醉。⑤醉则更相⑥枕以卧,卧而梦。意有所极,梦亦同趣⑦。觉而起,起而归。以为凡是州之山水有异态者,皆我有也,而未始知西山之怪特。

　　今年九月二十八日,因坐法华西亭,望西山,始指异之⑧。遂命仆人过湘江,缘染溪,斫榛莽,焚茅茷,穷山之高而止。⑨攀援而登,箕踞而遨,则凡数州之土壤,皆在衽席之下。⑩其高下之势,岈然洼然,若垤若穴,尺寸千里,攒蹙累积,莫得遁隐。⑪萦青缭白,外与天际,四望如一。然后知是山之特立,不与培塿为类,悠悠乎与颢气俱,而莫得其涯;洋洋乎与造物者游,而不知其所穷。⑫引觞满酌,颓然就醉,不知日之入。苍然暮色,自远而至,至无所见,而犹不欲归。心凝形释,与万化冥合。⑬然后知吾向之未始游,游于是乎始,故为之文以志。是岁,元和四年也。

> 注释

① 本文是"永州八记"的第一篇,又与《钴鉧潭记》《钴鉧潭西小丘记》《至小丘西小石潭记》合称"前四记",同是元和四年(809)作于永州。西山:在永州

城西。始得：刚刚发现。

② 僇(lù)人：受辱的人。僇：侮辱。惴(zhuì)栗(lì)：忧惧战栗。

③ 施施：缓缓行走的样子。漫漫：任意无拘束的样子。

④ 回溪：曲折迂回的溪流。幽泉：幽深隐僻的泉水。

⑤ 披草：把草分开。倾壶：饮酒。

⑥ 更相：相互。

⑦ 趣：通"趋"，向、往。

⑧ 指异之：指点西山，觉得它奇异。

⑨ 染溪：又名冉溪，柳宗元后来改其名为愚溪。斫：砍。榛莽：杂乱丛生的草木。茅茷：茂密的野草。

⑩ 箕踞：两腿张开坐着，形似簸箕。衽(rèn)席：卧席。

⑪ 岈(xiā)然：山深的样子。洼然：凹陷的样子。垤(dié)：蚁穴外隆起的小土堆。尺寸千里：形容登高所见，千里远景像是汇聚在尺寸之间。攒(zǎn)蹙(cù)：紧密聚集。

⑫ 培塿(lǒu)：小土丘。悠悠：邈远的样子。颢(hào)气：盛大之气。

⑬ "心凝"二句：心神凝结(无有思虑)，形体消释(不复存在)，自我与万物融为一体。冥合：暗合。

> 评析

古文将题目中带有"记"的文章称为记体文。记体文的内容既丰富又驳杂，有的记人，有的记事，有的记物，有的记游。记游的又称游记，其中以描写山水景物为中心的就是人们熟知的山水游记。柳宗元是第一位大力写作山水游记的唐代诗人，他在谪居永州的十年间，足迹遍及永州郊外的山间水涯，用文字记录下所到之处的奇丽风景，写成了为人称道的"永州八记"。

《始得西山宴游记》是"永州八记"中的第一篇,也是最重要的一篇。首先,它交代了"永州八记"的写作背景。柳宗元被贬为永州司马之后,心情极度压抑,因此常在空闲之际借游览山水排遣愁绪。发现西山之前,山水更多地是为柳宗元及其友人提供一个喝酒饮宴的场所,消愁的是杯中之物;发现西山之后,柳宗元更多地把注意力放在山水景物的欣赏上,消愁的是西山的风物。其次,它开启了精细描摹永州山水的历程,为其他"七记"的写作定下基调。"永州八记"之前,柳宗元也写过一些涉及永州山水的记体文,但彼时景物并不是写作的中心,纵使在叙事中略有提及,往往也是粗笔勾勒。西山奇丽风景的发现彻底改变了柳宗元以往对山水的认知,前所未见的美景不仅使他的心绪暂得安宁,而且触发了他的写作灵感,用记的形式模山范水从此开始。

《始得西山宴游记》写得最精彩的地方莫过于登高所见之景。站在西山山顶,柳宗元先是俯视山下。因为地势高所以四下景物尽收眼底,奇怪的是山丘沟壑似乎缩小了尺寸,如同蚁封、蚁穴一般互相聚集在一起。然后是环视,因为地势高所以白云青山相互缠绕,使人分不清方向,极目远眺,只见天地相连。俯视之下,西山周围的风景便成了一幅山水画,呈现"尺寸千里"的效果。环视之下,青山、白云、天三者合而为一,柳宗元身处混沌之中,身心似乎都与它们融合,忘记自我存在的同时,愁绪自然烟消云散。或许这就是古人所说的"状难写之景如在目前,含不尽之意见于言外"的境界吧!

钴鉧潭记[①]

钴鉧潭在西山西,其始盖冉水自南奔注,抵山石,屈折东流,其颠委势峻,荡击益暴,啮其涯,故旁广而中深,毕至石乃止。[②]流沫成轮,然后徐行,其清而平者,且十亩,有树环焉,有泉悬焉。③

其上有居者,以予之亟游也,一旦款门来告曰:"不胜官租私券之委积,既芟山而更居,愿以潭上田贸财以缓祸。"④予乐而如其言。则崇其台,延其槛,行其泉于高者而坠之潭,有声潀然。⑤尤与中秋观月为宜,于以见天之高,气之迥。⑥

孰使予乐居夷而忘故土者,非兹潭也欤?

> 注释

① 钴(gǔ)鉧(mǔ):熨斗。钴鉧潭因形似熨斗而得名。
② 奔注:急速流下。颠委势峻:水上游与下游落差很大,水势险峻。荡击益暴:水流激荡得更加猛烈。啮其涯:形容水流冲击水岸的情形。旁广而中深:潭的围岸宽而中间深。毕至石乃止:最终碰到四周的山石才停止。
③ 流沫成轮:水流激荡而形成的泡沫像车轮一样旋转。徐行:水流慢慢趋于平缓。有泉悬:有泉水从高处垂落。
④ 亟:屡次。款:敲打。私券:私人间订立的契约,本文指私人借债。委积:聚积、堆积,形容数量多、数额大。芟(shān):割除杂草。贸财:(卖地)换钱。缓祸:解除祸患。
⑤ "则崇"四句:加高了潭边的石台,修长了栏杆,疏导高出的泉水使之倾落入潭中。延:加长。潀(cóng)然:形容泉水落入潭中的声音。
⑥ 天之高,气之迥:此为互文,形容天的高旷与辽远。迥(jiǒng):远。

> 评析

《始得西山宴游记》是发现西山之美的开始,《钴鉧潭记》则是逐一寻访、记录西山周边景致的开始。《钴𬭁潭记》最能引人好奇的莫过"钴𬭁"二字。钴𬭁是古代的熨斗,只是形状与现在的大不相同,它由细长的斗柄和平底的斗两部分组成,有点类似现在的长柄锅。《钴𬭁潭记》对潭的描写就是在尽力刻画它的形状。钴𬭁潭起源于冉溪,因为上游地势较高,所以中游、下游水势湍急,冲刷之下便形成了类似钴𬭁柄一样的水道。水流抵达最低处,遇到山石不能通行,渐渐汇聚成一个形似钴𬭁斗一样的小潭。柳宗元一番描画不仅解释了钴𬭁潭名字的由来,而且点出了钴𬭁潭形状的奇特。

  《钴𬭁潭记》最精彩的地方莫过于写水的动态。柳宗元从入笔开始就力图呈现钴𬭁潭水的活力。"奔注"是它刚刚从源头流出的状态;"屈折"是它遇到山石之后的形态。水流不断带走岸边的土石,柳宗元用了一个拟人化的"啮"字来表现;水流汇聚到潭中之后,动势减弱,渐趋平静,这一情态被柳宗元用"流沫成轮,然后徐行"八个字刻画得淋漓尽致。令人惊叹的是,《钴𬭁潭记》中对钴𬭁潭形状与水的动态的描摹,柳宗元不过用了寥寥七十字。他一边写水,一边构形,写水与构形并行不悖,待到完成水态的刻画,钴𬭁潭的形状也同时呈现在读者眼前。这大概就是古人所说的"言约义丰""造语工妙"吧!

钴𬭁潭西小丘记

  得西山后八日,寻山口西北道二百步,又得钴𬭁潭。①潭西二十五步,当湍而浚者为鱼梁。②梁之上有丘焉,生竹树。其石之突怒偃蹇,负土而出,争为奇状者,殆不可数。③其嵚然相累而下者,若牛马之饮于溪;其冲然角列而上者,若熊罴之登于山。④丘之小不能一亩,可以笼而有之⑤。问其主,曰:"唐氏之弃地,货而不售。"问其价,曰:"止四百。"余怜而售之。⑥

李深源、元克己时同游⑦,皆大喜,出自意外。即更取器用,铲刈秽草,伐去恶木,烈火而焚之。⑧嘉木立,美竹露,奇石显。由其中以望,则山之高,云之浮,溪之流,鸟兽之遨游,举熙熙然回巧献技,以效兹丘之下。⑨枕席而卧,则清泠之状与目谋,潜潜之声与耳谋,悠然而虚者与神谋,渊然而静者与心谋。⑩不匝旬而得异地者二⑪,虽古好事之士,或未能至焉。

噫!以兹丘之胜,致之沣、镐、鄠、杜,则贵游之士争买者,日增千金而愈不可得。⑫今弃是州也,农夫渔父过而陋之,贾四百,连岁不能售。⑬而我与深源、克己独喜得之,是其果有遭乎!书于石,所以贺兹丘之遭也。

注释

① 得西山后八日:元和四年(813)九月二十八日发现西山,后八日即十月初七日。寻:顺着。道:用作动词,步行。

② 浚:深。鱼梁:拦截水流用以捕鱼的堤坝。古人用土石筑堤横截水中,中留空洞,将渔具放在空洞处,便可以拦捕游鱼。

③ 突怒:突起的样子。偃(yǎn)蹇(jiǎn):高耸的样子。负土而出:破土而出。争为奇状:好像在争相呈现奇异的形态。

④ 嵚(qīn)然:山石突出的样子。相累:相互重叠。冲然:向上突起的样子。角列:像兽角一样斜着排列。罴(pí):熊的一种。

⑤ 笼而有之:全部为自己所有。笼(lǒng):包罗,包括。

⑥ 货:卖。售:前一个意为卖出,后一个为买。

⑦ 李深源、元克己:柳宗元在永州的朋友。

⑧ 刈(yì):割。秽草:杂草。恶木:不成材或有碍观瞻的树木。

⑨ 鸟兽之遨游:鸟翱翔,兽奔走。熙熙然:和乐的样子。回巧献技:好像在展示各自的技巧。回:运转。以效兹丘之下:呈现在小丘的下面。

⑩ 潆潆(yíng)：水流的声音。悠然：形容天空悠远广阔。渊然：形容环境静默。
⑪ 匝：环绕一周为一匝，引申为满。旬：十日为一旬，一个月为三旬。异地者二：钴鉧潭和潭西的小丘。
⑫ 沣、镐、鄠、杜：都是长安附近的地名，也是当时显贵乐于居住或游玩的地方。日增千金：每天增价千金。
⑬ 陋：轻视。贾：同"价"。连岁：连年。

评析

《始得西山宴游记》写的是山，《钴鉧潭记》写的是水，《钴鉧潭西小丘记》写的则是小丘。柳宗元游记写景造境千变万化，写山、写水自是不同，同是写山，笔法也绝无雷同。《始得西山宴游记》着眼于西山的高，重在写望中的景象及感受；《钴鉧潭西小丘记》始终着眼于小丘这块方寸之地，重在写上面的奇石、嘉木、美竹。小丘之上最先进入柳宗元视野的是石头，它们层层叠叠，形态各异，有若牛马、熊罴，极富动势。或许正是因为奇石的吸引，柳宗元买下了小丘。经过一番整理之后，小丘变成一个独立空间，身处其中外可以观景，内可以静心。小丘之于柳宗元的意义与西山、钴鉧潭不同，小丘虽然面积不足一亩，但它完全属于柳宗元，可以被改造成他心灵的憩所。柳宗元在永贞政治革新失败之后遭受的不仅有仕途上的打击，还有政敌的诬陷和毁谤。身体与精神的双重折磨使他陷入矛盾、挣扎、彷徨之中，他不得不反省过往的言行，但内心依旧坚信自己没有过错。正如《始得西山宴游记》里说的，被贬永州之后柳宗元始终处于"惴栗"的状态。他生性细腻、敏感，无法像刘禹锡那样依靠自己的精神力量找到出路。因此他需要借助外物来纾解忧愁，酒、西山、钴鉧潭、小丘莫不是他解忧的"药"。小丘可能是最让柳宗元感到安适的地方,一方面小丘乃柳宗元个人所有,另一方面它远离人群,可以为柳宗元提供一个独立而封闭的空间。

细读本文不难发现,纵是小丘也不能使柳宗元完全忘却忧愁,游赏之际仍不忘借小丘发表一通身世之感。清代学者林云铭对于这一点分析得尤为透彻,他说:"末段以贺兹丘之遭,借题感慨,全说在自己身上。盖子厚向以文名重京师,诸公要人,皆欲令出我门下,犹致兹丘于沣镐鄠杜之间也。今谪是州,为世大僇。庸夫皆得訾诃,频年不调,亦何异为农夫渔夫所陋,无以售于人乎?乃今兹丘有遭,而己独无遭。贺丘所以自吊,亦犹《起废之答》无蹩足涎颡之望也。呜呼!英雄失路至此,亦不免气短矣。读者当于言外求之。"(《古文析义》)

至小丘西小石潭记

从小丘西行百二十步,隔篁竹,闻水声,如鸣珮环,心乐之。①伐竹取道,下见小潭,水尤清冽。全石以为底,近岸卷石底以出,为坻为屿,为嵁为岩。②青树翠蔓,蒙络摇缀,参差披拂。③潭中鱼可百许头,皆若空游无所依。④日光下澈,影布石上,怡然不动;俶尔远逝,往来翕忽,似与游者相乐。⑤

潭西南而望,斗折蛇行,明灭可见。⑥其岸势犬牙差互⑦,不可知其源。坐潭上,四面竹树环合,寂寥无人,凄神寒骨,悄怆幽邃。⑧以其境过清,不可久居,乃记之而去。

同游者吴武陵、龚古,余弟宗玄;隶而从者,崔氏二小生,曰恕己,曰奉壹。⑨

> 注释

① 篁：竹林，又是一种竹名。如鸣珮环：像环佩相互撞击发出的声音。珮环：古人腰间所系的佩玉，走路时会互相碰撞发出声响。

② "全石"四句：小石潭底是整块的岩石，石底延伸到靠近岸边的地方露出水面，有的像坻，有的像屿，有的像嵁，有的像岩。卷石：多数观点认为，卷读"juǎn"，是潭底卷起的石头。周振甫先生认为，卷应读"quán"，与"区"同义，是一种度量单位，一区等于一斗六升容量。"卷石，相当于一斗六升容量大的石头，所以可作为坻（水中高地）为屿（小岛）为岩（岩石）。"（周振甫《诗文浅说·后记》）坻（chí）：水中高地。屿：岛屿。嵁（kān）：凸凹不平的山岩。岩：高峻的山岩。

③ 蒙：覆盖。络：缠绕。摇缀：摇摆连缀。参（cēn）差（cī）：长短不齐。披拂：随风飘动。

④ 若空游无所依：形容水极清，鱼好像在空中游动。

⑤ "日光"三句：日光直射水底，鱼的影子倒映在潭底的石头上，一动不动。澈：同"彻"，穿透。怡然：静止不动的样子。俶（chù）尔：忽然。翕（xī）忽：迅捷的样子。

⑥ 斗折：像北斗七星一样曲折。蛇行：像蛇一样蜿蜒。明灭：忽明忽暗，若隐若现。

⑦ 犬牙差互：意即犬牙交错。

⑧ 凄神寒骨：（使人）精神凄凉，肌骨寒冷。悄怆（chuàng）：忧伤，悲伤。

⑨ 吴武陵、龚右：柳宗元的友人。宗玄：即柳宗玄，柳宗元从弟。崔氏：柳宗元姐夫崔简。

> 评析

一件精妙的艺术品必定有一处最为传神的地方，在诗里被称为诗眼，在文里被称为文眼。诗文一旦有了"眼"便有了动人的力量。"清"是本文的文眼，柳宗元抓住一个"清"字大做文章，先写水清，再写境清，寥寥百余字就把小石潭幽寂澄清的境界全然烘托出来。

为了表现潭水的清澈，柳宗元借鉴了画家画水的方法。中国山水画中画水最难，因为没有颜料可以渲染它透明的状态，因此意欲表现水的清澈必须借助水边或水中的景物来衬托。柳宗元写水也是如此。他先写的是潭中之石，无论是潭底的还是潭边的，其形态都能清晰可见，水中石头无所遁形的前提一定是水清。然后写的是潭中的游鱼，因为水清，鱼儿像是在空中游动，作者可以捕捉到它们极为细微的游动姿态。以游鱼衬托水清并不是柳宗元的原创，北魏郦道元《水经注》写倶山北溪时说"其水虚映，俯视游鱼，如乘空也"，写洧水时说"绿水平潭，清洁澄深，俯视游鱼，类若乘空"。柳宗元对《水经注》的笔法既有继承又有丰富，他在"乘空"之外，又加入了光影的描写。小石潭四面有环合的竹树，上面有缠绕在一起的翠蔓，若不是强烈的日光照射，纵使潭水再清，恐怕也难以看清潭中游鱼的倒影以及它们往来翕忽的游动。如果说郦道元写出了水的清澈，那么柳宗元写出的则是水的空明，二者给人的感受略有差别。"境清"指的是小石潭环境幽寂、冷清。小石潭四面有"竹树环合"，上面有"青树翠蔓"遮蔽，是一个相当封闭的空间。在这里特别容易使人感到孤寂、冷清，也就是柳宗元说的"其境过清"。

柳宗元的小石潭之游明显可以分为三个阶段。第一个阶段是发现小石潭。小石潭是一个与世隔绝的空间，它地势低洼，且四面都被竹树环绕。发现它的所在无疑令人惊喜。第二个阶段是欣赏小石潭。小石潭潭底有奇石，潭上有青树翠蔓,潭中有一泓清水,水中游鱼俯仰各有姿态。如此佳致当然令人赏心悦目。第三个阶段是久居小石潭。此时小石潭独立而幽闭的环境使得柳宗元感到凄清与冷寂。随着游览的深入,我们不难发现柳宗元的心情由乐转悲。登山临水乐而生悲是人之常情,只是个中原因不同。王羲之兰亭游宴之后,悲的是"向之所欣,俯仰之间,已为陈迹"(《兰亭集序》);杜甫登高之后,悲的是"万里悲秋常作客,百年多病独登台"(《登高》);而柳宗元的悲怆很可能是贬谪对他造成的心灵创痛。

袁家渴记①

由冉溪西南水行十里,山水之可取者五,莫若钴鉧潭。由溪口而西,陆行,可取者八九,莫若西山。由朝阳岩东南水行,至芜江,可取者三,莫若袁家渴。②皆永中幽丽奇处也。

楚、越之间③方言,谓水之支流者为"渴"。音若"衣褐"之"褐"。渴上与南馆高嶂合,下与百家濑合。④其中重洲小溪,澄潭浅渚,间厕曲折,平者深墨,峻者沸白。⑤舟行若穷,忽又无际。有小山出水中,山皆美石,上生青丛,冬夏常蔚然。其旁多岩洞,其下多白砾,其树多枫柟石楠梗槠樟柚,草则兰芷。又有异卉,类合欢而蔓生,轇轕⑥水石。每风自四山而下,振动大木,掩苒众草,纷红骇绿,蓊葧香气,冲涛旋濑,退贮溪谷,摇飏葳蕤,与时推移。⑦其大都如此,余无以穷其状。

永之人未尝游焉,余得之不敢专也,出而传于世。其地主袁氏,故以名焉。

> 注释

① 本文与《石渠记》《石涧记》《小石城山记》又被称为"后四记",均于元和七年(812)作于永州。

② 朝阳岩:在永州城西南(今湖南永州市零陵区潇水西岸)。芜江:潇水支流。

③ 楚、越之间:永州一带。永州在古楚地与越地的交界处,柳宗元因此称之为"楚、越之间"。

④ 南馆:永州地名。嶂:形似屏障的山峰。百家濑:永州地名。濑:从沙石上流过的水。

⑤ 重:多。洲:水中突起的陆地。渚:水中小块陆地。厕:旧读 cì,间杂。平者深墨:水流平缓的地方,水色深黑。峻者沸白:水流湍急的地方,泛起白色(浪花)。

⑥ 樛(jiāo)轕(gé):纵横交错。

⑦ 掩苒:草被风吹得伏倒的样子。纷红骇绿:此句为互文,红花绿叶全都纷乱摇动。蓊(wěng)勃(bó):香气浓郁。冲涛旋濑:(大风)吹起波浪,卷起漩涡。濑:湍急的水流。摇飏:摇曳,摇荡。葳(wēi)蕤(ruí):草木茂盛的样子。与时推移:随着时间的变化而变化。

> 评析

柳宗元山水游记最大的特点就是随物赋形、穷形尽相,也就是用极为精确或生动的语言呈现景物最为奇异的地方。钴鉧潭奇在形状,柳宗元就尽力刻画它的形状;小石潭奇在水清,柳宗元就反复描绘它的水清。虽同是写潭,立意、笔法却各不相同。"渴"与潭又不同,潭是一方相对静止的水,"渴"无论解释为"支流"还是"反流",都是流水。游览、观赏静水与流水方法不同,游览静水最好徒步徜徉其间,游览流水宜于泛舟其上。从文中"朝阳岩东南水行""舟行若穷,忽又无际"两处描写看,柳宗元应该是泛舟游览袁家渴。泛舟船游最突出的特点是游览者的视点会随着船的移动而不断变化。《袁家渴记》就是柳宗元"站"在视点不断移动的船上写成的一篇游记。从上游乘船而下,袁家渴中的"重洲小溪,澄潭浅渚"令人应接不暇,因为上、下游存在落差,不同水域的水流速度不同,有的澄静,有的却翻腾着波浪。船向前行,水道时而窄,时而宽,貌似无路可走,忽然又无边无际。

在游览袁家渴的过程中,最吸引柳宗元的可能是"渴"中的一座小山,它也是本文描写得最精细、最出彩的地方。柳宗元分别从四个不同的方面来写这座小山。首先写山上的美石与冬夏常青的植被,其次写旁边的岩洞与洞中的白石,再次写山上各式各样的花、树,知名的、不知名的,品目繁多,最后写山风吹动之下花、树、草、水的各自形态,以及随风漫溢在水上的浓郁香气。通过四个方面的描绘,读者视觉上可以感受小山的颜色,听觉上可以感受山中的天籁,嗅觉上可以感受小山的味道。就这一段状物而言,柳宗元的文笔似乎比画家的画笔还要略胜一筹,因为他不仅写出了画得出来的物态,而且写出了画不出的感觉。难怪宋代大文豪苏轼忍不住赞叹"柳子厚(柳宗元)、刘梦得(刘禹锡)皆善造语,若此句,殆入妙矣"(《书子厚梦得造语》)。

石 渠 记①

自渴西南行不能百步,得石渠,民桥其上。②有泉幽幽然,其鸣乍大乍细。③渠之广,或咫尺,或倍尺,其长可十许步。④其流抵大石,伏出其下。⑤

逾石而往，有石泓，昌蒲被之，青鲜环周。⑥又折西行，旁陷岩石下，北堕小潭。潭幅员减百尺，清深多儵鱼⑦。又北曲行纡余，睨若无穷，然卒入于渴。⑧其侧皆诡石怪木、奇卉美箭，可列坐而庥焉。⑨风摇其巅，韵动崖谷。⑩视之既静，其听始远。⑪

予从州牧⑫得之。揽去翳朽，决疏土石，既崇而焚，既酾而盈。⑬惜其未始有传焉者，故累记其所属，遗之其人，书之其阳，俾后好事者求之得以易。⑭元和七年正月八日，蠲⑮渠至大石。十月十九日，逾石得石泓小潭，渠之美于是始穷也。

> **注释**

① 渠：人工开凿的水道。柳宗元所写石渠并未明言是人工开凿，还是天然形成。若是天然形成的，形状也应与人工开凿的类似。

② 渴：袁家渴。桥：架桥。

③ 幽幽然：深远的样子。乍大乍细：忽大忽小。

④ 咫(zhǐ)尺：周代的长度单位，八寸为咫，十寸为尺。倍尺：一尺的一倍，即两尺。

⑤ 抵：触，遇。伏出其下：从石头的下面穿过。

⑥ 逾：越过。石泓：凹石积水而成的小潭。昌蒲：即菖蒲。生于水边，有淡红色根茎、剑形叶子，夏天开花，淡黄色。

⑦ 儵(tiáo)鱼：一种白色的小鱼。

⑧ 纡(yū)余：迂回曲折。睨：本义为斜着眼看，也可以泛指看。

⑨ 诡石：怪异的石头。美箭：美竹。庥：同"休"。

⑩ "风摇"二句：风吹动树或竹的梢头，发出的声响在山谷中回荡。巅：头。韵：和谐的声音。

⑪ "视之"二句：看着竹树已经（停止摆动）渐趋平静，而它们发出的声响却刚刚开始传向远方。

⑫ 州牧：古代指一州的行政长官，本文代指永州刺史。

⑬ 揽：清除。翳(yì)：树木枯死。决：开凿壅塞，疏通水道。既崇而焚：枯死腐朽的草木堆起之后焚烧。既酾(shī)而盈：水渠疏导之后水量充盈。酾：疏导。

⑭ 累记其所属：一一记下与石渠相连的景致。属(zhǔ)：连接，连续。遗(wèi)：赠送。阳：石渠的北面。俾(bǐ)：使。

⑮ 蠲：清除，疏通。

评析

《石渠记》写于元和七年（812），此时柳宗元已经在永州度过了八年的贬谪生活。此前柳宗元曾主动与亲友通信，乞求他们施以援手，但都没有结果。经过四五年的努力，眼见复出的希望越来越渺茫，不得已要在永州做久居的准备。元和五年（810），柳宗元在冉溪之上买了一块地，构筑了居室。此后柳宗元心态较之以前平和了一些，对待山水的态度也有了些许不同。"永州八记"的前四记里柳宗元常常抒发自己的身世之感，后四记里他似乎更想用手中的笔记录下那些不为人知的胜景，让更多的人发现它们，知道它们。《石渠记》里就明确地透露出这一想法。为了达成这一目的，《石渠记》在写成后又被柳宗元书写在石渠北面的石头上，以期传之久远。

石渠的形态有两个特点：一是渠道狭窄，宽的地方两尺，窄的一尺多，换算成现代长度单位，也不过在五十至六十厘米之间；二是渠道蜿蜒曲折。游览这样的水渠乘船当然不行，可以想见柳宗元应该是沿着渠边步行游览。柳宗元的石渠之游可以分为四段，石渠每改变一次流向便是一段新的游程，风景亦与前段不同。相应地关于石渠的描写可以分为四个单元：石渠抵大石之前为第一单元，重在写渠道的尺幅；石渠穿过大石为第二单元，重在写菖蒲青藓环绕之下的石泓；石渠西北堕入小潭为第三单元，重在写潭以及其中的游鱼；石渠再北流入袁家渴为第四单元，重在写渠边优美的环境。每一段就像一帧画面，风景各异，却能前后衔接，连缀起来便构成一幅"石渠游踪图"。图中最为引人注目的非迂回曲折的渠道莫属，它上游有鸣咽的清泉，中游连接着石泓、小潭，下游汇入袁家渴。虽然景致没有那么惊艳，但环境清幽又不至于像小石潭那般冷寂。或许这就是柳宗元能于其中细细寻访、慢慢游览的原因吧！

石涧记^①

　　石渠之事既穷^②，上由桥西北，下土山之阴，民又桥焉。其水之大，倍石渠三之一。^③亘石为底，达于两涯。^④若床若堂，若陈筵席，若限阃奥^⑤。水平布其上，流若织文^⑥，响若操琴。揭跣而往，折竹箭，扫陈叶，排腐木，可罗胡床十八九居之。^⑦交络之流，触激之音，皆在床下；翠羽之木，龙鳞之石，均荫其上。^⑧古之人其有乐乎此耶？后之来者，有能追予之践履耶？得意之日，与石渠同。

　　由渴而来者，先石渠，后石涧；由百家濑上而来者，先石涧，后石渠。涧之可穷者，皆出石城村东南，其间可乐者数焉。其上深山幽林，逾峭险，道狭不可穷也。^⑨

> **注释**

① 本文元和七年（812）作于永州。涧：山间的水沟。
② 石渠之事既穷：石渠的景致已经游览完毕。

③ "其水"二句：(石涧)的水势比石渠大三分之一。

④ "亘石"二句：涧底是山石，一直延伸到涧的两岸。亘(gèn)：绵延不断。

⑤ 阃(kǔn)奥(ào)：深邃的内室。阃：门槛。奥：室的西南角。

⑥ 织文：锦、绮之类带有花纹的丝织品。

⑦ 揭：提起衣服。跣(xiǎn)：赤脚。胡床：一种可以折叠的轻便坐具，类似马扎。本是西北少数民族的坐具，后来传入中原，所以称为"胡床"。

⑧ 交络：相互缠绕。触激之音：水互相触碰撞击发出的声音。翠羽：本指翠鸟的羽毛，本文代指树叶。龙鳞之石：石头的纹理类似龙鳞。

⑨ 逾：更加。道狭不可穷：道路狭窄，不能全部游览。

评析

柳宗元笔下石涧的特点可以概括为两个字：清、浅。清指的是涧水清。石涧与小石潭类似，都是全石以为底，且石头延伸至岸边，泥沙渗透不进水里，水自然清澈见底。水清是欣赏石涧的前提，水浑涧底石头则不可见，细致观赏、描绘更无从谈起。《石涧记》中对涧石的描写与《至小丘西小石潭记》一样用的是博喻。小石潭里的石头是"为坻为屿，为嵁为岩"，石涧里的则是"若床若堂，若陈筵席，若限阃奥"。博喻就是用一连串的形象来表达一件事物的一个方面或一种状态。其中又包含两种手法：一是用同类的比喻来形容、说明一个事物的某一方面；二是用若干比喻分别从不同方面来描绘、说明某一事物。《石涧记》《至小丘西小石潭记》用的都是后一种博喻方法，不同的是前者用床、堂等一系列形象来比喻涧石的形态，后者用坻、屿等一系列形象比喻潭石。由此可见，石涧里的石头与小石潭里的差异颇大，潭石凹凸不平，涧石则相对平坦。

浅指的是涧水浅。涧水清浅，涧石又平，于是石涧中形成一种特殊景观，也就是涧水平布在涧石上，呈现织锦一般的纹理。石涧奇异的水文地貌不仅适宜远观,还可以近玩。"永州八记"中一共写了潭、渴、渠、涧四种水景,每种都有各自的形态,也有不同的游览方式。潭宜于站在岸边观赏,渴宜于坐在船中游览,渠宜于沿着岸边徒步游赏,涧是唯一可以进入水中游玩的地方。石涧的涧水清浅,涧底平坦,是一个绝佳的戏水场所。赏游其间不仅可以赤脚蹚水,甚至可以在涧石上排列胡床坐着休息。可以想见,柳宗元的石涧之游是多么惬意,抬头可见奇石、嘉木,低头可见涧水、涧石,头上翠叶荫翳,脚下水声潺潺。

小石城山记①

自西山道口径北,逾黄茅岭而下,有二道:其一西出,寻之无所得;其一少北而东,不过四十丈,土断而川分,有积石横当其垠。②其上为睥睨梁欐之形,其旁出堡坞,有若门焉。③窥之正黑,投以小石,洞然有水声,其响之激越,良久乃已。④环之可上,望甚远,无土壤而生嘉树美箭,益奇而坚,其疏数偃仰,类智者所施设也。⑤

噫!吾疑造物者之有无久矣。及是,愈以为诚有。⑥又怪其不为之中州,而列是夷狄,更千百年不得一售其伎,是固劳而无用,神者傥不宜如是,则其果无乎?⑦或曰:"以慰夫贤而辱于此者。"或曰:"其气之灵不为伟人,而独为是物,故楚之南⑧少人而多石。"是二者,余未信之。

注释

① 本文元和七年(812)作于永州。山石形似城,故名"小石城"。
② 黄茅岭:在今湖南永州市零陵区西南郊。土断而川分:山土断裂,山地一

分为二。垠(yín)：边，界。

③ 睥(pì)睨(nì)：城墙呈凹凸形的矮墙，女墙。梁欐(lì)：房屋的栋梁。堡：小城。坞(wù)：防御用的小堡。

④ 洞然：投石入水的声音。激越：声音高亢清亮。

⑤ 环之可上：盘旋着可以攀上(小石城)。美箭：美竹。数(shuò)：密。偃仰：俯仰。

⑥ 及是：到了这里。愈：更加。

⑦ 中州：中原。夷狄：古人称东方少数民族为夷，北方少数民族为狄。"夷狄"常用以泛指中原以外的少数民族，本文指永州。更(gēng)：历经。

⑧ 楚之南：代指永州，永州在古楚地南部。

评析

《小石城山记》是"永州八记"的最后一篇，小石城山也是柳宗元西山之游的最后一站。小石城山的山形是最引人注目的地方，在柳宗元笔下它明显地呈现两个特点：一是险，二是妙。险指的是它地势险要，小石城山由积石垒成，并且坐落在断崖边上，地势险要可想而知。妙指的是它的形状巧夺天工，小石城山顾名思义就是一座形状像城的小山。山上有梁栋一般的石头，有堡坞一样的石洞，天然地形成一座城堡一样的小山。小石城山的地势、山形着实令柳宗元惊诧，以至于认为自然界中真有一个无所不能的造物主。柳宗元在很多文章中表示自己并不相信造物主或者天命的存在。但面对小石城山他犹疑了，若是没有造物主，小石城山何以如此精妙呢？若是有造物主，为什么又将它放在僻远的永州，千年之间无人发现它的精妙呢？柳宗元在小石城山上发现的矛盾其实也是长久存在于自己身上的矛盾。如果上天有意志，他怎么会被贬到永州空度年华？如果天道能够赏善罚恶，他怎么会在被贬永州之后无人问津？以上疑问柳宗元曾在文章里多次或隐或显地表达过。

作为"永州八记"的完结篇，我们可以借着《小石城山记》为柳宗元山水游记做一个总结。柳宗元山水游记的特点可以概括为四个方面。一是随物赋形。柳宗元写山水没有固定的模式，往往是根据山水的自然风貌突出它们的特点。写山、写水各有各的姿态，各有各的面貌。同是写山，《钴鉧潭西小丘记》重在写宜人的环境，《小石城山记》重在写奇异的山形。同是写水，《至小丘西小石潭记》重在写潭水清，《石涧记》重在写潭水清且浅。二是穷形尽相。柳宗元写水水貌无所遁隐，写山山态若在目前。他特别善于造景，时而用白描精工地刻画山水景物的外形，时而用比喻尤其是博喻来呈现它们丰富的姿态。他也特别善于造境，西山是开阔的，小石城山是精致的，石渠是清幽的，小石潭是冷寂的，各有各的氛围。三是造语精妙。首先是用词用字精到准确。《始得西山宴游记》中的"若垤若穴"、《至小丘西小石潭记》中的"为坻为屿，为嵁为岩"、《石涧记》中的"若陈筵席，若限阃奥"，一句话甚至几个字就能表现出写作对象的形态或神韵。其次是语言新颖别致。永州山水激发了柳宗元的语言创造力，为了表现大自然新奇的物象，他在山水游记中用了不少新造的词语。《始得西山宴游记》中的"萦青缭白"、《袁家渴记》中的"纷红骇绿"都是为永州山水量身定制的新词，它们不仅呈现了永州山水的奇异，而且是柳宗元非凡语言驾驭能力的一种表现。再次是言简意赅。"永州八记"长的不过三百余字，短的不过一百余字。虽篇幅简短，但写景、言情甚至说理游刃有余，靠的就是语言的简洁、凝练。《始得西山宴游记》只用"过""缘""斫""焚""穷"五个动词，就概括出第一次寻访西山的过程；《小石城山记》描摹小石城山形态只用了寥寥二十余字。四是意蕴悠远。模山范水是柳宗元山水游记的重要内容，却不是唯一目的。他的游记常常蕴含着炽烈的情感或深刻的议论。读者初读之下"看山是山，看水是水"，细读之后又"看山不是山，看水不是水"，全是柳宗元的身世之感与抑郁不平之气。

永州铁炉步志①

江之浒,凡舟可縻而上下者曰步。②永州北郭③有步,曰铁炉步。余乘舟来,居九年,往来求其所以为铁炉者无有。④问之人,曰:"盖尝有锻者居,其人去而炉毁者不知年矣,独有其号冒而存。"⑤

余曰:"嘻!世固有事去名存而冒焉若是耶?"

步之人曰:"子何独怪是?今世有负其姓而立于天下者,曰:'吾门大,他不我敌也。'问其位与德,曰:'久矣其先也。'⑥然而彼犹曰'我大',世亦曰'某氏大'。其冒于号有以异于兹步者乎?向使有闻兹步之号,而不足釜锜、钱镈、刀铁者,怀价而来,能有得其欲乎?⑦则求位与德于彼,其不可得亦犹是也。位存焉而德无有,犹不足大其门,然世且乐为之下。⑧子胡不怪彼而独怪于是?大者桀冒禹,纣冒汤,幽、厉冒文、武,以傲天下。由不知推其本而姑大其故号,以至于败,为世笑僇,斯可以甚惧。⑨若求兹步之实,而不得釜锜、钱镈、刀铁者,则去而之他,又何害乎?子之惊于是,末⑩矣。"

余以为古有太史,观民风,采民言。⑪若是者,则有得矣。嘉其言可采,书以为志。

注释

① 步:音、义与"埠"同,水边停船的码头。志:记录。"铁炉步"是永州城北潇水河畔的一个码头,因曾有铁匠在此打造铁器而得名。
② 浒:水边。縻(mí):系结。上下:上船下船。
③ 郭:内城叫城,外城叫郭。外城是在内城外加筑的一道城墙。
④ 居九年:柳宗元永贞元年(805)冬至永州,作本文时已在永州居住九年。

往来：反复。

⑤ 锻者：铁匠。号：名。冒而存：意即有名无实。冒：假冒。

⑥ 怪是：以此为怪。姓：姓氏，亦即家族、门第。门大：门第高贵。久矣其先：很久以前他的祖先如何如何。

⑦ 向使：假使。釜(fǔ)锜(qí)：均是古代的锅。钱(jiǎn)镈(bó)：古代两种农具。钱类似铲，镈类似锄。铁(fū)：同"斧"。怀价：带着钱。得其欲：满足他的愿望，意即买到。

⑧ 大：光大。乐为之下：甘心乐意居于他们之下。

⑨ 推：推究，探求。僇(lù)：侮辱。

⑩ 末：见识浅薄，大惊小怪。

⑪ 太史：周代官名，负责掌记载史事、编写史书等工作的官员。观民风：观察民间风俗。采民言：采集民间言论。周代之前有专门官员采集民间的言论或诗歌，以便君王观察民间的风俗、政令的得失。

评析

本文是柳宗元所有"记"中最特别的一篇。首先，它的题目中没有"记"字，取而代之的是"志"字。其次，柳宗元的"记"向来以叙事、抒情为主，而本文却以议论为主。即便如此，它依然和其他的"记"编在一起，仿佛也是记体文中的一员。这是为什么呢？志与记都有记录的意思，"铁炉步志"与"铁炉步记"字面意思差不多，这或是编者将它归到记文体一类的原因。但是柳宗元为什么不直接将它命名为"记"呢？我们认为，"志"和"记"并不是同一类文体，它们在内容、体式、功能上存在一些差异。

《永州铁炉步志》似乎更接近古代意义上的小说。古代所谓的小说与现代的不同。现代小说是一种以刻画人物形象为中心，通过对话、故事情节或环境描写来反映社会生活的文学体裁,而古代小说是一些街谈巷议的言论或者故事,它们起初在民间口头流传,后来才逐渐形成文字记录。之所以被称为"小说",是为了区别于那些可以治国安邦、养德修身的大道理。从柳宗元的表述来看,《永州铁炉步志》记录的是柳宗元与铁炉步当地百姓的一段对话,柳宗元只是发问者,百姓才是发议论、说道理的中心人物。由此可见,本文完全符合古代小说街谈巷议、道听途说的标准。无论它是真实的,还是虚构的,在体式与内容上都更接近古人所谓的小说。

民间采集而来的"小说"与现代小说的功能不尽相同。它们的终极目的是干预现实,或是指出现实政治的弊端,或是提出一些改良的建议。《永州铁炉步志》也是如此。受汉魏以来门阀制度的影响,唐代人仍然有比较强烈的门第观念,出身高门不仅值得夸耀,而且是一种跻身上流社会的资本。客观地说,世家大族往往具有一定的门风与家学修养,门中子弟多数受过良好的教育。唐代政治、文化名人不少都是士族子弟,柳宗元本人就出身于关中第一等高门河东柳氏。但也有一些人无才无德,仅靠着吹嘘祖先门第的荣光来装点自己的门面。《永州铁炉步志》批判的就是这样一群只会吹嘘祖先门第却没有真才实学的人。本文写于元和八年(813),此时柳宗元已经在永州居住长达九年。其间他经历了矛盾、彷徨、迷茫、消沉,曾借酒消愁,寄情山水,却从未忘怀对现实的关注。

柳州山水近治可游者记①

古之州治,在浔水②南山石间。今徙在水北,直平四十里,南北东西皆水汇。③

北有双山,夹道崭然,曰背石山。④有支川,东流入于浔水。浔水因是北而东,尽大壁下⑤。其壁曰龙壁⑥。其下多秀石,可砚。

南绝水,有山无麓,广百寻,高五丈,下上若一,曰甑山。⑦山之南,皆大山,多奇。又南且西,曰驾鹤山,壮耸环立,古州治负焉。⑧有泉在坎⑨下,恒盈而不流。南有山,正方而崇,类屏者,曰屏山。⑩其西曰四姥山⑪,皆独立不倚。北沉浔水濑下。

又西曰仙弈之山⑫。山之西可上。其上有穴,穴有屏,有室,有宇。⑬其宇下有流石成形,如肺肝,如茄房,或积于下,如人,如禽,如器物,甚众。⑭东西九十尺,南北少半⑮。东登入小穴,常有四尺,则廓然甚大。⑯无窍,正黑,烛之,高仅见其宇,皆流石怪状。由屏南室中入小穴,倍常⑰而上,始黑,已而大明,为上室。由上室而上,有穴,北出之,乃临大野,飞鸟皆视其背。其始登者,得石枰于上,黑肌而赤脉,十有八道,可弈,故以云。⑱其山多柽,多櫧,多筼筜之竹,多橐吾。⑲其鸟,多秭归⑳。

石鱼之山㉑,全石,无大草木,山小而高,其形如立鱼,尤多秭归。西有穴,类仙弈。入其穴,东出,其西北灵泉在东趾下,有麓环之。㉒泉大类毂雷鸣,西奔二十尺,有洞,在石涧,因伏无所见,多绿青之鱼,多石鲫,多鯈。㉓

雷山,两崖皆东西,雷水出焉。㉔蓄崖中曰雷塘,能出云气,作雷雨,变见有光。㉕祷用俎鱼、豆䏑、修形、糈糁、阴酒,虔则应。㉖在立鱼南,其间多美山,无名而深。峨山在野中,无麓,峨水出焉,东流入于浔水。

注释

① 柳州:今广西柳州市一带。元和十年(815),柳宗元先被召入京,随后出任柳州刺史,在任五年,于元和十四年(819)卒于柳州刺史任上,终年四十七岁。近治:柳州州治附近。

② 浔水：即柳江，它从柳州城西绕城南、城东蜿蜒而过。柳宗元所说的"古之州治"大约在现在的驾鹤山与柳江之间。

③ 直平：大意是新的州治纵横四十里。水汇：水环绕。

④ 双山：可能是今雀儿山与驼背山，两山相向而立，中间形成夹道。崭（zhǎn）然：山高峻突兀的样子。

⑤ 尽大壁下：意即浔水被大壁挡住去路，至大壁后从东北流折向东流。

⑥ 龙壁：即今龙壁山。

⑦ 南绝水：向南横渡浔水。绝：横渡。有山无麓：形容山势陡峭，像是没有山脚。麓：山脚。甑（zèng）山：山名，因山形似甑而得名。甑：蒸食炊具，类似现代的蒸笼。

⑧ 驾鹤山：山名，因形似鹤立而得名。古州治负：古州治依山而建。

⑨ 坎：低洼之处。

⑩ 崇：高。屏山：因形似屏风而得名，今名箭盘山。

⑪ 四姥（mǔ）山：屏山西面的四座山，相互独立，不相连靠。

⑫ 仙弈之山：有人认为即今柳州的马鞍山，因为山上有石枰而得名。

⑬ "其上"四句：山上有石洞，洞内有石屏风、石室，还有向外突出的石檐。宇：屋檐。

⑭ 流石：钟乳石。茄房：莲蓬。

⑮ 少半：小于一半。

⑯ 常有四尺：一常又加四尺，古代十六尺为一常。有：同"又"。廓然：空旷的样子。

⑰ 倍常：常的一倍，即三十二尺。

⑱ 枰：棋盘。黑肌而赤脉：黑色的质地，红色的界线。

⑲ 柽（chēng）：又名河柳，一种落叶小乔木。櫧（zhū）：一种常绿乔木，木质坚硬。筼（yún）筜（dāng）：一种皮薄、节长而竿高的竹子。橐（tuó）吾：

草名。

⑳ 秭归：即子规，又称杜鹃。

㉑ 石鱼之山：即今立鱼峰，因形似立鱼而得名。

㉒ 灵泉：即今小龙潭。在东趾下：在石鱼之山东边的山脚下。

㉓ 泉大类毂雷鸣：泉水发出像车轮转动时隆隆的声音。毂(gǔ)：车轮中心的圆木，周围与车辐的一端相接，中有圆孔，用以插轴。本文代指车轮。洄：回流，漩涡。伏：隐藏。石鲫：一种生于山涧中的鲫鱼。

㉔ 雷山：在今柳州大龙潭畔。两崖皆东西：此句"西"字可能是"面"字之误，据学者实地考察，雷山两边山崖都向东。

㉕ 变见有光：有光变幻隐现。见：同"现"。

㉖ 俎鱼：用俎盛着鱼。豆臡(zhì)：用豆盛着猪肉。豆、俎：都是古代祭祀时放祭品的器物。修形：盛着干肉的硎。修：干肉。形：通"硎"，盛饭的器具。糈(xǔ)：祭神用的精米。粺(tú)：同"稌"，稻。阴酒：有两种解释，一是曲酒，一是水酒，即玄酒。虔则应：虔诚就灵验。

> 评析

柳宗元一共有十一篇山水游记，写于永州的有九篇，写于柳州的仅有两篇。柳州位于广西中北部，距离号称"山水甲天下"的桂林不到二百公里，有着独特的山水景观。从柳宗元仅有的两篇柳州山水游记《柳州山水近治可游者记》《柳州东亭记》来看，柳州的山水并不比永州差，州治周围优美的风景星罗棋布，奇山、异水、秀石、嘉树、美竹、游鱼、飞鸟应有尽有。可在柳州，为什么柳宗元游记的数量会骤减呢？第一个原因是柳宗元在柳州生活的时间较短。柳宗元在永州度过十一年，在柳州仅有短短的五年。第二个原因是柳宗元的处境有所改变。柳宗元在永州的官职是永州司马员外置，名义上是一州司马,实际只是编外人员,不能干预政府公务。柳宗元在柳州做的是刺史,是名副其实的一州最高行政长官,需要处理大量的政务。相较而言,柳宗元在柳州的业余时间要比在永州的少得多。第三个也是最重要的原因,柳宗元思想发生了变化。柳宗元被贬永州之时刚过而立之年,仕途的挫折、前途的渺茫使他时常处于忧惧、恐慌、愤慨、矛盾之中,找不到排遣的出口,他只能在山水中寻求解脱。柳宗元任柳州刺史那一年已经四十四岁,他意识到自己东山再起的希望已经微乎其微,柳州虽然地处荒远,但自己仍然是一州最高行政长官,在那里他可以实现自己经世、安民的理想。因此柳宗元在任职期间,始终以工作为中心,制定了不少有益于民生的政策,以期改变当地经济、文化、生产等方面落后的局面。总而言之,柳州的山水并不是不美,只是当时的柳宗元已经没有太多的时间、精力去深入探访、描摹它们。

《柳州山水近治可游者记》是柳宗元山水游记中最特别的一篇,它对永州时期的山水游记既有延续又有突破。其延续的是对于山水及其周围环境的描摹,每写一山都会刻画其中的山光水态,并且极尽描写之能事,力图使笔下景物的姿态无所遁隐。其突破的是写景的顺序。永州时期的山水游记都是按照游踪展开写作,若写山则从登山写起,若写水则从水头写起,游览过程中若是发现美好景致则重点描写。本文则是方位顺序与游踪顺序兼而用之,写景的顺序更为多变。总写柳州周围的山水用的是方位顺序,先是北方,再是南方,最后是西方。分写每个方向上的山水时而用方位顺序,第三段对甑山、驾鹤山、屏山、四姥山的叙写便是如此;时而用游踪顺序,第四段对仙弈之山、第五段对石鱼之山的描写便是如此。按照方位更容易勾勒出柳州山水的概貌,按照游踪更容易呈现山水景物的细部,二者合用可以用更少的文字表现出更为全面的柳州山水。本文之所以形成特殊的风格,是因为柳宗元同时借鉴《山海经》与《水经注》的叙述方法。《山海经》通常从东、西、南、北四个方向一一叙述山川、物产;《水经注》通常按照游览视角细致地描摹眼中所见的山水景物。《柳州山水近治可游者记》借鉴了《山海经》的体式,又融入了《水经注》的写法,从而创造出一种新的山水游记的写法。

寄许京兆孟容书①

宗元再拜五丈座前:伏蒙赐书诲谕,微悉重厚,欣跃恍惚,疑若梦寐,捧书叩头,悸不自定。②伏念得罪来五年,未尝有故旧大臣肯以书见及者。③何则?罪谤交积,群疑当道,诚可怪而畏也。以是兀兀忘行,尤负重忧,残骸余魂,百病所集,痞结伏积,不食自饱。④或时寒热,水火互至,内消肌骨,非独瘴疠为也。⑤忽捧教命,乃知幸为大君子所宥,欲使膏肓沉没,复起为人。⑥夫何素望⑦,敢以及此。

宗元早岁,与负罪者亲善,始奇其能,谓可以共立仁义,裨教化。⑧过不自料,勤勤勉励,唯以中正信义为志,以兴尧、舜、孔子之道,利安元元为务,不知愚陋,不可力强,其素意如此也。⑨末路孤危,阨塞艳輗,凡事壅隔,狠忤贵近,狂疏缪戾,蹈不测之辜,群言沸腾,鬼神交怒。⑩加以素卑贱,暴起领事,人所不信。⑪射利求进者,填门排户,百不一得,一旦快意,更造怨讟。⑫以此大罪之外,诟讦万端,旁午构扇,尽为敌仇,协心同攻,外连强暴失职者以致其事。⑬此皆丈人所闻见,不敢为他人道说。怀不能已,复载简牍。⑭此人虽万被诛戮,不足塞责,而岂有赏哉?⑮今其党与,幸获宽贷,各得善地,无分毫事,坐食俸禄,明德至渥也,尚何敢更俟除弃废痼,以希望外之泽哉?⑯年少气锐,不识几微,不知当否,但欲一心直遂,果陷刑法,皆自所求取得之,又何怪也?⑰

宗元于众党人中,罪状最甚。神理降罚⑱,又不能即死。犹对人言语,求食自活,迷不知耻,日复一日。然亦有大故。自以得姓来二千五百年,代为冢嗣。⑲今抱非常之罪,居夷獠之乡,卑湿昏雾,恐一日填委沟壑,旷坠先绪,以是恒然痛恨,心肠沸热。⑳茕茕孤立,未有子息。㉑荒陬中少士人女子,无与为婚,世亦不肯与罪大者亲昵,以是嗣续之重,不绝如缕。㉒每当春秋时飨,子立捧奠,顾眄无后继者,惸惸然欷歔惴惕,恐此事便已,摧心伤骨,若受锋刃。㉓此诚丈人所共悯惜也。先墓所在城南,无异子弟为主,独托村邻。㉔自谴逐来,消息存亡不一至乡间,主守者固以益怠。㉕昼夜哀愤,惧便毁伤松柏,刍牧不禁,以成大戾。㉖近世礼重拜扫,今已阙者四年矣。㉗每遇寒食,则北向长号,以首顿地。㉘想田野道路,士女遍满,皂隶佣丐,皆得上父母丘墓,马医夏畦之鬼,无不受子孙追养者。㉙然此已息望,又何以云哉!城西有数顷田,树果数百株,多先人手自封植㉚,今已荒秽,恐便斩伐,无复爱惜。家有赐书三千卷,尚在善和里㉛旧宅,宅今已三易主,书存亡不可知。皆付受所重,常系心腑,然无可为者。立身一败,万事瓦裂,身残家破,为世大僇㉜。复何敢更望大君子抚慰收恤,尚置人数中耶!㉝是以当食不知辛酸节适,洗沐盥漱,动逾岁时,一搔皮肤,尘垢满爪。㉞诚忧恐悲伤,无所告愬㉟,以至此也。

注释

① 许京兆孟容:即许孟容。许孟容(743—818),字公范,京兆长安(今陕西西安)人,唐宪宗元和四年(809)七月任京兆尹。

② 五丈:许孟容在家族排行第五,他是柳宗元父亲的朋友,所以柳宗元称他五丈。伏蒙:古代书信中的谦敬之辞,表示承蒙对方的照顾。诲谕:教诲晓喻。微悉:悉知。叩头:书信中的敬辞。悸:本义是心跳加速,此处指因惊喜而心情久久不能平静。

③ 伏念:书信中的谦敬之辞。得罪来五年:本文作于元和四年(809),从柳

宗元永贞元年(805)初贬永州算起已过五年。见及：亦即写信给我。

④ 以是：因此。兀兀：昏昏沉沉的样子。痞结：腹腔内结有硬块。伏积：隐伏累积。

⑤ 水火互至：像是水火交攻身体一样。消：销蚀。瘴(zhàng)疠(lì)：因瘴气而生的疾病。疠：瘟疫。

⑥ 教命：上级对下级或长者对晚辈的命令或指示。膏肓沉没：大意是病入膏肓。

⑦ 素望：平素的声望。

⑧ 负罪者：指王叔文。贞元二十一年(805)正月李诵即位，重用王叔文，改革朝政，当年八月改革失败，王叔文被贬为渝州司户，次年被杀。裨(bì)：补益。

⑨ 过不自料：自己没有意料到会犯错。懃：同"勤"。中正：正直,忠直。元元：百姓。力强：勉强。素意：平素的意愿。

⑩ 阸(è)塞：即"厄塞"，窘迫艰难。臲(niè)卼(wù)：不安。壅隔：阻绝不通。很忤：违逆。狂疏：狂妄不知约束。缪(miù)戾(lì)：错乱,违背。辜：罪。

⑪ "加以"句：贞元二十一年(805)四月,柳宗元自御史里行(正八品)迁礼部员外郎(从六品上)，官阶晋升两品,且身居尚书省要职。暴起领事：突然出任要职。

⑫ 射利：求利。求进：寻求提拔升迁的门路。快意：恣意所欲。怨讟(dú)：怨恨诽谤。

⑬ 詌诃：诋毁。詌：同"诋"。旁午：纷繁,交错。构扇：挑拨煽动。失职者：被罢免官职的人。致其事：达到他们的目的。

⑭ 怀：哀伤。复载简牍：意即又写到信里。简牍：本文指信。

⑮ 戮(lù)：杀。塞责：弥补过失。

⑯ 宽贷：宽恕。各得善地：永贞政治改革失败后,柳家元、刘禹锡等八人都

被贬为远州司马,这是在当时情况下对贬谪的一种委婉表达。无分毫事:柳宗元等人被贬后,虽有官职,但不能干预公务。明德:明德之君。除弃废痼(gù):解除禁锢(重新起用)。痼:同"锢",禁闭。

⑰ 几微:事物潜在的苗头。直遂:照着自己意志径直行事。

⑱ 神理降罚:元和元年(806)五月,柳宗元母亲卢氏病故于永州,柳宗元认为这是上天惩罚他。

⑲ 得姓来二千五百年:柳宗元认为柳氏的祖先是春秋时鲁国大夫柳下惠,他的食邑在柳下,后代以柳为姓,至柳宗元时约略二千五百年。冢嗣:嫡长子孙。

⑳ 夷獠之乡:本指少数民族居住的边远地区,此处指永州。卑湿:地势低下潮湿。昏霿(méng):天色晦暗。填委沟壑:古代对自身死亡的委婉说法。旷:荒废。坠:丧失。先绪:祖先的功业。怛然:忧伤的样子。

㉑ 茕(qióng)茕:忧愁的样子。子息:子嗣。

㉒ 荒陬(zōu):荒远、偏僻的地方。陬:角落。嗣续:延续子嗣。

㉓ 春秋时飨(xiǎng):一年四季的祭祀。飨:献祭。捧奠:向祖先供献祭品致敬。眄(miǎn):斜视。惸(qióng)惸然:孤单无依的样子。欷(xī)歔(xū):叹息声,抽泣声。惴(zhuì)惕(tì):恐惧,忧伤。摧心:极度伤心。

㉔ 先墓所在城南:柳宗元父亲柳镇葬于京兆万年县栖凤原,在长安城南。异子弟:没有其他的兄弟。

㉕ 谴逐:贬谪放逐。主守者:替柳宗元守墓的乡邻。

㉖ 刍牧:割草放牧。戾:罪过。

㉗ 阙者四年:柳宗元于永贞元年(805)十一月被贬为永州司马,至元和四年(809)已经四年未能祭扫父亲的墓。阙:同"缺"。

㉘ 寒食:寒食节,在清明节前一、两天。古代习俗这一天禁火,只吃冷食,故名寒食。北身长号:身子向北放声号哭。柳宗元身在永州,长安在北方,

所以向北痛哭。以首顿地：磕头。

㉙ 皂隶：差役和奴隶。丘墓：古代坟墓都堆成小丘的形状，故称"丘墓"。夏畦(qí)：夏日在田里劳作之人。追养：祭祀先人，继续尽孝。

㉚ 封植：壅土培育。

㉛ 善和里：唐代长安城由宫城、皇城、外郭城三部分组成，其中外郭城的空间被划分为若干坊、里，善和里便是其一。

㉜ 僇：罪人。

㉝ 收恤：收容救济。数：道。

㉞ 节适：有节制而适度。动逾岁时：动辄超过一年。

㉟ 愬：同"诉"。

自古贤人才士，秉志遵分①，被谤议不能自明者，仅以百数。故有无兄盗嫂，娶孤女云挝妇翁者；然赖当世豪杰，分明辨别，卒光史籍。②管仲遇盗，升为功臣；匡章被不孝之名，孟子礼之。③今已无古人之实，而有其诟，欲望世人之明己，不可得也。直不疑买金以偿同舍；刘宽下车，归牛乡人。④此诚知疑似之不可辨，非口舌所能胜也。郑詹束缚于晋，终以无死；⑤钟仪南音，卒获返国；⑥叔向囚虏，自期必免；⑦范痤骑危，以生易死；⑧蒯通据鼎耳，为齐上客；⑨张苍、韩信伏斧锧，终取将相；⑩邹阳狱中，以书自活；⑪贾生斥逐，复召宣室；⑫倪宽摈死，后至御史大夫；⑬董仲舒、刘向下狱当诛，为汉儒宗。⑭此皆瑰伟博辩奇壮之士，能自解脱。今以恒怯涊淴，下才末技，又婴恐惧痼病，虽欲慷慨攘臂，自同昔人，愈疏阔矣！⑮

贤者不得志于今，必取贵于后，古之著书者皆是也。宗元近欲务此，然力薄才劣，无异能解，虽欲秉笔觊缕，神志荒耗，前后遗忘，终不能成章。⑯往时读书，自以不至抵滞，今皆顽然无复省录。⑰每读古人一传，数纸已后，则再三伸卷⑱，复观姓氏，旋又废失。假令万一除刑部囚籍，复为士列,亦不堪当世用矣! 伏惟兴哀于无用之地,垂德于不报之所,但以存通家宗祀为念,有可动心者,操之勿失。⑲虽不敢望归扫茔域,退托先人之庐,以尽余齿,姑遂少北,益轻瘴疠,就婚娶,求胤嗣,有可付托,即冥然长辞,如得甘寝,无复恨矣!⑳书辞繁委,无以自道。㉑然即文以求其志,君子固得其肺肝焉。无任恳恋之至! 不宣。㉒宗元再拜。

注释

① 秉志:坚持志向。遵分:遵守职分。

② 无兄盗嫂:《史记·直不疑传》记载,西汉直不疑被朝廷任命为高官,上朝时有人诽谤他与嫂子私通。直不疑根本就没有哥哥,但他始终不作辩白。娶孤女云挝妇翁:《后汉书·第五伦传》记载,东汉第五伦朝见光武帝刘秀,刘秀开玩笑说:"听说你做小官时曾经打过老丈人?"第五伦回答:"我三次娶妻,妻都没有父亲。"卒光史籍:终于记载于史书。

③ "管仲"二句:《礼记》记载,春秋时齐国大夫管仲路遇群盗,挑选其中二人为家臣。管仲认为他们本是好人,只是同邪辟之人交往,才犯了法。"匡章"二句:《孟子·离娄下》记载,公都子对孟子说:"匡章这个人,举国上下都说他不孝,夫子却和他来往,并且礼待他,是什么道理呢?"孟子列举世俗所谓的五种不孝行为,认为匡章没有其中一种。匡章之所以被人说不孝,是因为其父子互相责备而失和。匡章:战国时齐国的将领。

④ "直不"句:《史记·直不疑传》记载,直不疑做郎官的时候,同屋的一个人请假回家,错拿了另一个人的金子,金子的主人怀疑是直不疑偷的。直不疑承认了这件事,并向他道歉,还买金子偿还他。等请假的人回来将金子归还失主,先前丢金子的人感到极为惭愧。因此,人们说直不疑忠厚。"刘宽"二句:《后汉书·刘宽传》记载,东汉刘宽出行遇人丢失牛。此人说

刘宽驾车的牛是他丢的,于是刘宽将牛给了他,自己步行回家。不久,丢牛的人找到了自己的牛,惭愧地送还刘宽的牛。刘宽说,牛长得差不多,难免认错,没什么好责怪的。州里的人都佩服他的大度。

⑤ "郑詹"二句:《国语·晋语》记载,晋文公重耳流亡郑国时,郑詹建议郑文公要么礼遇重耳,要么杀掉他,郑文公不听。重耳回国继位后攻打郑国,索要郑詹,郑国只能交出郑詹。晋国人要烹杀郑詹,郑詹握着鼎耳疾呼,说自己因忠于郑国而死,从今以后,忠臣都会落得他一样的下场。晋文公于是下令不杀他,并备厚礼将他送回郑国。郑詹:春秋时郑国大夫。

⑥ "钟仪"二句:《左传》记载,钟仪被晋国囚禁后仍然戴着南方的帽子,演奏南方的音乐。后来被晋景公放回,促成晋国、楚国和好。钟仪:春秋时楚国人。南音:南方音乐。

⑦ "叔向"二句:《左传》记载,叔向被范宣子囚禁。乐王鲋表示可以为他求情,叔向没有答应。叔向认为能救自己的一定是公正无私的祁奚。后来叔向果然因为祁奚说情而获释。叔向:春秋时晋国大夫。

⑧ "范痤"二句:《史记·魏世家》记载,范痤因违约失信,结仇于赵。赵国以七十里之地为条件,要求魏国杀死范痤。魏王派人抓捕范痤,范痤被迫爬上屋顶,对来人说:"与其用死范痤换赵国土地,不如用活的换。如果杀了我,赵王不给魏国土地,大王怎么办呢?不如先与赵国交割土地,然后再杀我。"魏王同意。范痤乘机上书魏公子信陵君指出其中的利害。信陵君因此向魏王进谏,魏王终于释放了范痤。范痤:战国时魏国的相。

⑨ "蒯通"二句:《汉书·蒯通传》记载,蒯通曾劝韩信叛汉自立,韩信不听。后来韩信谋反失败,临刑前说自己后悔没有听蒯通的话。汉高祖刘邦要烹杀蒯通,并质问他为何教唆韩信谋反。蒯通一席话成功说服刘邦赦免了他。后来曹参做齐悼惠王刘肥的相,请蒯通做了宾客。蒯通:秦汉之际的策士。鼎耳:烹杀人用的鼎的耳。

⑩ "张苍"二句：《史记·张丞相列传》记载，张苍跟随刘邦攻打南阳，犯法当斩，脱掉衣服伏在砧板上等待行刑。王陵见状，向刘邦说情，赦免了张苍的死罪。张苍后来在汉文帝时做了丞相。张苍：西汉初河南阳武人，精通律历，熟悉各种图书、簿籍，汉文帝时为丞相十余年。锧（zhì）：古代腰斩用的垫板。《史记·淮阴侯列传》记载，韩信亡楚归汉之后，只是个管理粮仓的小官。因为犯法被判处斩刑，将要行刑之时被滕公夏侯婴救下，后来因为萧何的举荐被刘邦拜为大将。

⑪ "邹阳"二句：《史记·鲁仲连邹阳列传》记载，邹阳最初是吴王刘濞的门客，后来改投梁孝王门下。因为同僚嫉妒向梁孝王进谗言而下狱，他在狱中上书梁孝王自陈冤屈。梁孝王读信之后，不仅释放了他，还将他尊为上宾。邹阳：西汉文学家。

⑫ "贾生"二句：《史记·屈原贾生列传》记载，汉文帝时，召贾谊为博士，后升任大中大夫。因受周勃、灌婴一班元老重臣的谗毁，被贬为长沙王太傅。几年后，文帝思念贾谊，将他召回，并在宣室接见。贾生：贾谊，西汉文学家、政治家。宣室：宫殿名，汉代未央宫中的宣室殿。

⑬ "倪宽"二句：《汉书·公孙弘卜式兒宽传》记载，倪宽精通儒家经学，受到汉武帝赏识，升迁至左内史。他为了照顾农民生活，延迟征收赋税。一次，朝廷征兵需要大量军费，倪宽因为欠税，考核被评为末等，按规定要被免职。百姓听说之后，害怕失去他，纷纷交纳租税，结果政绩考核升为第一。汉武帝因此更加器重他，后来任命他为御史大夫。倪宽：西汉经学家、政治家。摈：罢黜，免职。

⑭ "董仲"二句：《汉书·董仲舒传》记载，汉高祖庙和陵园遭遇天火，董仲舒在家推衍解说其中的含义，草稿还未上奏就被主父偃窃取，并上奏皇帝。皇帝召集儒生观看，有人认为十分愚蠢，董仲舒因此被判处死刑。后来皇上下诏书赦免了他。董仲舒于是不敢再谈论灾异的事。董仲舒：西汉大

儒。《汉书·刘向传》记载,汉宣帝迷信神仙方术,刘向献上《枕中鸿宝苑秘书》,并说书中有炼金之术。汉宣帝派人按照书中的方法炼金,花费甚多却未炼成黄金,刘向因此被判处死刑。汉宣帝爱惜他的才华,赦免了他。刘向:西汉经学家,受诏讲论五经,整理中央所藏图书。

⑮ 恇(kuāng)怯(qiè):胆怯。涊(tiǎn)涊(niǎn):懦弱。婴:经受,缠绕。攘臂:挽起衣袖,伸出胳膊。疏阔:迂阔,不切实际。

⑯ 务:从事,致力。无异能解:与才能消解殆尽没什么区别。覼(luó)缕:详述。耗:同"眊",混乱,不明。

⑰ 抵滞:抵触不通。顽然:愚蠢迟钝的样子。省录:记住。

⑱ 伸卷:展卷。唐代书籍为卷轴装,前后翻阅必须左右伸展卷轴。

⑲ 伏惟:书信中的谦敬之词,念及,想到。垂:留传。无用之地、不报之所:均指柳宗元贬所永州。

⑳ 茔(yíng)域:(先人)墓地。先人之庐:祖宅。胤(yìn):后嗣。

㉑ 繁委:繁复曲折。自道:剖白心迹。

㉒ 任:承受。恳恋:恳切恋念。不宣:不一一细说,古代书信末尾的常用语。

【评析】

"书"是一种亲友或上下级之间沟通、交流的文体。因为它早期常常书写在一尺见方的木板或绢帛上,所以又被称为"尺牍"或"尺素"。"书"的体式、章法最为灵活,可以叙事,可以说理;可以写成司马迁《报任少卿书》一般的长文,也可写成王羲之尺牍一类的短篇。"书"的内容异常丰富,几乎可以包罗社会、个人生活的各个方面,举凡时事评论、古今逸事、个人感慨、人物品评等皆可入书。

写"书"的目的是有效地沟通、交流,因此一篇好的"书"至少要具备以下三个特质。其一,无论说什么、怎么说,最终都要清楚、明白地表达出写信的意图。其二,要尽可能真切地表现作者的生活或情感,以引起对方的响应或同情。其三,用语要得体,遣词造句要符合写信双方的身份、地位、处境,既要让对方看得明白,又要看得舒服。

《寄许京兆孟容书》无疑是一封同时具备以上特质的书信。首先,意图表达得清楚、明确。许孟容是柳家的世交,也是当朝政要,他的来信就像一丝光亮照进柳宗元晦暗的贬谪生活,给予他心灵慰藉的同时,也燃起了他对未来的希望。《寄许京兆孟容书》洋洋千余言,落脚点在最后一段,他历数自己身体的病痛、处境的艰难,是为了让许孟容"兴哀于无用之地";倾吐自己遭遇贬谪的前后原委,引用一系列罪人起复的典故,是为了让许孟容"垂德于不报之所"。柳宗元心里明白即使许孟容倾力相助,自己也不可能回京任职,所以只是请求调到离京城稍微近些的地方,以延续宗嗣香火,洒扫先人坟茔。其次,叙事真切,言情感人。许孟容之于柳宗元既是长辈又是长官,从长辈一面他要尽量搏取同情,从长官一面他要尽量获得认同。因此他在《寄许京兆孟容书》中一方面展现贬谪之后的困境与痛苦,另一方面委婉地为自己的行为辩解。柳宗元知道只有让许孟容对自己的苦难感同身受,让许孟容相信自己的"过错"情有可原,他才可能施以援手。再次,用语恰到好处。许孟容的辈分、官职皆在柳宗元之上,所以文章中柳宗元用了大量的谦敬之辞。许孟容在自己孤立无援的时候写信慰问,所以文章中柳宗元用了不少感激之辞。此外,他称永贞政治革新的领导人为"负罪者",又说他们"愚陋不可力强";说自己"万被诛戮,不足塞责",又说同道受到朝廷优待"各得善地"。其实这都是不得而为之的"违心"之言。要知道"永贞革新"在当时是一件已经被定性的政治事件,在大多数人看来,王叔文、王伾是弄权的小人,柳宗元等人则是一群冒进的青年。说真话很可能会引起许孟容的异议或反感。

总而言之,《寄许京兆孟容书》是一篇精心构撰的佳作,在表达、叙事、用语等方面都经过审慎地考量。我们相信许孟容在读到这封回信时也会因之动容，又或许会动恻隐之心，但是现实没有因之而改变，柳宗元此后又在永州谪居了七年，直到元和十年(815)才被召回京城。

与杨京兆凭书^①

月日，宗元再拜，献书丈人座前：役人胡要返命，奉教诲，壮厉感发，铺陈广大。②上言推延贤隽之道，难于今之世，次及文章，末以愚蒙剥丧顿瘁，无以守宗族复田亩为念，忧悯备极。③不唯其亲密旧故是与，复有公言显赏，许其素尚，而激其忠诚者。④是用踊跃敬惧，类向时所被简牍，万万有加焉。⑤故敢悉其愚，以献左右。

大凡荐举之道，古人之所谓难者，其难非苟一而已也。知之难，言之难，听信之难。夫人有有之而耻言之者，有有之而乐言之者，有无之而工言之者，有无之而不言似有之者。⑥有之而耻言之者，上也。虽舜犹难于知之。孔子亦曰"失之子羽"⑦。下斯⑧而言知而不失者，妄矣。有之而言之者，次也。德如汉光武，冯衍不用；才如王景略，以尹纬为令史。⑨是皆终日号鸣大吒，而卒莫之省⑩。无之而工言者，贼也。赵括得以代廉颇，马谡得以惑孔明也。⑪今之若此类者，不乏于世。将相大臣闻其言，而必能辨之者，亦妄矣。无之而不言者，土木类也。周仁以重臣二千石，许靖以人誉而致三公。⑫近世尤好此类，以为长者，最得荐宠。夫言朴愚⑬无害者，其于田野乡间为匹夫，虽称为长者可也。自抱关击柝以往，则必敬其事，愈上则及物者愈大，何事无用之朴哉？⑭今之言曰："某子长者，可以为大官"，类非古之所谓长者也，则必土木而已矣。夫捧土揭木而致之岩廊之上，蒙以绂冕，翼以徒隶，而趋走其左右，岂有补于万民之劳苦哉！⑮圣人之道，不益于世用，凡以此也，故曰知之难。孔子曰："仁者其言也讱"，"孟子病未同而言"。⑯然则彼未吾信，而吾告之以士，必有三间。⑰是将曰："彼诚知士欤？知文欤？"疑之而未重，一间也。又曰："彼无乃私好欤？交以利欤？"二间也。又曰："彼不足我而恚我哉？⑱兹咈⑲吾事。"三间也。畏是而不言，故曰言之难。言而有是患，故曰听信之难。唯明者为能得其所以荐，得其所以言，得其所以听，一不至则不可冀矣。然而君子不以言听之难，而不务取士。士，理之本也。苟有司之不吾信，吾知之而不舍，其必有信吾者矣。苟知之，虽无有司，而士可以显，则吾一旦操用人之柄，其必有施矣。故公卿之大任，莫若索士。士不预备而熟讲之，卒然君有问焉，宰相有咨焉，有司有求焉，其无所以应之，则大臣之道阙，故不可惮烦。⑳

注释

① 杨京兆凭：即杨凭，字虚受（一字嗣仁），柳宗元岳父。元和四年（809）任京兆尹，不久被御史中丞吕夷简以贪赃罪弹劾，贬为临贺（今广西贺州市）尉，俄而迁为杭州长史，元和七年（812）朝廷大赦，入朝为太傅。本文作于元和五年（810），"杨京兆"是柳宗元用以前的官职来称呼杨凭，以示尊敬。

② 胡要：仆人的名字。返命：返回复命。教诲：指杨凭的来信。壮厉感发：慷慨激昂，使人感动奋发。铺陈广大：内容丰富。

③ 推延：推举，引进。贤隽（jùn）：贤俊。愚蒙：愚昧糊涂，书信中常用的谦辞。剥丧：伤害。顿瘁：困顿憔悴。田亩：本义为田地，本文指家业。备极：无微不至。

④ "不唯"四句：（您）不仅把我当作亲戚和故交加以肯定、称赞，还用公正的言论表彰我，称许我平素的志趣，从而激励我的忠诚。是：肯定。与：赞许。素尚：素志。

⑤ 是用：有的版本作"用是"，因此。踊跃敬惧：欢欣鼓舞，敬仰恐惧，谦敬之辞，形容读信后的复杂心情。被：同"披"，阅读。万万有加：增加了亿万倍。

⑥ 耻言之：不好意思跟别人说。乐言之：乐于跟别人说。工言之：善于言说。有无之而不言似有之者：有人没有真才实学却不轻易说话，让人觉得他有真才实学似的。

⑦ 失之子羽：《史记·孔子世家》记载，澹台灭明相貌丑陋，要侍奉孔子，孔子认为他资质低劣。实际上，澹台灭明德行高尚，行事光明磊落。他南游到长江，跟着的学生有三百人，声名闻于诸侯。孔子听说后，说："我以貌取人，看错了子羽。"澹台灭明：字子羽，孔子弟子。

⑧ 下斯：在他们之下，即不如舜、孔子的人。

⑨ "德如"二句：《后汉书·冯衍传》记载，冯衍为曲阳令，有功当封，但因为有人谗毁而未有封赏。后来上书奏事得到光武帝赏识，要召见他的时候又受到令狐略等人的谗毁，因此没能觐见皇帝。汉光武：光武帝刘秀，东汉开国之君。冯衍：字敬通，有才略，但终身未得重用。"才如"二句：《晋书·姚兴载记》记载，尹纬曾在苻坚手下不得重用，晚年才出任吏部令史。后来辅佐姚苌打败苻坚之后，苻坚感叹，尹纬像王猛一样是宰相之才，只是自己不能及时了解任用。王景略：即王猛，前秦宰相，辅佐苻坚富国强兵，苻坚将他比为诸葛亮。尹纬：后秦重臣，先后辅佐后秦姚苌、姚兴两位皇帝。

⑩ 咤(zhà)：怒吼。省(xǐng)：察觉。

⑪ 赵括：战国时赵国人，名将赵奢之子。马谡：三国时蜀人。

⑫ 周仁：西汉时人，深得景帝喜欢。武帝继位，念他是先帝大臣，因病免职之后，得享二千石俸禄归家养老。许靖：三国时人，素有人望，闻名一时，刘备入蜀之后，先任他为太傅，又任为司徒。三公：官名的合称。

⑬ 朴愚：朴拙愚钝。

⑭ 抱关：守城门的人。击柝（tuò）：打更巡夜的人。柝：古代打更用的梆子。及物：关系到民众利益。何事：何用，哪里要用。

⑮ 岩廊：高高的廊庙，代指朝廷。绂（fú）冕：古代礼服。绂：蔽膝，一种礼服上的配饰。翼：辅佐，护卫。

⑯ 仁者其言也讱（rèn）：仁人说话谨慎。出自《论语·颜渊》。讱：言语迟钝。孟子病未同而言：《孟子·滕文公下》记载，子路说："分明不愿意和某个人说话，却勉强和他交谈，脸上表现出惭愧的颜色，这种人，我是不赞成的。"病：不满。

⑰ 告之以士：向他推荐人才。间：障碍，隔阂。

⑱ 不足我：不如我。惎（jì）：教导。

⑲ 咈（fú）：干扰，破坏。

⑳ 熟讲：周详地考虑。卒（cù）然：忽然。惮烦：害怕麻烦。

今之世言士者，先文章。文章，士之末①也。然立言存乎其中，即末而操其本，可十七八，未易忽也。②自古文士之多莫如今，今之后生为文，希屈、马者，可得数人；希王褒、刘向之徒者，又可得十人；至陆机、潘岳之比，累累相望。若皆为之不已，则文章之大盛，古未有也。后代乃可知之。今之俗耳庸目，无所取信，杰然特异者，乃见此耳。③丈人以文律通流当世，叔仲鼎列，天下号为文章家。④今又生敬之。敬之，希屈、马者之一也。天下方理平，今之文士咸能先理。⑤理不一断于古书老生⑥，直趣尧舜之道、孔氏之志，明而出之，又古之所难有也。然则文章未必为士之末，独采取何如尔！⑦宗元自小学为文章，中间幸联得甲乙科第，至尚书郎，专百官章奏，然未能究知为文之道。⑧自贬官来无事，读百家书，上下驰骋，乃少得知文章利病。去年吴武陵来，美其齿少，才气壮健，可以兴西汉之文章，日与之言,因为之出数十篇书。⑨庶几铿锵陶冶⑩,时时得见古人情状。然彼古人亦人耳,夫何远哉!凡人可以言古,不可言今。桓谭亦云:亲见扬子云,容貌不能动人,安肯传其书?⑪诚使博如庄周,哀如屈原,奥如孟轲,壮如李斯,峻如马迁,富如相如,明如贾谊,专如扬雄,犹为今之人,则世之高者至少矣。⑫由此观之,古之人未始不薄于当世,而荣于后世也。若吴子之文,非丈人无以知之。独恐世人之才高者,不肯久学,无以尽训诂风雅之道,以为一世甚盛。⑬若宗元者,才力缺败,不能远骋高厉,与诸生摩九霄,抚四海,夸耀于后之人矣。⑭何也?凡为文,以神志为主。⑮自遭责逐,继以大故,荒乱耗竭,又常积忧恐,神志少矣,所读书随又遗忘。⑯一二年来,痞气尤甚,加以众疾,动作不常。眊眊然骚扰内生,霾雾填拥惨沮,虽有意穷文章,而病夺其志矣。⑰每闻人大言,则蹶气震怖,抚心按胆,不能自止。⑱又永州多火灾,五年之间,四为天火所迫。徒跣走出,坏墙穴牖,仅免燔灼。⑲书籍散乱毁裂,不知所往。一遇火恐,累日茫洋,不能出言,又安能尽意于笔砚,矻矻自苦,以危伤败之魂哉?⑳

> 注释

① 士之末:古代有一种观点认为,文章是小技、小道。

② 立言:思想,观点。即末而操其本:通过末(文章)把握本(思想)。未易忽:不能轻易忽视。

③ 俗耳庸目:见识浅薄、目光短浅的人。无所取信:不敢相信(这种观点)。杰然:特出不凡的样子。

④ 文律:文章与诗歌。律:代指讲究韵律的诗歌。通流:闻名。叔仲鼎列:杨凭、杨凝、杨凌三兄弟俱有文名,人称"三杨"。鼎列:鼎立。

⑤ 理平:治平,升平。先理:将(研求)治国的道理放在首位。

⑥ 一断：完全取决。老生：老书生，前辈学者。

⑦ 采取何如：怎样使用。柳宗元认为文章如果用来阐发儒家的治国之道，就不应该被视为末技。

⑧ 联得甲乙科第：柳宗元贞元九年（793）中进士，贞元十四年（798）又登博学鸿词科。甲乙科：进士考试甲科、乙科的省称。至尚书郎：贞元二十一年（805）二月柳宗元自监察御史里行为尚书礼部员外郎。

⑨ 吴武陵：元和三年（808），被贬永州，与柳宗元亲善。齿少：年纪轻。因为之出十数篇书：因此为他选出十多篇文章。

⑩ 铿锵：诵读。陶冶：揣摩。

⑪ "桓谭"四句：《汉书·扬雄传》记载，大司空王邑、纳言严尤听说扬雄去世，跟桓谭说："您经常称赞扬雄所写的书，难道它们一定能传于后世吗？"桓谭说："一定能流传后世，只是你们和我看不到而已。一般人都是轻视时代近的人或事，重视时代远的人或事。他们亲眼见过扬子云的禄位和容貌都没有惊人之处，所以轻视他所写的书。"桓谭：东汉初学者。扬雄：字子云，西汉末辞赋家。

⑫ 博、哀、奥、壮、峻、富、明、专均是各家文章风格。

⑬ 训诂之道：解释古书的原则或方法。风雅之道：诗文创作的原则。以为一世甚盛：以造就一代文学的繁盛。

⑭ 厉：疾飞。摩：迫近。抚：抵临。

⑮ "凡为"二句：大凡写文章，精神、意识起着主导作用。

⑯ 大故：父母死亡。柳宗元母亲元和元年（806）在永州去世。荒乱：神志恍惚、混乱。

⑰ 眊眊（mào）：昏乱，糊涂。填拥：堵塞郁结。惨沮：忧伤沮丧。穷：深入探究。

⑱ 大言：高声说话。蹶：急剧。

⑲ 徒跣：赤脚。穴：洞穿。燔（fán）灼：焚烧。
⑳ 茫洋：神志不清的样子。尽意于笔砚：尽心尽力地写作。矻矻（kū）：勤奋不懈的样子。伤败之魂：备受摧残的身心。

  中心之悃愊郁结，具载所献《许京兆丈人书》，不能重烦于陈列。①凡人之黜弃，皆望望思得效用②，而宗元独以无有是念。自以罪大不可解，才质无所入，苟焉以叙忧悸为幸③，敢有他志？伏以先君禀④孝德，秉直道，高于天下。仕再登朝，至六品官。⑤宗元无似，亦尝再登朝至六品矣⑥！何以堪此？且柳氏号为大族，五六从以来无为朝士者，岂愚蒙独出数百人右哉？⑦以是自忖⑧，官已过矣，宠已厚矣。夫知足与知止异，宗元知足矣。若便止不受禄位，亦所未能。今复得好官，犹不辞让，何也？以人望人，尚足自进。如其不至，则故无憾，进取之志息矣。身世孑然，无可以为家，虽甚崇宠之，孰与为荣？⑨独恨不幸获托姻好，而早凋落，寡居十余年。尝有一男子，然无一日之命，至今无以托嗣续，恨痛常在心目。孟子称"不孝有三，无后为大"。今之汲汲于世者，唯惧此而已矣！天若不弃先君之德，使有世嗣，或者犹望延寿命，以及大宥，得归乡闾，立家室，则子道毕矣。⑩过是而犹竞于宠利者，天厌之！⑪天厌之！丈人旦夕归朝廷，复为大僚，伏惟以此为念。流涕顿颡，布之座右，不任感激之至。⑫宗元再拜。

注释

① 悃愊：至诚。《许京兆丈人书》：即《寄许京兆孟容书》。柳宗元的回信中附有《寄许京兆孟容书》。
② 望望：急切盼望的样子。
③ 叙：章士钊《柳文指要》认为，当作"舍"。悸：恐惧。

④ 禀：承。

⑤ 仕再登朝：两次入朝为官。至六品官：柳镇官至侍御史，为从六品。

⑥ 尝再登朝至六品：柳宗元曾任礼部员外郎，也是从六品。

⑦ 五六从：同六七世祖的伯叔、兄弟辈。从：次于至亲而同祖的亲属关系叫从；又次一层，同三世祖的亲属关系叫再从；又次一层，同四世祖的叫三从，以此类推。朝士：朝中为官。右：上。

⑧ 忖（cǔn）：揣度。

⑨ 孑然：孤单。无可以为家：没有家室妻、子。崇宠：尊崇优待，朝廷给予好官。孰与为荣：我与谁来共享这种荣誉呢？

⑩ 世嗣：后代。大宥：皇帝大赦。子道毕：完成了做儿子的职责。

⑪ 过是：超出这些。天厌之：上天厌弃。

⑫ 顿颡（sǎng）：叩头。布之座右：向您陈述。座右：书信中对收信人的尊称。

评析

韩愈在《柳子厚墓志铭》里评价柳宗元"议论证据今古，出入经史百子，踔厉风发，率常屈其座人"。柳宗元的议论常能说服对方的原因在于，条理清晰，有理有据。论、说、辩、议里的议论如此，传、记、序、书里的也是如此。本文精彩的议论有两处。

其一是讨论举荐人才何以困难。柳宗元指出"举荐之道"难在三个方面：知之难，言之难，听信之难。"知之难"是因为人的性格品行、行为方式各有不同，有人有真才实学但羞于表露，有人有真才实学而乐于表露，有人没有真才实学却善于吹嘘，有人没有真才实学却装得像有似的。因此即使是古代的圣人、明君也难免有看走眼的时候，以至于人才被埋没，庸才却得到重用。"言之难"是因为人们听到别人向自己推荐人才的时候都会有三重疑虑,一是担心推荐人没有识人之明,二是担心推荐人与被推荐人之间存在利益关系,三是担心推荐的人才不合自己的心意。正是如此,推荐的人难以推荐成功,听到推荐的人也难以相信,亦即"听信之难"。其二是讨论学习古文的吴武陵为什么难以被世人认可。柳宗元认为厚古薄今乃人之常情,在当时人的眼里,即使一个人的才情可以匹敌前人,依然会习惯性地受到轻视。正因如此,吴武陵才需要像杨凭这样有地位、有眼光的人提携、揄扬,从而推动学习古文的风气。

前一处议论分层论述,层层推进;后一处议论以小见大,鞭辟入里。两处议论或是连续引证古代事例,或是使用博喻,造成一种定论的气势,使人不自觉形成认同之感。

与韩愈论史官书①

正月二十一日,某顿首十八丈退之侍者前:获书言史事,云具《与刘秀才书》,及今乃见书稿,私心甚不喜,与退之往年言史事甚大谬。②

若书中言,退之不宜一日在馆下③,安有探宰相意,以为苟以史荣一韩退之耶?若果尔,退之岂宜虚受宰相荣己,而冒居馆下,近密地,食奉养,役使掌固,利纸笔为私书,取以供子弟费?④古之志于道者,不若是。

且退之以为纪录者有刑祸,避不肯就,尤非也。⑤史以名为褒贬,犹且恐惧不敢为;设使退之为御史中丞大夫,其褒贬成败人愈益显,其宜恐惧尤大也,则又将扬扬入台府,美食安坐,行呼唱于朝廷而已耶?⑥在御史犹尔,设使退之为宰相,生杀出入升黜天下士,其敌益众,则又将扬扬入政事堂,美食安坐,行呼唱于内庭外衢而已耶?⑦何以异不为史而荣其号、利其禄者也?

又言"不有人祸,则有天刑"。若以罪夫前古之为史者,然亦甚惑。凡居其位,思直其道。道苟直,虽死不可回也;如回之,莫若亟去其位。⑧孔子之困于鲁、卫、陈、宋、蔡、齐、楚者,其时暗,诸侯不能行也。其不遇而死,不以作《春秋》故也。⑨当其时,虽不作《春秋》,孔子犹不遇而死也。若周公、史佚,虽纪言书事,犹遇且显也。⑩又不得以《春秋》为孔子累。范晔悖乱,虽不为史,其宗族亦赤。⑪司马迁触天子喜怒,班固不检下,崔浩沽其直以斗暴虏,皆非中道。⑫左丘明以疾盲,出于不幸;子夏不为史亦盲,不可以是为戒。⑬其余皆不出此。是退之宜守中道,不忘其直,无以他事自恐。退之之恐,唯在不直、不得中道,刑祸非所恐也。

凡言二百年文武士多有诚如此者。今退之曰:"我一人也,何能明?"⑭则同职者又所云若是,后来继今者又所云若是,人人皆曰我一人,则卒谁能纪传之耶?如退之但以所闻知孜孜不敢怠,同职者、后来继今者,亦各以所闻知,孜孜不敢怠,则庶几不坠,使卒有明也。⑮不然,徒信人口语,每每异辞,日以滋久,则所云"磊磊轩天地"者决必沉没,且乱杂无可考,非有志者所忍恣也。⑯果有志,岂当待人督责迫蹙然后为官守耶?⑰

又凡鬼神事,渺茫荒惑无可准,明者所不道。⑱退之之智而犹惧于此。今学如退之,辞⑲如退之,好议论如退之,慷慨自谓正直行行⑳焉如退之,犹所云若是,则唐之史述其卒无可托乎?明天子贤宰相得史才如此,而又不果,甚可痛哉!退之宜更思,可为速为;果卒以为恐惧不敢,则一日可引去,又何以云"行且谋"也?㉑今人当为而不为,又诱馆中他人及后生者,此大惑已。不勉己而欲勉人,难矣哉!㉒

注释

① 史官:元和八年(813),韩愈由国子博士转任尚书比部郎中、史馆修撰,负

责修史。本文作于元和九年(814),柳宗元在永州收到韩愈来信,又见到他在元和八年(813)写的《答刘秀才论史书》,不同意韩愈在信中提出的一些观点,作书进行批评和劝说。

② 正月二十一日:即元和九年(814)正月二十一日。十八丈:韩愈与柳宗元年龄相差不大,但辈分较长。韩愈在同族兄弟中排行十八,其兄韩会又是柳宗元父亲柳镇的朋友,所以柳宗元尊称他十八丈。侍者:侍从,古代书信中的敬辞,意思是不敢给对方写信,请对方的侍从代为转达。谬:违背,不合。

③ 馆下:史馆中。韩愈在《答刘秀才论史书》中称自己得到史馆修撰的职位是因为"宰相知其无他才能,不足用,哀其老穷龃龉无所合……苟加一职荣之耳"。

④ 虚受:接受职务而不履行职责。冒居馆下:在史馆中挂名充数。密地:皇宫。掌固:史馆里管图书、资料的小吏。为私书:写自己的文章。

⑤ 纪录者:修撰史书的人。刑祸:韩愈《答刘秀才论史书》:"夫为史者,不有人祸,则有天刑。"就:从事修史之事。

⑥ 史以名为褒贬:史官用文字进行褒贬。名:古代史书常用一些特殊的字来体现善恶或褒贬。御史中丞大夫:御史中丞和御史大夫,主管弹劾、纠察等事。褒贬成败人愈益显:使用更加明显的方式赞扬或贬斥人,成就或打击人。台府:御史的官署。

⑦ 出入:官员调入或调出中央朝廷。升黜:升职或罢免。政事堂:宰相办公的官署。内庭:宫禁以内。外衢:宫禁外面的道路。衢:四通八达的道路。

⑧ 回:引申为后悔。亟:迅速。

⑨ 不遇:没有得到赏识、任用。不以作《春秋》故:不是因为写了《春秋》的原因。此二句反驳韩愈《答刘秀才论史书》所说的"孔子圣人,作《春秋》,辱于鲁、陈、宋、蔡、齐、楚,卒不遇而死"。

⑩ 周公:传说《周礼》乃周公所作。史佚:西周初的史官。纪言书事:记录

历史。

⑪ 范晔(398—445)：字蔚宗，南朝宋史学家，有《后汉书》传世。宋文帝元嘉二十二年(445)，范晔与孔熙先等人谋立彭城王刘义康为帝，事败被杀。悖乱：叛乱。赤：诛灭。

⑫ 喜怒：偏义副词，只取"怒"的意思。《后汉书·班固传》记载，班固曾为中护军随大将军窦宪出征匈奴，后窦宪被杀，班固受牵连免官。班固对家人约束不严，家奴曾骂过洛阳令种兢，种兢乘机捕他下狱，后死于狱中。检：约束。崔浩：字伯渊，北魏史学家，曾参与修撰《国书》。《魏书·崔浩传》记载，崔浩等人修成《国书》三十卷，直书鲜卑人的历史，并将之刻在石碑上，立在通衢大道之旁，公开暴露北魏历史上的丑恶行为(暴扬国恶)，触怒皇帝而被灭族。沽：故意谋取。斗暴虐：对抗(北魏拓跋贵族的)暴虐。中道：恰如其分，不偏于极端。

⑬ 左丘明：春秋时史学家，有《左传》传世。相传他因病而眼睛失明。子夏：即卜商，孔子弟子，春秋时人。《礼记·檀弓上》记载，子夏因丧子而哭瞎了眼睛。

⑭ "凡言"数句：韩愈《答刘秀才论史书》："唐有天下二百年矣，圣君贤相相踵，其余文武之士，立功名跨越前后者，不可胜数，岂一人卒卒能纪而传之邪？"

⑮ 孜孜：勤勉。庶几：也许。坠：失落，失传。明：显扬。

⑯ 磊磊轩天地：耸立在天地之间。磊磊：高大的样子。轩：高扬。韩愈《答刘秀才论史书》有云"夫圣唐钜迹，及贤士大夫事，皆磊磊轩天地，决不沉没"。忍恣：忍心而放任不管。

⑰ 督责迫蹙：监督催促。官守：官吏的职责。韩愈《答刘秀才论史书》有云"(宰相)不欲令四海内有戚戚者，猥言之上，苟加一职荣之耳，非必督责迫蹙令就功役也"。

⑱ "又凡"三句：韩愈《答刘秀才论史书》有云"若有鬼神，将不福人"。
⑲ 辞：文章。
⑳ 行行：刚强的样子。
㉑ 引去：引退。行且谋：不久打算（辞职）。韩愈《答刘秀才论史书》有云"贱不敢逆盛指（宰相盛情），行且谋引去"。
㉒ "不勉"二句：韩愈《答刘秀才论史书》有云"今馆中非无人，将必有作者勤而纂之。后生可畏，安知不在足下？亦宜勉之"。

评析

柳宗元文集中保存了两封写给韩愈的信，一封是《与史官韩愈致段秀实太尉逸事书》，另一封是《与韩愈论史官书》，它们都写于韩愈任职史馆修撰期间。前一篇语气较为平和，后一篇则言辞激烈，它让我们看到书信中不仅有脉脉的温情，而且有充满火药味的质疑、争论，甚至是批评。

元和八年（813），韩愈在一封给友人的回信中反复申述自己惧为史官的想法。柳宗元在看到这封信后非常生气，觉得韩愈违背了二人早年修史的志愿，于是写《与韩愈论史官书》逐条批驳韩愈的观点。韩愈为人刚正且敢言直谏，推脱史官修史的职责肯定有一些不得已的原因，于私情有可原，于公却有些理亏。韩愈信中的观点和论述客观上确实存在一些漏洞。本文就是针对其中的几个方面展开的批驳。

柳宗元首先指出韩愈不愿为史却虚受史官荣誉、冒领史官俸禄的不正当性。其次指出韩愈因为惧祸而不履行史官的职责，一则违背儒家从政的原则，二则违背史家"秉笔直书"的传统。再次敏锐发现韩愈论述为史者"不有人祸，则有天刑"倒果为因的逻辑漏洞。最后指出韩愈言论中存在的矛盾。如果每个史官都像韩愈一样自称无力修史，必然会导致"贤人大夫"的事迹湮没无闻,而不是韩愈所说的"决不沉没"。无可否认,柳宗元的批驳既有理又有力,他发挥自己议论严谨缜密的长处,时而以子之矛攻子之盾,时而使用逻辑推演的方法指出韩愈言语中的矛盾。总之,韩愈信中观点或表述上的漏洞在柳宗元的笔下暴露无遗。正因如此,韩愈接到柳宗元的回信之后,又给柳宗元写了一封信,只是信今已不存,内容不得而知。

柳宗元稍后又给韩愈写了一封信推荐段秀实的事迹(《与史官韩愈致段秀实太尉逸事书》),并继续勉励韩愈以修史为己任,可以知道韩、柳之间的友谊并没有因为这封言辞激烈的信而受到影响。不隐瞒对方的错误,也不夸张对方的优长大概就是古人所说的诤友或畏友吧!

与吕道州温论非国语书①

四月三日,宗元白化光足下:近世之言理道者众矣,率由大中而出者咸无焉。②其言本儒术,则迂回茫洋而不知其适;其或切于事,则苛峭刻核,不能从容,卒泥乎大道。③甚者好怪而妄言,推天引神,以为灵奇,恍惚若化而终不可逐。④故道不明于天下,而学者之至少也。

吾自得友君子,而后知中庸之门户阶室,渐染砥砺,几乎道真。⑤然而常欲立言垂文,则恐而不敢。今动作悖谬,以为僇于世,身编夷人,名列囚籍。⑥以道之穷也,而施乎事者无日,故乃挽引,强为小书,以志乎中之所得焉。⑦

尝读《国语》,病其文胜而言厖,好诡以反伦,其道舛逆。⑧而学者以其文也,咸嗜悦焉,伏膺呻吟者,至比六经,则溺其文必信其实,是圣人之道翳也。⑨余勇不自制,以当后世之讪怒,辄乃黜其不臧,救世之谬。⑩凡为六十七篇,命之曰《非国语》。既就,累日怏怏然不喜,以道之难明而习俗之不可变也,如其知我者果谁欤?⑪凡今之及道者,果可知也已。后之来者,则吾未之见,其可忽耶?故思欲尽其瑕颣,以别白中正。⑫度成吾书者,非化光⑬而谁?辄令往一通,惟少留视役虑,以卒相之也。⑭

往时致用作《孟子评》,有韦词者告余曰:"吾以致用书示路子,路子曰:'善则善矣,然昔人为书者,岂若是摭前人耶?'"⑮韦子贤斯言也。余曰:"致用之志以明道也,非以摭《孟子》,盖求诸中而表乎世焉尔。"⑯今余为是书,非左氏尤甚。⑰若二子者,固世之好言者也,而犹出乎是,况不及是者滋众,则余之望乎世也愈狭矣,卒如之何?⑱苟不悖于圣道,而有以启明者之虑,则用是罪余者,虽累百世滋不憾而恧焉!⑲于化光何如哉?激乎中必厉乎外,想不思而得也。宗元白。

注释

① 吕温:字和叔(一字化光),柳宗元好友。道州:治所在今湖南道县。吕温元和三年(808)任道州刺史。《非国语》:柳宗元所作一系列批驳《国语》的文章,正文共计六十七篇,前有柳宗元序一篇,后有跋一篇。本文于元和四年(809)四月作于永州。

② 率由:遵循。大中:柳宗元思想的核心理念,经常出现在他的文章里,有时又作"中道"。

③ 迂回:曲折迂回,拐弯抹角。茫洋:不着边际,大而无当。其或切于事:其中有些能切合实务,却又过于严峻苛刻,不够宽容温和,终究会妨碍实现大道(大中之道)。

④ 推天引神:寻求天道,援引鬼神。推:寻求,探索。灵奇:神奇。若化:好像进入化境。化:最高的境界。

⑤ 中庸:儒家最高的道德标准,也就是"大中"。门户:本义为门,本文引申为门径。阶室:堂前台阶和内室,比喻奥妙所在。几乎道真:接近于真正

的道。

⑥ 悖谬：违背错乱，不合于世。僇：侮辱。

⑦ 挽引：援引。以志乎中之所得：来记录下自己的心得。

⑧ 文胜而言尨(méng)：文辞华美而庞杂，此句为互文。文胜：出自《论语·雍也》"文胜质则史"，形容文辞雕琢。好诡：喜好怪异。反伦：违反常理。舛(chuǎn)逆：颠倒，悖逆。

⑨ 伏膺：信服。伏：通"服"。呻吟：诵读，吟咏。实：内容或观点。翳：遮蔽。

⑩ 勇不自制：抑制不住自己的勇气。讪(shàn)：讥笑，诽谤。黜：驳斥，贬斥。臧：善，好。救：纠正。

⑪ 怏怏然：闷闷不乐的样子。如其：如果这样。

⑫ 瑕颣(lèi)：瑕疵，缺点。瑕：玉上的斑点。颣：丝上的结。别白：剖析辩明。中正：即大中之道。

⑬ 化光：吕温。

⑭ 令往一通：派人送一份(《非国语》)。"令"：有的版本作"今"。役虑：花费心思。相：帮助。

⑮ 致用：李景俭，字致用。韦词：字践之。路子：路随，字南式。三人都是柳宗元同时人。摭：挑剔，指摘。

⑯ 求诸中而表乎世：只是为探求大中之道，然后将它公布于世。焉尔：而已。

⑰ 非左氏尤甚：批驳左丘明更加厉害。司马迁《报任安书》有"左丘失明，厥有《国语》"的说法。

⑱ 好言者：喜好评论的人。滋众：更多。余之望乎世也愈狭：我之于世人(理解《非国语》)的期望也就更小了。

⑲ 用是：因此。恧(nǜ)：惭愧。

> 评析

　　大胆质疑是柳宗元最为人称道的品格之一。他怀疑过天道,怀疑过鬼神,怀疑过古书中的记载,怀疑过流行于世的成说,一切有违常理的言行他似乎都敢于质疑。柳宗元的质疑源于建立在儒家教义之上的理性,以之为武器,他写过不少驳议文章,《非国语》就是其中最知名的一个系列。

　　本文是一封与吕温讨论《非国语》并请求审阅的信,信中叙述了柳宗元写作《非国语》的心路历程。本文眉目特别清楚,文章从《非国语》的写作背景说起,渐次述及写作的原因以及决心,层层推进,简明扼要,绝无书信文体中常出现的拉杂、枝蔓的毛病。《非国语》的写作背景是当时社会上充斥着一些不符合儒家中庸之道的治国理论。它们要么不得要领,要么太过严峻苛刻,更有甚者流入儒家向来不以为意的天命、鬼神之类的奇谈怪论,以至于真正的中庸之道不能彰显于当世。《非国语》写作的原因有两个：一是柳宗元被贬之后无法实践自己的政治理想,不得已只能通过文章阐发中庸治国之道；二是《国语》使用天命、鬼神干预或解释现实政治有违儒家教义,不加以驳正必然贻害后学。正因如此,《非国语》有不得不作理由,它不仅是借以不朽的一家之言,而且承载着柳宗元一贯秉持的"辅时及物"的理想。

　　《国语》向来有"春秋外传"的称谓,在古代读书人心中它是下六经一等的经典。柳宗元逆料《非国语》必然会引起世人的非议,但是依旧没有动摇写作的决心。这一方面源于他以道自任的信心,另一方面源于"以文明道"的信念。文章看似平静的叙论之下其实暗藏着激愤之情,开篇全盘否定当时一切关于治国之道的言论,接着以"文胜而言尨,好诡而反伦"评价《国语》,最后说自己"虽累百世滋不憾而恧",其实都是负气过激之语。这种情绪也时常出现在柳宗元作于永州的其他文章里,是其心中抑郁不平之气的外化。

与李睦州论服气书①

二十六日，宗元再拜。前四五日，与邑中可与游者游愚溪，上池西小丘，坐柳下，酒行甚欢。坐者咸望②兄不能俱。以为兄由服气以来，貌加老，而心少欢愉，不若前去年时。既言，皆沮然盼睐。③思有以已兄用斯术，而未得路。间一日，濮阳吴武陵最轻健，先作书，道天地、日月、黄帝等，下及列仙、方士皆死状。④出千余字，颇甚快辩。伏睹兄貌笑口顺而神不偕来，及食时，窃睨和糅燥湿，与啖饮多寡犹自若。⑤是兄阳德其言，而阴黜其忠也。⑥若古之强大诸侯然，负固怙力⑦，敌至则诺，去则肆，是不可变之尤者也。攻之不得，则宜济师⑧，今吴子之师已遭诺而退矣。愚敢厉锐撰坚⑨，鸣钟鼓以进，决于城下，惟兄明听之。

兄凡服气之大不可者，吴子已悉陈矣。悉陈而不变者无他⑩，以服气书多美言，以为得恒久大利，则又安能弃吾美言大利，而从他人苦言哉？今愚甚呐⑪，不能多言。大凡服气之可不死欤，不可欤？寿欤，夭欤？康宁欤，疾病欤？若是者，愚皆不言。但以世之两事已所经见⑫者类之，以明兄所信书必无可用。愚幼时尝嗜音，见有学操琴者，不能得硕师，而偶传其谱，读其声，以布其爪指。⑬蚤起则嘤嘤謞謞以逮夜，又增以脂烛，烛不足则讽而鼓诸席。⑭如是十年，以为极工。出至大都邑，操于众人之坐，则皆得大笑曰："嘻，何清浊之乱，而疾舒之乖欤？"⑮卒大惭而归。及年已长，则嗜书，又见有学书者，亦不得硕师，独得国故书，伏而攻之，其勤若向之为琴者，而年又倍焉。⑯出曰："吾书之工，能为若是。"知书者又大笑曰："是形纵而理逆。"⑰卒为天下弃，又大惭而归。是二者，皆极工而反弃者，何哉？无所师而徒状其文也。其所不可传者，卒不能得，故虽穷日夜，弊岁纪，愈远而不近也。⑱今兄之所以为服气者，果谁师耶？始者独见兄传得气书于卢遵所，伏读三两日，遂用之；其次得气诀于李计所，又参取而大施行焉。⑲是书是诀,遵与计皆不能知,然则兄之所以学者无硕师矣,是与向之两事者无毫末差矣。宋人有得遗契者,密数其齿曰:"吾富可待矣。"⑳兄之术,或者其类是欤?

兄之不信,今使号于天下曰:"孰为李睦州友者?今欲已睦州气术者左袒,不欲者右袒。"㉑则凡兄之友皆左袒矣;则又号曰:"孰为李睦州客者?今欲已睦州气术者左袒,不欲者右袒。"则凡兄之客皆左袒矣;则又以是号于兄之宗族,皆左袒矣;号姻娅㉒,则左袒矣;入而号之闺门之内子姓亲昵,则子姓亲昵皆左袒矣;下之号于臧获㉓仆妾,则臧获仆妾皆左袒矣;出而号于素为将率胥吏者,则将率胥吏皆左袒矣;则又之天下号曰:"孰为李睦州雠㉔者,今欲已睦州气术者左袒,不欲者右袒。"则凡兄之雠者皆右袒矣。然则利害之源不可知也。友者欲久存其道,客者欲久存其利,宗族姻娅欲久存其戚,闺门之内子姓亲昵欲久存其恩,臧获仆妾欲久存其生,将率胥吏欲久存其势,雠欲速去其害。兄之为是术,凡今天下欲兄久存者皆惧,而欲兄速去者独喜。兄为而不已,则是背亲而与雠㉕。夫背亲而与雠,不及中人者皆知其为大戾,而兄安焉,固小子之所憛憛也。㉖

兄其有意乎卓然自更,使仇者失望而懔,亲者得欲而抃。㉗则愚愿椎肥牛、击大豕、刲群羊,以为兄饩;穷陇西之麦、殚江南之稻,以为兄寿。㉘盐东海之水以为咸,醯敖仓之粟以为酸,极五味之适,致五藏之安,心恬而志逸,貌美而身胖,醉饱讴歌,愉怿欣欢,流声誉于无穷,垂功烈而不刊,不亦旨哉?㉙孰与去味以即淡,去乐以即愁,悴悴然肤日皱,肌日虚,守无所师之术,尊不可传之书,悲所爱而庆所憎,徒曰我能坚壁拒境,以为强大,是岂所谓强而大也哉?㉚无任疑惧之甚。某再拜。

注释

① 李睦州:李幼清,字深源,曾任睦州刺史,元和三年(808)量移永州,元和六

年(811)离开永州。服气：道家一种养生延年的方法。本文大约作于元和五年(810)。

② 望：埋怨。

③ 沮然：心情低落的样子。盻(xì)睐：旁视。

④ 黄帝：传说中的上古五帝之一。方士：古代自称能访仙炼丹以求长生不老的人。

⑤ 貌笑口顺：形容外表看似赞同。神不偕来：内心与外表不一致。食：修炼道家养生术时服用丹药。睨(nì)：看。和糅：调和掺杂。啖饮：吃喝。

⑥ 阳德：表面上感激。阴黜：暗地里否定。

⑦ 负固：依仗地方险固。怙(hù)：依靠。

⑧ 济师：增援军队。

⑨ 厉锐：磨砺兵器。擐(huàn)坚：穿上盔甲。

⑩ 悉陈而不变者无他：(吴武陵)该说的都说了，(您)却不改，没有别的原因。

⑪ 呐：同"讷"，说话迟钝。

⑫ 己所经见：亲身经历。

⑬ 硕师：大师。爪指：手指。

⑭ 嘐嘐(jiāo)譊譊(náo)：形容嘈杂的琴声。脂烛：古人以油脂照明，称为"脂烛"。讽：讽诵琴谱。

⑮ 清浊：音乐的轻重高低。疾舒：音乐节奏的快慢。乖：不和谐。

⑯ 国故书：前人的书法字帖。年又倍：学习的时间又比以前增加一倍。

⑰ 知书者：精通书法的人。形纵而理逆：字的形态伸展(与字帖相似)，写字的方法却不对。

⑱ 所不可传者：书中无法传达的知识，亦即只有在名师指点下才能学到的东西。弊：竭尽。

⑲ 气书：服气之书。卢遵：柳宗元母亲卢氏之侄，柳宗元表弟。气诀：服气

的口诀。李计：人名,事迹不详。参取：参酌取用。

⑳ "宋人"三句：《列子·说符》记载,宋国有个人在路上拾到别人遗失的符契,回家后把它藏起来,暗中数上面刻齿的数量,然后跟邻居说自己发财指日可待。遗契：别人遗失的契据。齿：古代的契据刻竹或刻木而成,刻痕似齿,用以记录财物多少。

㉑ 左袒：脱左袖,露出左臂。右袒：脱右袖,露出右臂。

㉒ 姻娅：婿之父称姻,两婿互称为娅。泛指存在婚姻关系的亲戚。

㉓ 臧获：古代对奴婢贱称。

㉔ 雠：同"仇"。

㉕ 与雠：帮助仇人。

㉖ 中人：常人。戾：谬误。小子：自己的谦称。懔懔(lǐn)：恐惧的样子。

㉗ 自更：自我改正。抃(biàn)：鼓掌。

㉘ 椎(chuí)：椎杀。刲(kuī)：杀。饩(xì)：馈赠的食物。陇西：泛指陇山以西地区。寿：进献酒食祝人长寿。

㉙ 盐：作动词,制盐。醯(xī)：醋,作动词,制醋。敖仓：秦代所建仓名。不刊：不容更改,引申为不可磨灭。削除竹简上的误字称为"刊"。旨：美好。

㉚ 孰与：何如,常用于反诘语气。悴悴然：衰弱的样子。

> 评析

柳宗元文章风格多元,不仅有儒家一派的典雅敦厚,而且有纵横家铺张扬厉的一面。本文是一篇刻意模仿战国谋臣策士文风的书信,目的是劝说朋友李幼清放弃修炼道家的服气之法。柳宗元不像韩愈极力抵制佛、道,他能积极吸收二家之中有益于世道人心的教义,却反对它们鼓吹的一些虚无缥缈的学说。他向来不赞成道家服气、服食之法,曾在写给朋友的信中多次明言排斥的态度,《与李睦州论服气书》就是说得最畅快的一篇。

本文行文流畅,气脉贯通。作者先是晓之以理,通过详细叙述自己早年学习音乐与书法的失败经历,证明李幼清仅凭书上的方法、口诀修炼服气绝无可能获得成功;接着动之以情,通过一一列举家人、朋友、仇人的态度,试图在情感上打动李幼清,使他主动停止修炼服气。全文叙事、说理、言情逐层递进,一气呵成,在理智与情感上都给人一种无法拒绝的气势。

劝诫文章务必说得明白、说得透彻,宁愿说得过分,也不能说得不够。因此本文多用夸张、铺排、对比手法,从各个方面极力言说修炼服气之不可。作者夸张地描述自己学习音乐、书法如何刻苦、如何用功,使用类似的句式罗列家人、朋友、仇人的态度,对比、铺陈服气前、后的诸种得失、优劣,客观上营造出一种耸动视听的效果,也形成一种不可阻挡的文势。本文显然深受《战国策》文风的影响,章法布局、遣词造句都有刻意模仿的痕迹。第三段陈说诸人之于李幼清服气的态度像极了"邹忌讽齐王纳谏",第四段铺陈饮食、生活的美好类似于苏秦游说列国的说辞。

贺进士王参元失火书[①]

得杨八书,知足下遇火灾,家无余储。[②]仆始闻而骇,中而疑,终乃大喜,盖将吊而更以贺也。[③]道远言略,犹未能究知其状,若果荡焉泯焉而悉无有,乃吾所以尤贺者也。[④]

足下勤奉养,宁朝夕[⑤],唯恬安无事是望也。乃今有焚炀赫烈之虞,以震骇左右,而脂膏滫瀡之具,或以不给,吾是以始而骇也。[⑥]凡人之言,皆曰盈虚倚伏[⑦],去来之不可常。或将大有为也,乃始厄困震悸,于是有水火之孽,有群小之愠,劳苦变动,而后能光明,古之人皆然。⑧斯道辽阔诞漫⑨,虽圣人不能以是必信,是故中而疑也。以足下读古人书,为文章,善小学,其为多能若是,而进不能出群士之上,以取显贵者,无他故焉。⑩京城人多言足下家有积货,士之好廉名者,皆畏忌,不敢道足下之善,独自得之,心蓄之,衔忍而不出诸口,以公道之难明,而世之多嫌也。⑪一出口,则嗤嗤者以为得重赂。仆自贞元十五年⑫见足下之文章,蓄之者盖六七年未尝言。是仆私一身而负公道⑬久矣,非特负足下也。及为御史尚书郎,自以幸为天子近臣,得奋其舌,思以发明天下之郁塞。⑭然时称道于行列,犹有顾视而窃笑者,仆良恨修己之不亮,素誉之不立,而为世嫌之所加,常与孟几道言而痛之。⑮乃今幸为天火之所涤荡⑯,凡众之疑虑,举为灰埃。黔其庐,赭其垣,以示其无有,而足下之才能乃可显白而不污。⑰其实出矣,是祝融、回禄之相吾子也⑱。则仆与几道十年之相知,不若兹火一夕之为足下誉也。宥而彰之,使夫蓄于心者,咸得开其喙,发策决科者,授子而不栗,虽欲如向之蓄缩受侮,其可得乎?⑲于兹吾有望乎尔!是以终乃大喜也。古者列国有灾,同位者皆相吊;许不吊灾,君子恶之。⑳今吾之所陈若是,有以异乎古,故将吊而更以贺也。颜、曾之养,其为乐也大矣,又何阙焉?㉑

足下前要仆文章古书,极不忘,候得数十篇乃并往耳㉒。吴二十一武陵来,言足下为《醉赋》及《对问》,大善,可寄一本。仆近亦好作文,与在京城时颇异。思与足下辈言之,桎梏甚固,未可得也。因人南来,致书访死生。不悉㉓。宗元白。

注释

① 王参元:廊坊节度使王栖曜之子,河阳节度使王茂元之弟。

② 杨八：杨敬之，字茂孝，家族中排行第八，柳宗元岳父杨凭弟杨凝之子。家无余储：家中没剩下一点东西。

③ 将吊而更以贺：本来打算慰问而现在改为道贺。吊：慰问遭遇不幸的人。

④ 言略：（信上的）言辞简略。究：尽。荡：毁坏。泯：丧失。

⑤ 宁朝夕：早晚向父母问安。

⑥ 炀：焚烧。赫烈：火势猛烈。虞：忧患。脂膏：油脂。滫(xiǔ)瀡(suǐ)：用淀粉拌和使食物柔滑。

⑦ 盈虚倚伏：盈虚（祸福）相互依存，相互包含（相互转化）。伏：隐藏。

⑧ 震悸：震惊。孽：灾祸。群小：众小人。愠：怨恨。变动：居无定所，颠沛流离。

⑨ 辽阔：遥远渺茫，不着边际。诞漫：虚妄。

⑩ 小学：文字、音韵、训诂之学。进：仕进。出：超过。

⑪ 廉名：清廉的名声。衔忍：藏在心里忍着不说。嫌：猜忌。

⑫ 贞元十五年：唐德宗贞元十五年（799），柳宗元二十七岁，任集贤殿书院正字。

⑬ 私一身而负公道：爱护自己，违背公道。

⑭ 御史、尚书郎：贞元十九年（803）柳宗元任监察御史里行，贞元二十一年（805）任礼部员外郎。得奋其舌：意即得到发表言论的机会。发明：发现，彰明。郁塞：郁结堵塞，指怀才不遇的人。

⑮ 行列：同僚。修己之不亮：自我修养不能昭明于世。素誉之不立：清白的名声还没有建立。孟几道：孟简，字几道。

⑯ 涤荡：清除。

⑰ 黔：黑色，作动词，烧焦。赭(zhě)：红色，作动词，烧红。

⑱ 祝融、回禄：传说中的火神。

⑲ 宥：通"侑"，助。彰：明。发策决科者：主持科举考试的人。慄：害怕。

蓄缩：隐忍退缩。

⑳ 列国：春秋战国时的诸侯国。同位者：同等地位的诸侯国。许不吊灾：《左传·昭公十八年》记载，宋、卫、陈、郑四国发生火灾，陈国不救火，许国不慰问，有识之士据此推测陈、许两国将要灭亡。

㉑ 颜、曾：颜回和曾参，二人都是孔子的学生。颜回安贫乐道，曾参事亲至孝。又何阙焉：哪里还有什么缺憾呢？

㉒ 候得数十篇：等到积累到数十篇。并往：一并寄去。

㉓ 不悉：不再详尽叙述，书信中的常用语。

评析

本文立论出人意表，庆贺朋友遭遇火灾自古以来闻所未闻。新奇的观点固然可以博人眼球，但也可能遭受巨大的非议或质疑。提出新奇的观点不易，证明它的合理性更难。因此，讲清观点背后的道理才是此类文章的关键所在。

本文开篇点题之后，绝大部分篇幅都在讲述自己道贺的原因。中国社会向来讲究人际关系，婚丧嫁娶、天灾人祸往往都要相互通问，或是同喜同乐，或是同悲同戚。火灾对土木构造的古代房屋来说几乎是毁灭性的灾难，柳宗元在永州就曾多次遭遇火灾，他自言"一遇火恐，累日茫洋，不能出言"（《与杨京兆凭书》）。柳宗元在刚刚听说王参元遭遇火灾之后表现出的也是震惊，但一番思考之后，送上的不是慰问反而是祝贺。

火灾值得祝贺若不是落井下石，那就一定有更为深刻的原因。柳宗元不相信道家"祸兮福所倚，福兮祸所伏"（《老子》）的理论，也不认同孟子"天将降大任于斯人也，必先苦其心志，劳其筋骨，饿其体肤，空乏其身，行拂乱其所为，所以动心忍性，曾益其所不能"（《孟子·告子下》）的说法。因为二者都带有柳宗元向来反对的神秘主义色彩。他庆贺王参元的原因是火灾带来的价值。王参元家世显，兼善文章、学问，仕途却不尽如人意。究其原因就是被家富资财所累。如今大火烧尽家财，向来认可王参元的人便会放下顾虑，放心大胆地公开奖掖、提携他。大火烧去的是钱财，带来的却是前途，因此柳宗元不慰问反而道贺。文章大胆立论，小心求证，通过理性分析巧妙地说明发表"异见"的缘由，幽默诙谐中闪烁着智慧的光芒。想来当年王参元读到此信，也能会心一笑吧！

答韦中立论师道书^①

二十一日，宗元白：辱书云欲相师，仆道不笃，业甚浅近，环顾其中，未见可师者。②虽常好言论，为文章，甚不自是也。不意吾子自京师来蛮夷间，乃幸见取。③仆自卜固无取，假令有取，亦不敢为人师。为众人师且不敢，况敢为吾子师乎？

孟子称"人之患在好为人师"④。由魏、晋氏以下，人益不事师。今之世，不闻有师，有辄哗笑之，以为狂人。独韩愈奋不顾流俗，犯笑侮，收召后学，作《师说》，因抗颜而为师。⑤世果群怪聚骂，指目牵引，而增与为言辞。⑥愈以是得狂名，居长安，炊不暇熟，又挈挈而东，如是者数矣。⑦屈子赋曰："邑犬群吠，吠所怪也。"⑧仆往闻庸蜀⑨之南，恒雨少日，日出则犬吠，余以为过言。前六七年，仆来南，二年冬，幸大雪，逾岭被南越中数州，数州之犬，皆苍黄吠噬狂走者累日，至无雪乃已，然后始信前所闻者。⑩今韩愈既自以为蜀之日，而吾子又欲使吾为越之雪，不以病乎？非独见病，亦以病吾子。⑪然雪与日岂有过哉？顾吠者犬耳。度今天下不吠者几人，而谁敢衒怪于群目，以召闹取怒乎？⑫

仆自谪过以来，益少志虑。⑬居南中九年，增脚气病，渐不喜闹，岂可使咻咻者早暮哔吾耳、骚吾心？⑭则固僵仆⑮烦愦，愈不可过矣。平居望外，遭齿舌不少，独欠为人师耳。⑯

抑又闻之，古者重冠礼，将以责成人之道，是圣人所尤用心者也。数百年来，人不复行。近有孙昌胤⑰者，独发愤行之。既成礼，明日造朝至外庭，荐笏言于卿士曰："某子冠毕。"⑱应之者咸怃然⑲。京兆尹郑叔则怫然曳笏却立，曰："何预我耶？"⑳廷中皆大笑。天下不以非郑尹而快孙子㉑，何哉？独为所不为也。今之命师者大类此。

吾子行厚而辞深，凡所作，皆恢恢然有古人形貌，虽仆敢为师，亦何所增加也？㉒假而以仆年先吾子，闻道著书之日不后，诚欲往来言所闻，则仆固愿悉陈中所得者㉓。吾子苟自择之，取某事去某事，则可矣。若定是非以教吾子，仆材不足，而又畏前所陈者，其为不敢也决矣。㉔吾子前所欲见吾文，既悉以陈之，非以耀明㉕于子，聊欲以观子气色诚好恶何如也。今书来，言者皆大过。吾子诚非佞誉诬谀之徒，直见爱甚故然耳。㉖

始吾幼且少，为文章，以辞为工㉗。及长，乃知文者以明道，是固不苟为炳炳烺烺，务采色、夸声音而以为能也。㉘凡吾所陈，皆自谓近道，而不知道之果近乎，远乎？吾子好道而可吾文，或者其于道不远矣。故吾每为文章，未尝敢以轻心掉之，惧其剽而不留也；未尝敢以怠心易之，惧其驰而不严也；未尝敢以昏气出之，惧其昧没而杂也；未尝敢以矜气作之，惧其偃蹇而骄也。㉙抑之欲其奥，扬之欲其明，疏之欲其通，廉之欲其节，激而发之欲其清，固而存之欲其重，此吾所以羽翼夫道也。㉚本之《书》以求其质，本之《诗》以求其恒，本之《礼》以求其宜，本之《春秋》以求其断，本之《易》以求其动，此吾所以取道之原也。㉛参之穀梁氏以厉其气，参之《孟》《荀》以畅其支，参之《庄》《老》以肆其端，参之《国语》以博其趣，参之《离骚》以致其幽，参之太史公以著其洁，此吾所以旁推交通而以为之文也。㉜凡若此者,果是耶,非耶?有取乎,抑其无取乎?吾子幸观焉择焉,有余以告焉。苟亟来以广是道,子不有得焉,则我得矣,又何以师云尔哉?取其实而去其名,无招越、蜀吠怪,而为外廷所笑,则幸矣!宗元白。

注释

① 韦中立:永州刺史韦彪之孙,韦彪在元和七、八年为永州刺史,韦中立南来看望祖父,因此与柳宗元相识,后又写信请求拜柳宗元为师。本文作于元和八年(813)。

② 辱:古人书信中的谦敬之辞。相师:拜我为师。笃:厚。其中:道与业之中。

③ 蛮夷:指永州。见取:被认可。

④ 人之患在好为人师:人的毛病在于喜欢做别人的老师,语出《孟子·离娄上》。患:毛病。

⑤ 犯笑侮:冒着被嘲笑、侮辱的风险。抗颜:态度严正。

⑥ 指目:用手指点,挤眉弄眼。牵引:相互拉扯。增与:增加,增添。

⑦ 炊不暇熟:饭都来不及做熟,形容时间之短。挈挈:急切的样子。东:(离开京城)向东行。

⑧ "邑犬"句:《九章·怀沙》:"邑犬之群吠兮,吠所怪也。"吠:狗叫。

⑨ 庸蜀:庸、蜀皆是古国名,泛指湖北、四川一带。

⑩ 前六七年:柳宗元被贬永州的永贞元年(805)。二年:元和二年(807)。逾:越过。岭:五岭。南越:泛指广东、广西一带。苍黄:惊慌失措。噬(shi):咬。

⑪ "非独"二句:不仅使我陷入困境,也使你自己陷入困境。病:使某人陷入困境。

⑫ 度(duó)：推测。衒怪：展示奇异的行为。衒：炫耀。召闹取怒：招致吵闹、愤怒。

⑬ 谪过：因过错而遭到贬谪。志虑：志愿。

⑭ 居南中九年：上文言"前六七年"，此处言"九年"，两相说法不合。"前六七年"只是约数，"九年"之说为是。呶呶(náo)：喋喋不休。咈(fú)：逆背。

⑮ 僵仆：躯体僵硬，摇摇欲坠。

⑯ 平居：平时。望外：意料之外。独欠为人师：唯独缺少给别人当老师（这条罪状）。

⑰ 孙昌胤：天宝间进士，贞元初在朝任职，《全唐诗》存诗四首。

⑱ 造朝：上朝。荐：插。笏：臣子朝见皇帝时所拿的手板，上可记事。

⑲ 怃然：莫名其妙的样子。

⑳ 郑叔则：贞元初为京兆尹。怫(fú)然：愤怒的样子。何预我：关我什么事？预：通"与"。

㉑ 天下不以非郑尹而快孙子：天下的人并不因此非议郑叔则而赞同孙昌胤。

㉒ 行厚：品行淳厚。辞深：文辞高深。恢恢然：宽广宏大的样子。

㉓ 悉陈：全部陈述出来。中：内心。

㉔ 前所陈者：前文所说韩愈抗颜为师与孙昌胤行冠礼遭人非笑的事。决：确定无疑。

㉕ 耀明：炫耀、显露。

㉖ 佞誉：曲意赞美。诬谀：用假话奉承人。直：只是。

㉗ 以辞为工：以为追求辞采之美才能达到精工美妙的程度。

㉘ 文者以明道：用文章来阐明圣人之道。固：本来。炳炳烺烺(lǎng)：文采鲜明，辞藻华丽。务采色、夸声音：此为互文见义，意为追求、鼓吹辞藻、声韵。

㉙ 掉：摆弄。剽(piāo)而不留：轻浮而不沉稳。怠心：怠慢之心。易：轻

视。驰而不严：松散而不严谨。昏气：头脑不清、思维混乱。昧没而杂：晦涩而芜杂。偃蹇而骄：傲慢而骄纵。

㉚ 抑：抑制。奥：深奥含蓄。扬：发扬，与"抑"相对。固：凝练。羽翼：辅助。

㉛ 质：质朴。《礼》：三礼，《周礼》《仪礼》《礼记》。动：变化。

㉜ 穀梁氏：《春秋》三传之一的《穀梁传》。穀梁赤所作，故称。支：文章脉络、条理。肆：放纵。端：思绪。博其趣：增加文章的趣味。幽：情感深沉。著：彰显。旁推交通：广泛学习，融会贯通。

【评析】

韩愈《师说》、柳宗元《答韦中立论师道书》大概是唐代谈论师道最有名的两篇文章。韩、柳二人虽然对于是否为师的态度截然不同，但在文章里都提到中唐社会师道不传、人耻从师的现象。唐代以科举取士，上到中央官学，下到地方各级学校，莫不有老师的教授。因此，韩、柳二人所说的师并不是一般学习中的老师，而是能够传道的老师。道是儒家正统之道，按照韩愈的说法，它从尧、舜、周公、孔子一直传到孟子，孟子死后道便不传。韩、柳就是要接续孟子传道，而古文便是他们传道的工具。道久而不传，多少与现实有冲突的地方；传道的工作缺失太久，多少会受到时人的非议。可见，韩、柳所说的传道与师道是一项逆世俗而为的事业。这是韩愈《师说》和本文共同的写作背景。

柳宗元、韩愈对于为师的态度是不同的，这可能源于二人的现实处境。韩愈作《师说》时刚刚就任四门博士，即当时中央官学之一四门学的学官，理想与现实都激励着他抗颜以师自任。柳宗元作《答韦中立论师道书》是在被贬永州八九年之后，因为参与永贞政治革新，他受过官僚阶层的诽谤、诟骂，心头始终萦绕着忧惧与恐慌。如果再以传道之师自居，势必会遭来更多的非议。

柳宗元虽然表面上极力推辞为师之名，但对向他求教的后学仍毫无保留地传授自己古文的理念与经验。柳宗元告诉韦中立文章的目的在于明道。因此作文的态度应是严谨的，作文的过程应是慎重的，文章的内容思想要根植于儒家经典，文辞构思又要吸取各家的优长，文、质相得益彰的古文才能更好地明道、传道。不难看出，他虽然名义上不愿为师，但实质上已经尽到了师的责任。只是现实处境使他不得已要"取其实而去其名"。值得一提的是，柳宗元虽然不愿取师之名，但对韩愈勇于为师的行为极其佩服。《答韦中立论师道书》用"蜀之日"比喻韩愈，用吠犬比喻非议者，不仅是对韩愈的高度褒扬，也是对孤陋寡闻者的辛辣嘲讽。

哭张后余辞①

后余常山张氏，孝其家，忠其友，为经术甚邃而文。②少余七年，颇弟畜之。与之居，终日冲然，忘其有，人与之言，铿尔而厉，辩而归乎中。③凡人有道而不显于世，则曰非其世也，道而得乎世，然而不显，则曰命。④命之微不可知，知而索乎外者，曰性与貌，后余之性可谓良矣，其貌可谓肃矣。⑤博实弘裕，宜为大官耆老，求其所以夭贱，无可得焉。⑥既得进士，明年，疽发髀卒⑦。

后余之死，人咸痛之，曰：天之佑善人而杀是子，何也？激者曰：天之杀，恒在善人，而佑不肖。⑧庄周之说，以为人之君子，天之小人，张君岂天所谓小人者耶？⑨是二者，又非论之适也。吾谓善与恶、夭与寿、贵与贱，异道而出者也，无取喜怒于其中。⑩道之出者多，其合焉者固少，是以君子之难贵且寿也。⑪后余母老而丧良子,东西行者助之哭焉,况其知者耶?然后余不与诡冒者同贵,不与悖乱者同寿,归洁乎身,闻道而死,虽勿哭焉可也。⑫呜呼!向使其闻道而且贵且寿,则其显庸⑬也远矣,又乌能勿痛乎?遂哭之以辞。

嗟嗟张君!善不必寿,惟道之闻,一日为老。人皆反是,百稔⑭犹幼。子之优游,是亦黄耇。嗟嗟张君!宠不必贵,尊严为人,早服⑮高位。淫谀肆欲,银艾沦弃⑯。子之崇高,无愧三事⑰。吾见皤皤而童,赫赫而辱,进襦袴于几杖,负泥涂于冕服,己虽有余,人视不足。⑱子之迹不混乎其间者幸也,宜贺而吊,宜歌而哭,吾其过乎?与其宠而加贵,善而加寿,道施于人,庆及其母,从容邦家,乐我朋友,岂不光裕显大欤?⑲而不克也,则吊而哭者,其无过乎?呜呼!

注释

① 张后余:常山(今河北正定县)人,元和二年(808)中进士,元和三年(809)去世,年二十九岁。本文作于元和三年(809)。

② 经术:经学。邃:深。

③ 冲然:谦虚的样子。铿尔:形容声音洪亮。

④ 不显:不得显贵。非其世:生不逢时。得乎世:生逢其时。

⑤ 微:晦暗不明,隐约模糊。知而索乎外者:可知的是从外表可以探求的。肃:端庄。

⑥ 博实:渊博充实。弘裕:宏大丰富。耇(gǒu):高寿。

⑦ 疽(jū):毒疮。髀(bì):大腿。

⑧ 佑:帮助。不肖:小人。

⑨ 人之君子,天之小人:《庄子·大宗师》记载,子贡问孔子,那些不合于俗的

异人是什么人。孔子回答,异人不同于世俗而合于自然。天道视为小人的,世俗却尊为君子(天之小人,人之君子);世俗尊为君子的,天道却视为小人(人之君子,天之小人)。

⑩ 异道而出者:产生的原因各异。无取喜怒于其中:其中并不包含(上天)的喜怒。

⑪ "道之"三句:产生的原因多,(全部)符合的概率就小,因此君子很难既显贵,又长寿。

⑫ 谄冒:谄谀,嫉妒。冒:通"媢"。悖乱:惑乱,昏乱。归:人死。闻道而死:《论语·里仁》:"子曰:'朝闻道,夕死可矣。'"

⑬ 显庸:显用。庸:用。

⑭ 稔(rěn):年。

⑮ 服:担任。

⑯ 银艾:银制官印和系印的绿色绶带,代指高官。沦弃:沦丧。银艾沦弃,意即在其位不谋其政。

⑰ 三事:正身之德、利民之用、厚民之生。

⑱ 皤皤(pó)而童:与前文"百稔犹幼"同义。皤皤:白发的样子,形容年老。赫赫而辱:(地位)显赫,反而是一种耻辱。进襦(rú)袴(kù)于几杖:靠着几杖穿上衣服。襦:短衣。袴:同"裤"。几杖:坐几和手杖,均为老人所用。负泥涂于冕服:穿着冕服置身于泥涂之中。冕服:古代帝王、高官的礼服。

⑲ 道施于人:治国理念施于人民。光:通"广"。裕:扩大。

〖评析〗

本文属于哀辞,是一种对逝者表达哀悼、痛惜之情的文体。哀辞的特别之处在于，它最初是哀悼未成年或已成年但早死的人，后来才用于各种年龄的逝者。哀辞一般由序与辞两部分组成，序用散文写成，辞或为韵文，或为骚体，或为整齐的四言句式。因为哀辞多为早亡者所作，所以"情主于伤痛，而辞穷乎爱惜"（《文心雕龙·哀吊》），文辞不需要过多的藻饰，以能够真切地表现哀痛之情为上。

唐代哀辞仅存世五篇，其中韩愈、柳宗元各占两篇。韩愈基本延续了哀辞以序叙事、以辞尽哀的传统写法。柳宗元则突破哀辞旧有的写作模式，别出心裁地将议论融入其中，在夹叙夹议的过程中呈现哀伤与惋惜。

《哭张后余辞》讨论了三个问题。一是世人所谓的"命"渺茫而不可知，可知的是人的品性与外表。张后余品性纯良，外表端肃，应该显贵且长寿，不幸早死，愈见其可痛可惜。二是世人所谓"天命"不可信。人的夭寿、贵贱无关乎天命的喜怒，而是形成的原因各不相同，人们同时获得"寿"与"贵"的概率很小。张后余早死出于不幸，而不是"天命"刻意残害善人、君子。三是张后余早死该哭还是不该哭。柳宗元秉持儒家观念，愿意相信人生的价值在于闻道，张后余闻道而死，似乎不该哭。但是如果他能长寿，必能将所闻之道施于人民，必能有益于家国天下，以此而言，张后余又该哭。哭与不哭体现了柳宗元理智与情感的冲突，也是文章写作时复杂而微妙情绪的外化。文章通过对三个问题的讨论，一方面表达了作者的生死观念，另一方面表达了作者对张后余早死的哀痛与惋惜。这种以议论尽哀思的方法在哀辞写作的历史上独树一帜。

祭吕衡州温文[①]

维元和六年，岁次辛卯，九月癸巳朔某日，友人守永州司马员外置同正员柳宗元，谨遣书吏同曹、家人襄儿，奉清酌庶羞之奠，敬祭于吕八兄化光之灵。②

呜呼天乎！君子何厉③？天实仇之；生人何罪？天实仇之。聪明正直，行为君子，天则必速其死。道德仁义，志存生人，天则必夭其身。吾固知苍苍之无信，莫莫之无神，今于化光之殁，怨逾深而毒逾甚，故复呼天以云云。④

天乎痛哉！尧、舜之道，至大以简；仲尼之文，至幽以默。⑤千载纷争，或失或得，俾⑥乎吾兄，独取其直。贯于化始，与道咸极。⑦推而下之，法度不忒⑧。旁而肆之，中和允塞。⑨道大艺备，斯为全德。而官止刺一州，年不逾四十，佐王之志，没而不立，岂非修正直以召灾，好仁义以速咎者耶？⑩

宗元幼虽好学，晚未闻道，洎乎获友君子，乃知适于中庸，削去邪杂，显陈直正，而为道不谬，兄实使然。⑪呜呼！积乎中不必施于外，裕乎古不必谐于今，二事相期，从古至少，至于化光，最为太甚。⑫理行第一，尚非所长，文章过人，略而不有，素志所蓄，巍然可知。⑬贪愚皆贵，险很⑭皆老，则化光之夭厄，反不荣欤？所恸者志不得行，功不得施，蚩蚩之民，不被化光之德；庸庸之俗，不知化光之心。⑮斯言一出，内若焚裂。海内甚广，知音几人？自友朋凋丧，志业殆绝，唯望化光伸其宏略，震耀昌大，兴行于时，使斯人徒，知我所立。⑯今复往矣，吾道息矣！虽其存者，志亦死矣！临江大哭，万事已矣！穷天之英，贯古之识，一朝去此，终复何适？

呜呼化光！今复何为乎？止乎行乎？昧⑰乎明乎。岂荡为太空与化无穷乎？将结为光耀以助临照乎？岂为雨为露以泽下土乎？将为雷为霆以泄怨怒乎？岂为凤为麟、为景星为卿云以寓其神乎⑱？将为金为锡、为圭为璧以栖其魄乎⑲？岂复为贤人以续其志乎？将奋为神明以遂其义乎？不然，是昭昭者其得已乎，其不得已乎？⑳抑有知乎，其无知乎？彼且有知，其可使吾知之乎？幽明茫然，一恸肠绝。呜呼化光！庶或听之。

注释

① 吕衡州温：即吕温，字化光。元和五年（810）出任衡州刺史，元和六年（811）卒于任上，故称之为"吕衡州"。本文作于元和六年（811）。

② 岁次：古人以岁星纪年，每年岁星所值的星次与其干支叫岁次。辛卯：即元和六年。清酌：祭奠时用的酒。庶羞：多种美食（祭品）。吕八：吕温家族排行第八。本段乃是祭文固定格式。

③ 厉：罪，恶。

④ 苍苍：深青色，指天。莫莫：同"漠漠"，广阔无垠的样子，指天地之间。逾：更加。毒：哀痛。

⑤ 至大以简：宏大而简约。至幽以默：精深而含蓄。

⑥ 倬(zhuō)：高大，显明。

⑦ 贯于化始：追溯教化的起点。与道咸极：探求道的尽头。

⑧ 忒(tè)：差错。

⑨ 旁而肆之：向别的方面推广开去。肆：延伸。中和：中庸之道的最高表现。允塞：充实。

⑩ 官止刺一州：官仅仅做到一州刺史。年不逾四十：吕温（772—811）去世时年仅四十岁。

⑪ 洎(jì)：及，到。邪杂：不正不纯。谬：差错。

⑫ 积乎中不必施于外：内修道德却不一定能施于外物。裕乎古不必谐于今：有丰富的学识却不一定符合当世的要求。谐：合。期：合。

⑬ 理行：政绩。略而不有：略而不计。巍然：高大的样子。

⑭ 险狠：险恶狠毒的人。狠：同"狠"。

⑮ 恸(tòng)：悲痛。蚩蚩：无知的样子。

⑯ 凋丧：死亡。震耀：显要。昌大：发扬光大。兴行于时：施行于当世。所立：奉行的志业。

⑰ 昧：暗。

⑱ 景星：瑞星。卿云：庆云。二者皆为祥瑞。

⑲ 圭、璧：皆为玉器。

⑳ "是昭"二句：你光明磊落的一生得以了结了吗？还是没有了结？

> 评析

本文是一篇祭文。祭文是为祭奠死者而写的哀悼文章。祭文有一定的格式：开头通常是"维……年……月……日，某某人仅以清酌庶羞之奠，祭于某某人之灵"；中间为祭文主体部分，多抒发对于死者的哀悼之情，有时也会述及死者的生平、功业；结尾通常是"呜呼哀哉，尚飨"之类的套语。祭文的语言没有固定的要求，可以用散体、韵语，也可以韵、散结合。祭文多是为亡故的亲友而作，因此具有浓厚的抒情色彩，至爱亲朋感情尤其真挚、浓烈。《祭吕衡州温文》就是一篇感情挚烈的祭文。

柳宗元向来不信天命，吕温之死更使他坚信"苍苍之无信，莫莫之无神"。何也？吕温德行与才华兼备，却官不过一州刺史，终年不过四十岁。吕温政绩卓著，文章过人，未及施展抱负便不幸早逝。天若有信、有神，何以至此！柳宗元不解其中的缘由，所以一次次地质问天；他更无法接受吕温的死，所以一次次地痛呼天。吕温之死令柳宗元如此伤痛的原因大约有两个：一是吕温在某种意义上延续着柳宗元实现政治理想的希望。吕温曾是王叔文政治改革集团的重要成员，因为出使吐蕃没有直接参加"永贞革新"，故而未被施以严厉的惩罚。吕温与柳宗元一样是儒家中庸之道的坚定奉行者，有他在，柳宗元的志业就还保留着一丝希望。吕温的死意味着柳宗元最后希望的破灭，所以祭文才说"今复往矣，吾道息矣！虽其存者，志亦死矣！"二是柳宗元认为吕温与自己命运相似，吕温之死激发出他强烈的身世之感。柳宗元与吕温同样的志在兼济，同样的才华横溢，一个早死，一个被贬，都无法实现曾经的人生理想。柳宗元对吕温的哀叹又何尝不是在发泄自己心中的抑郁不平？祭文所说"贪愚皆贵，险狠皆老"不正是他在《乞巧文》等文章里反复讽刺的社会现象吗?！祭文说吕温"积乎中不必施于外，裕乎古不必谐于今"不正是他被贬永州之后的写照吗?！古语有云"兔死狐悲，物伤其类"，看着类似的生命消逝永远是人类最为伤痛的体验。

诗歌

韦 道 安①

道安本儒士,颇擅②弓剑名。
二十游太行,暮闻号哭声。
疾驱前致问,有叟垂华缨。③
言"我故刺史,失职还西京。④
偶为群盗得,毫缕无余赢⑤。
货财足非吝,二女皆娉婷。⑥
苍皇见驱逐,谁识死与生?
便当此殒命,休复事晨征"。
一闻激高义,眦裂肝胆横⑦。
挂弓问所往,趫捷超峥嵘⑧。
见盗寒硐阴,罗列方忿争。⑨
一矢毙酋帅⑩,余党号且惊。
麾令递束缚,缧索相拄撑。⑪
彼姝久被魄,刃下俟诛刑。⑫
却立不亲授,谕以从父行。⑬
捃收自担肩,转道趋前程。⑭
夜发敲石火⑮,山林如昼明。
父子更抱持,涕血纷交零。⑯
顿首愿归货,纳女称舅甥。⑰
道安奋衣⑱去,义重利固轻。
师婚古所病,合姓非用兵。⑲

竭来事儒术,十载所能逞。⑳

慷慨张徐州,朱邸扬前旌。㉑
投躯获所愿,前马出王城。㉒
辕门立奇士㉓,淮水秋风生。
君侯既即世,麾下相敧倾。㉔
立孤抗王命,钟鼓四野鸣。㉕
横溃非所壅,逆节非所婴。㉖
举头自引刃,顾义谁顾形。㉗

烈士不忘㉘死,所死在忠贞。
咄嗟徇权子,翕习犹趋荣。㉙
我歌非悼死,所悼时世情!

注释

① 韦道安：贞元十六年(800)徐州刺史兼徐泗濠节度使张建封卒,徐州军乱,杀死暂时代理留后事务的判官郑通诚,拥立张建封之子张愔为兵马留后。韦道安当时为张建封幕僚,劝阻张愔不成,愤而自杀。本诗作于贞元十六年(800年)集贤殿书院正字任上。

② 颇擅：因为擅长弓剑而闻名。

③ 疾驱：驱马快行。华缨：华美的冠带。缨：系在颌下的帽带。

④ 刺史：唐代州郡最高行政长官。西京：长安,与东京洛阳相对而言。

⑤ 毫缕：丝毫。余赢：剩余。

⑥ 足非：意即"非足"。娉婷：姿态美好的样子。

⑦ 眦(zì)裂：眼角迸裂,形容怒目圆睁。肝胆横：形容内心激愤。

⑧ 趫(qiáo)捷：矫健敏捷。峥嵘：山势高峻,此处指高山。

⑨ 磵:同"涧"。忿(fèn)争:忿怒争吵。

⑩ 酋帅:强盗首领。

⑪ 麾令:指挥命令。束缚:捆绑。缧(mò)索:绳索。相拄撑:一个挨着一个用绳索绑住。

⑫ 彼姝:指故刺史的两个女儿。褫(chǐ):夺。俟诛刑:等着被杀。

⑬ 却立:后退站立。不亲授:《孟子·离娄上》:"男女授受不亲。"谕:告知。

⑭ "捃收"二句:韦道安收拾被抢的财物担在肩上,带着两个女子赶回原路。捃(jùn):拾、捡。

⑮ 夜发:夜行。敲石火:敲石点火。

⑯ 父子:父女。交零:俱下,齐下。

⑰ 归货:送韦道安财物。纳女:将女儿嫁给韦道安。舅甥:岳父和女婿。

⑱ 奋衣:振衣,拂袖。

⑲ 师婚:凭借武力缔结婚姻。合姓:合二姓为婚姻。

⑳ 朅(qiè)来:尔来。朅:发语词。逞:精通。

㉑ 张徐州:徐州刺史张建封。朱邸:汉代诸侯王宅第,以朱红漆门,故称朱邸。前旌:帝王官吏仪仗中前行的旗帜。

㉒ 投躯:指韦道安投身张建封幕下。前马:前驱。

㉓ 辕门:军营营门。奇士:指韦道安。

㉔ 君侯:指张建封。即世:去世。欹倾:本指倾斜,此处引申为相互倾轧、争斗。

㉕ "立孤"二句:张建封去世之后,代理留后事务的判官郑通诚担心军队叛乱,企图引来浙西兵作为后援。事情泄露,徐州士兵愤而叛乱,杀死郑通诚,并请求朝廷任用张愔为兵马留后,并武力对抗朝廷军队。

㉖ 横溃:决堤横流,代指徐州兵乱。壅:堵塞。逆节:叛逆。婴:同"撄",触犯,此处引申为阻止。

㉗ 引刃：抽刀。形：身。

㉘ 忘：有的版本作"妄"，于诗意更加契合。

㉙ 咄嗟：叹息。徇权子：追求权力的人。翕（xī）习：威盛的样子。

[评析]

　　本诗是一篇以叙事见长的五言古诗。诗的前两句是纲领，开门见山点出韦道安的身份特征，既是儒士又是侠士，下文叙事都是围绕这一特征展开。诗歌先叙述韦道安射杀强盗，解救二女的事迹。此事中一共有三方人物，一是去职的太守及其两个女儿，二是强盗，三是韦道安。太守是弱势的一方，不仅财物遭到洗劫，女儿也被掳走。强盗是施暴的一方，他们目无王法，恃强凌弱。韦道安是正义的一方，他凭着胆量与武艺只身深入强盗巢穴，射杀匪首，救出太守的两个女儿，并且拒绝太守嫁女的要求。柳宗元通过叙述此事着力表现韦道安身上的侠义精神。侠的历史可以追溯到春秋战国时期，司马迁《史记》里专门有《游侠列传》。司马迁笔下的大侠都是一些与韦道安类似的人物，他们主公道，路见不平，拔刀相助；重仁义，锄强扶弱，不求回报。

　　诗歌接着叙述的是韦道安劝阻叛乱不成，愤而自杀的事迹。中唐时代的藩镇不仅享有地方自治的权力，还有着父死子继的惯例。朝廷如果拒绝任命，他们常会发动叛乱对抗朝廷，直到朝廷妥协为止。韦道安面对的便是这种情况。徐泗濠节度使张建封去世后，其部下叛乱并拥立其子张愔为留后。韦道安如果坐视不管则有负张建封的知遇之恩，如果随乱就是对朝廷不忠。因此他才会在劝说张愔无果后做出一个常人无法理解的决定——自杀，如此忠心，名节才能得以两全。此事着力表现的是韦道安的忠义。为了叙事的晓畅，诗歌语言不加雕饰，每联上下句不刻意追求对仗，往往是前后承接，散行之下，造成一种充盈而流动的气势。

跂 乌 词①

城上日出群乌飞,鸦鸦②争赴朝阳枝。
刷毛伸翼和且乐③,尔独落魄今何为?
无乃慕高近白日,三足妒尔令尔疾?④
无乃饥啼走路旁,贪鲜攫⑤肉人所伤?
翘肖独足下丛薄,口衔低枝始能跃。⑥
还顾泥涂备蝼蚁,仰看栋梁防燕雀。
左右六翮利如刀,踊身失势不得高。⑦
支离无趾犹自免⑧,努力低飞逃后患。

注释

① 跂(qǐ)乌:抬起一只脚的乌鸦,也就是伤了一只脚。本诗大约作于元和元年(806)柳宗元初贬永州之时。诗歌以"跂乌"自喻,暗示自己政治上遭受的打击,委婉地表现心中的抑郁不平。
② 鸦鸦:乌鸦的叫声。
③ "刷毛"句:群乌蹲在朝阳枝上悠闲而快乐地刷毛伸翅。
④ 无乃:莫不是。三足:古代传说太阳里有三足神乌。令尔疾:使你患了这种病。
⑤ 攫(jué):抓取。
⑥ 翘肖:同"肖翘",细小能飞的生物。丛薄:丛生的草木。"口衔"句:只有衔着低矮的树枝才能跳跃。
⑦ 左右六翮:左右两翼。六翮:鸟类双翅中的正羽。利如刀:像刀一样锋利,形容双翅劲健。踊身:纵身上跳。

⑧ 支离：形体残缺不全。《庄子·人间世》记载，有一个形体支离的人名叫疏，平日以缝洗衣服、簸米为生。每当朝廷征召武士或差役，他都因为身体残疾而不用效力。而朝廷赈济贫病的人时，他却得到三钟粮食和十捆柴火。这样形体残缺不全的人不仅能养活自己，还能终享天年。无趾：《庄子·德充符》记载，鲁国有个因犯罪被砍去脚趾的人，叫叔山无趾。他用脚跟行走先向孔子请教，没有得到满意的答复，转而向老子求教，老子告诉他"混同生死，其一是非"的道理。叔山无趾认为声名是自我束缚的枷锁。

> 评析

　　运用各种意象婉转地表达思想情感是柳宗元被贬永州之后文学创作上呈现的一个显著的特点。此时柳宗元笔下的人物、山水、动物不仅是客观物象，也是带有隐喻或托寓色彩的意象。他的散文借鉴诸子寓言传统，通过现实或虚构的故事来隐射现实；他的诗歌借鉴《诗经》的比兴与《离骚》的"香草美人"手法，创造出不少具有隐喻意味的形象。

　　本诗是一首政治隐喻诗，诗中的几个主要意象都有着强烈的象征意味。"跂乌"是柳宗元自喻，"跂乌"伤了一条腿暗示柳宗元遭受的政治惩罚。"群乌"暗喻"永贞革新"失败之后得势的政治对手，正如"群乌"争赴"朝阳枝"一样，他们正在逐步掌控现实局势，占据朝廷要职。"日"是一个传统意象，从《古诗十九首》中的《行行重行行》开始，文人诗歌中的太阳常常象征着君主。"燕雀"在中国古代诗歌传统中常被用来隐喻小人，因此与它对举的"蝼蚁"也应代指小人。"朝阳枝"与"丛薄"是一组含义相对的意象，前者表示在朝，后者表示远离朝廷的偏远地区。《跂乌词》的意象及其相互间的关系描述了这样一幅现实图景，"永贞革新"失败之后，柳宗元等人的失势与政治对手的得势形成鲜明对比,柳宗元并不确定是得罪了当朝权贵(三足妒尔令尔疾),还是触动了别人的利益(贪鲜攫肉人所伤),总之落得被贬远州的惩罚。此时他不仅对政治打击心有余悸,还要时刻提防小人,他们在柳宗元被贬后依然不断施以诽谤。为了保全自己,柳宗元不得不学习道家人物以全身避害。《跂乌词》中的隐喻其实是一种不得已而为之的方式,柳宗元自知现实不允许自己发声,但心头的郁结又不吐不快,只能用"跂乌"等一系列意象暗吐心曲。

笼 鹰 词①

凄风淅沥飞严霜,苍鹰上击翻曙光。②
云披雾裂虹蜺断,霹雳掣电捎平冈。③
砉然劲翮翦荆棘,下攫狐兔腾苍茫。④
爪毛吻血百鸟逝,独立四顾时激昂。
炎风溽暑忽然至,羽翼脱落自摧藏。⑤
草中狸鼠足为患,一夕十顾惊且伤。
但愿清商复为假,拔去万累云间翔。⑥

注释

① 笼鹰:关在笼子里的鹰,乃柳宗元自况。据说古代猎鹰五月拔毛入笼,八月出笼。本诗大约写于初贬永州之时。
② 凄风:寒风,指秋风。淅沥:风声。严霜:浓霜。翻曙光:在曙光中翻飞。
③ 披:分开。虹蜺:彩虹。掣电:闪电。"霹雳掣电"形容迅疾。捎:掠过。平冈:低矮的山岗。

④ 砉(xū)然：象声词，形容行动迅速发出的声音。翦：同"剪"。苍茫：指天空。

⑤ 溽(rù)暑：湿热的夏季。溽：潮湿，闷热。摧藏：收敛，隐藏。

⑥ 清商：商声，古代五音之一，其调凄清悲凉，所以称为"清商"，用以代表秋天。万累：一切束缚。

评析

鸟是一种常见于古人吟咏的动物，多数情况下它们都具有象征意义。人们往往根据外貌或习性赋予它们人格化的特征。凤凰"非梧桐不止，非练实不食，非醴泉不饮"（《庄子·秋水》），诗人常用它来象征高洁的君子；鹏鸟传说可以"扶摇直上九万里"（李白《上李邕》），诗人常用它来象征志向高远之士；杜鹃啼声凄苦，因而成为哀怨的化身；鸿雁性喜群居，因此"孤雁""离雁"象征着孤独。《笼鹰词》中的鹰也是一个具有强烈象征意味的形象。

柳宗元笔下的笼鹰在不同的时空里有着不同的生命状态。秋天的笼鹰羽翼丰满，翻飞于苍穹之间，上可披云裂雾，下能剽掠平冈。无论是狐兔，还是飞鸟，都难逃它的爪喙。此时笼鹰的生命是昂扬的，充满着力量。夏天的笼鹰羽毛开始脱落，不得已只能藏入笼中，即使笼外狸鼠为患，也只能在笼中望洋兴叹。此时笼鹰的生命是压抑的，充满着无奈。不难看出，笼鹰就是柳宗元贬谪之后的自况。柳宗元二十一岁进士登第，三十三岁官至礼部员外郎并参与政治革新。彼时顺宗皇帝刚刚即位，王叔文、王伾执掌朝政，柳宗元等一众青年才俊梦想着逆转乾坤，再造盛世。可是新政转瞬失败，二王贬死，柳宗元等人均被贬为远州司马，纵遇大赦也不在赦免之列。被贬之前柳宗元尽情施展着才华与能力，对未来充满着憧憬与希望；被贬之后永州就像牢笼一般困住了他的手脚，也禁锢了他的梦想。如此看来，柳宗元不就是自己笔下的那只笼鹰吗？客观地说，诗歌对鹰的描写并不出众，柳宗元之前杜甫、李白等前辈诗人都有关于鹰的警句。本诗的特别之处在于创造出笼鹰这一形象，它既不同于自由翱翔的雄鹰，也不同于供人驱使的猎鹰，象征的乃是一位志业难伸的悲情英雄。

行路难三首①

其 一

君不见，夸父逐日窥虞渊，跳踉北海超昆仑。②
披霄决汉出沆漭，瞥裂左右遗星辰。③
须臾力尽道渴死，狐鼠蜂蚁争噬吞。
北方竫人长九寸，开口抵掌更笑喧。④
啾啾饮食滴与粒，生死亦足终天年。⑤
睢盱大志小成遂，坐使儿女相悲怜。⑥

注释

① 行路难：古乐府旧题，多描写世事艰难与离别伤悲。本诗作于被贬永州之后。
② 虞渊：神话中日落的地方。"跳踉"句：跨过北海越过昆仑。北海、昆仑均指极远之地。跳踉(liáng)：跳跃。
③ 披霄：冲出云霄。沆(hàng)漭(mǎng)：指广阔无际的天空。瞥裂：迅疾，形容夸父速度之快。

④ 诤(jìng)人：神话中的一种矮人,高仅九寸。抵掌：鼓掌,拍手。
⑤ 啾啾(jiū)：象声词,形容诤人饮食的声音。终天年：终享天年。饮食滴与粒：饮一滴,吃一粒,形容吃得非常少。
⑥ 睢(huī)盱(xū)：张目仰视的样子。成遂：成功,达到目的。坐：因。

其　二

虞衡斤斧罗千山,工命采斫杙与椽。①

深林土剪十取一,百牛连鞅摧双辕。②

万围千寻妨道路,东西蹶倒山火焚。③

遗余毫末不见保,蹸跞磵壑何当存？④

群材未成质已夭,突兀峥嵘空岩峦。⑤

柏梁天灾武库火,匠石狼顾相愁冤。⑥

君不见,南山栋梁益稀少,爱材养育谁复论⑦！

注释

① 虞衡：古代掌山林川泽的官。斫：用刀、斧砍劈。杙(yì)与椽：小木桩与椽子,代指建房用的木材。

② 土剪：贴着地面砍伐树木。鞅：套在牛、马脖上用以拉车的皮套。摧：折断。辕：古代车前驾牲畜的两根直木。

③ 围：计圆周的单位。寻：长度单位。万围、千寻极言树木之大。蹶(jué)：跌倒。

④ 毫末：微小,此处指遗留的小树。蹸(lìn)跞(lì)：践踏。磵壑：溪涧和山谷。何当：安得,怎能。

⑤ "群材"句：树木尚未成材就被砍伐焚烧。质：形体。夭：摧折。峥嵘：高峻的样子。

⑥ 柏梁：汉时未央宫中的台名，汉武帝太初元年（前104）十一月毁于火灾。武库火：晋惠帝元康五年（295）闰十月武库被焚。武库：存放兵器的仓库。匠石：《庄子》所写的名石的巧匠，后泛指能工巧匠。狼顾：狼行走时，为防止受到攻击经常转过头看，形容匠石寻觅良才四处张望。

⑦ "爱材"句：谁还来关心、讨论爱材育材的事呢！

其 三

飞雪断道冰成梁，侯家炽炭雕玉房。①
蟠龙吐耀虎哢张，熊蹲豹蹢争低昂。②
攒峦丛崿射朱光，丹霞翠雾飘奇香。③
美人四向回明珰，雪山冰谷晞太阳。④
星躔奔走不得止，奄忽双燕栖虹梁。⑤
风台露榭生光饰，死灰弃置参与商。⑥
盛时一去贵反贱，桃笙葵扇安可当！⑦

注释

① 断道：遮断道路。炽炭：烧炭。雕玉房：用雕玉装饰的房间。

② 龙、虎、熊、豹：皆是用炭做成的动物形状。蹢（zhí）：蹬踢。

③ 攒（zǎn）：聚集。崿（è）：山崖。攒峦丛崿：炭堆成山的形状。朱光：烧炭发出的红光。丹霞、翠雾：形容烧炭时泛起的火光与烟雾。

④ 四向：四面舞动。回：来回摆动。明珰(dāng)：用珠玉串成的耳饰。"雪山"句：形容冬天炭火的温暖。晞(xī)：晒干。

⑤ 星躔(chán)：日月星辰运行的位置与轨道。躔：运行。奄忽：疾速。虹梁：拱形的屋梁。"双燕栖虹梁"暗示春天到来。此二句是说，物换星移，冬去春来。

⑥ 台、榭：古代用作观景的建筑。"风台露榭"暗示夏天到来。生光饰：增加光彩、装饰。"死灰"句：(夏天一到)烧尽的炭的灰被扔在一边，就像参、商一样再也不相见。参、商：星名。

⑦ 盛时：得意或得势之时。桃笙：桃竹编制的席子。葵扇：蒲葵叶制成的扇子。桃笙、葵扇皆为夏天所用，时节一过就会被弃置不用。

评析

柳宗元的拟汉乐府诗传世的仅有两题，一是《古东门行》，柳宗元借此乐府旧题写宰相武元衡被刺事件；二是《行路难》三首，表现诗人被贬永州之后的境遇与心情。就历史价值来说，二者不相上下；就文学价值来说，后者略胜一筹。

《行路难》属于汉乐府古题，从南朝宋至唐代拟作层出不穷，其中最为人熟知的莫过于李白"金樽清酒斗十千"那首(《行路难》其一)。各家的《行路难》虽然内容、语言千差万别，但都基本保持着汉乐府比较直接的表达方式，鲍照的如此，李白的也是如此。柳宗元《行路难》的特别之处在于变直接为委婉。第一首明写追赶太阳中道而死的夸父，暗喻自己政治革新事业的失败，抒发志大难遂的悲叹。第二首以伐木为喻，暗示诗人对于执政者摧残人才的不满，告诫他们可能出现的恶果。第三首以炭为喻，通过呈现它用则贵不用则弃的遭遇，表现自己被贬之后的失势与失意。三首诗没有一首直接表达思想或情绪,第一首言在夸父而意在自己,类似于咏史诗的以古喻今;第二、三首都是托物言志,用比喻阐发主旨。柳宗元写的是源出于民间的乐府诗,用的却是文人诗歌的比兴传统,风格自然从直抒胸臆变为曲折委婉。

柳宗元在《行路难》中委婉地表情达意大约出于现实考虑。《行路难》不仅有柳宗元对于世路艰辛的感叹,而且包含着对于现实政治的讽刺。如果直接表达很可能带来不必要的麻烦,只有选择《诗经》以来形成的"主文谲谏"方式,才能避免自己不会再次受到伤害。

初秋夜坐赠吴武陵①

稍稍雨侵竹,翻翻鹊惊丛。②
美人隔湘浦③,一夕生秋风。
积雾杳难极,沧波浩无穷。
相思岂云远,即席莫与同。④
若人抱奇音,朱弦缅枯桐。⑤
清商激西颢,泛滟凌长空。⑥
自得本无作,天成谅非功。⑦
希声閟大朴,聋俗何由聪!⑧

注释

① 吴武陵:元和二年(807)进士及第,次年被贬永州。吴武陵在永州与柳宗元多有交游、唱和,《柳宗元集》中有多篇酬寄吴武陵的诗文。王国安《柳

宗元诗笺释》认为本诗大约作于元和三年(808)秋。

② 稍稍：犹"萧萧"，风雨声。翻翻：翻飞的样子。丛：竹丛。

③ 美人：代指吴武陵。隔湘浦：吴武陵与柳宗元隔湘浦而居。浦：江河与支流的交汇处。

④ "相思"二句：可有两种不同的理解，一是诗人思念的人不远，却不能与之见面；二是所思念的人即使离得远也不会觉得他离得远，非所思之人即使同席相对也不通情感。前一种理解更合乎诗意。即席：入席。

⑤ 若人：那人，指吴武陵。抱：身怀。奇音：奇异美妙的音乐。朱弦：红色的琴弦。緪(gēng)：绷紧琴弦。枯桐：琴的别称。

⑥ 西颢：秋天。泛滟：本指浮光闪耀的样子，此处形容声音高低起伏、婉转悠扬。

⑦ "自得"句：妙手偶得，没有矫揉造作。"天成"句：自然而成，不假人工。谅：确实。

⑧ 希声：人难以听闻到的声音。閟：闭。大朴：道家初始质朴的大道。聋俗：愚昧无知的世俗。聪：听见。

> 评析

抓住诗题是阅读魏晋以后诗歌的关键。本诗的诗题包含两个关键信息，一是秋夜，二是吴武陵。秋夜是诗歌写作的时间，也暗示着情感取向。柳宗元思念吴武陵的秋夜阴雨连绵、雾气浓重，尽管二人只是隔水而居，却不能见面。柳宗元因此以诗相赠。正如刘禹锡所说"自古逢秋悲寂寥"(《秋词》)，秋天是一个滋生哀愁的季节，秋夜为本诗定下了"愁"的基调。柳宗元的愁一则是思念吴武陵所致，二则是由于吴武陵的遭遇。柳宗元笔下的吴武陵是一位极具音乐才华的"美人"，他的琴声自然天成，却不为世俗所知赏。美人是中国古代诗歌中的常见意象,诗人有时以之喻人,有时以之自喻,多是象征品德美好、才华出众的君子。音乐也是一个常见意象,它常常关涉两个主题,一是才华,二是知音,二者有时交融在一起,象征着怀才不遇或有志难伸。柳宗元借美人、音乐两个含义较为稳定的意象写出了吴武陵的遭遇,空有一身才华得不到知遇,更难以施展。吴武陵元和二年(807)步入仕途,次年就因事被贬永州。柳宗元似乎在吴武陵的身上看到了自己的影子,他们才华都未及施展就身遭贬谪,同是不被世俗所容的"天涯沦落人"。柳宗元为吴武陵鸣不平,又何尝不是哀叹自己?因为思念朋友秋夜不眠从而激起自我的身世之感,这大概是本诗创作的深层原因吧!

茆檐下始栽竹①

瘴茆葺为宇②,溽暑恒侵肌。
适有重腿疾,蒸郁宁所宜?③
东邻幸导我,树竹邀凉飔④。
欣然惬吾志,荷锸西岩垂。⑤
楚壤多怪石,垦凿力已疲。⑥
江风忽云暮,舆曳还相追。⑦
萧瑟过极浦,敧旎附幽墀。⑧
贞根期永固,贻尔寒泉滋。⑨
夜窗遂不掩⑩,羽扇宁复持?
清泠集浓露,枕簟凄已知。⑪
网虫依密叶,晓禽栖迥枝。⑫
岂伊纷嚣间,重以心虑怡?⑬

嘉尔亭亭质，自远弃幽期。⑭

不见野蔓草，蓊蔚有华姿。⑮

谅无凌寒色⑯，岂与青山辞？

注释

① 茆：同"茅"，茅草，可以用于盖屋。本诗大约作于元和三年(808)。

② 瘴茆：瘴气中生长的茅草。葺：用茅草盖屋。

③ 重膇(zhuì)：脚肿之病。蒸郁：湿热之气郁勃上升。

④ 邀：招来。飔(sī)：凉风。

⑤ 惬：满足。荷：负。锸(chā)：锹，掘土的工具。垂：同"陲"。

⑥ 楚：代指永州。垦凿：开垦荒地。

⑦ 云：语气助词。舆曳：车被拖拽，意即拉车。舆：车。

⑧ 萧瑟：形容风吹竹叶的声音。旖旎：轻盈柔美的样子。墀：台阶。

⑨ 贞根：竹有坚贞之节，故称竹根为贞根。贻：给予。

⑩ 不掩：不关。

⑪ 泠：清凉。簟：竹席。凄：冷。

⑫ 网虫：蜘蛛之类的小虫。迥：高。

⑬ "岂伊"二句：难道是因为你能阻隔纷扰喧嚣，增加我心神的愉悦吗？间：阻隔。心虑：思虑。

⑭ 亭亭：高洁的样子。弃：有的版本作"契"，于诗意更合。契：契合。幽期：隐逸之期。

⑮ 蔓草：蔓生的野草。蓊(wěng)蔚：草木茂盛的样子。华姿：美丽的姿态。

⑯ 谅：料想。凌寒：冒着严寒。

> 评析

　　柳宗元在永州居所周围种过许多植物，一类是可以医治疾病的草药，一类是可以怡养心神的花木。他为手种的植物写过不少诗，本诗便是其中的一首。柳宗元诗中的植物不仅是眼中所见的景物，也是比兴的对象。他写的桂树独自生在深山道旁，不为世人珍重（《自衡阳移桂十余本植零陵所住精舍》）；木芙蓉美丽而孤独，饱受风霜侵袭（《湘岸移木芙蓉植龙兴精舍》）；写竹则突出其幽独高洁、冒风凌寒的品质。总之，柳宗元笔下的嘉木香花与永州奇异的山水类似，虽然有着美好的品质，却不为世人所知赏。它们既是引起柳宗元感慨的媒介，又暗寓着诗人的品质及其遭遇。

　　本诗的表现手法上承初唐陈子昂、张九龄的"感遇诗"。二人反对六朝以来形式精工而内容空洞的模山范水之作，他们的《感遇》赋予自然界中花草树木人格化的品质，通过物我比况表现主题、思想，从而变抽象为具象，变浅显为深刻。本诗的写法又借鉴了陶渊明的田园诗。诗歌展现的是一幅生活画卷，永州的夏天湿热难耐，诗人在邻人的指引下拿着锸、驾着车，将竹子从山边移植到自己的庭院。虽然种竹的过程颇为辛苦，但竹子带来的清凉以及它高洁的品质足以令诗人欣慰。就风格而言，本诗也呈现平淡的一面，只是陶渊明的田园诗平淡而温暖，本诗则是平淡而冷寂。另外，陶渊明的田园诗意境浑成，是"不知何者为我，何者为物"的"无我之境"，本诗刻意突出诗人的感受，是"以我观物，物我皆著我之色彩"的"有我之境"。

觉　　衰[①]

久知老会至，不谓[②]便见侵。

今年宜未衰,稍已③来相寻。

齿疏发就种,奔走力不任。④

咄⑤此可奈何,未必伤我心。

彭聃安在哉?周孔亦已沉。⑥

古称寿圣人,曾不留至今。⑦

但愿得美酒,朋友常共斟⑧。

是时春向暮,桃李生繁阴。

日照天正绿,杳杳⑨归鸿吟。

出门呼所亲,扶杖登西林。

高歌足自快,商颂有遗音⑩。

> **注释**

① 觉衰:感到衰老。本诗大约作于元和四年(809)。

② 不谓:不意,不料。

③ 稍已:业已,稍与"已"同义。

④ 就:趋向。种:发短。不任:不能胜任。

⑤ 咄(duō):叹词。

⑥ 彭聃:彭祖、老聃(老子),二人皆是传说中的长寿者。周孔:周公、孔子。沉:消失。

⑦ 寿圣人:长寿的人与圣人,即彭、聃与周、孔。曾:竟。

⑧ 共斟:同饮。

⑨ 杳杳:遥远的样子。

⑩ "商颂"句:《庄子·让王》记载,曾子在卫国生活窘迫,但是依然自在地吟唱着《商颂》,声音高亢洪亮,充塞天地,有如金石发出的声音。天子不让

他做臣子，诸侯不能和他交朋友。

> 评析

　　衰老是人类破解不了的谜题，因此感叹衰老是诗歌中反复吟咏的主题。衰老是一种既定事实，也是一种感觉。容貌、体态的改变可以使人察觉衰老，疾病也容易使人感到衰老。柳宗元的衰老主要是由疾病所致。柳宗元被贬永州时三十三岁，离开永州时四十三岁。从年龄来看，柳宗元在永州正值青壮年，不该有衰老的感觉，但从健康状况来看，柳宗元的身体确实已经开始衰弱。永州的气候、水土、环境再加上长期压抑的心情，使得柳宗元在被贬的十年间身体每况愈下。他脚部肿胀，严重的时候只能借助拐杖行走；肝脾肿大，腹内结有硬块，造成严重的消化不良。他还可能患有心脏疾病，每每听人高声说话都会出现心悸气短的症状。身体的疾病对柳宗元精神也造成巨大影响，他常常无法集中精力读书、作文，记忆力也出现严重衰退的现象。如此种种使得柳宗元真切地感受到衰老的到来，《觉衰》既是对衰老的感叹，也表达了诗人对于衰老的态度。

　　柳宗元认为衰老是人类不可避免的结局，神人、圣人也无法摆脱衰老、死亡的命运。因此，柳宗元对于衰老有一种达观的态度，既然无可回避，倒不如享受现实中可以抓住的东西，美酒、美景与朋友共享、共游，做一个道家标榜的世外散人。这或许就是他未老先衰却不过分悲伤的原因吧！柳宗元对于衰老的态度可以看到《古诗十九首》的影响，"人生忽如寄，寿无金石固……不如饮美酒，被服纨与素""人生天地间，忽如远行客。斗酒相娱乐，聊厚不为薄"等都是阐发岁月易老，劝人及时行乐的名句。只是《古诗十九首》的态度过于放纵、恣肆，而柳宗元则秉持一贯的中庸理念，虽然也是饮酒、游乐，但既不过分也不过激。需要指出的是，《绝衰》里的柳宗元可能只是故作达观，尽管他在思想上愿意甚至努力寻乐,但现实中仍然跳脱不出贬谪带来的痛苦。

读　　书①

幽沉谢世事,俛默窥唐虞。②
上下观古今,起伏③千万途。
遇欣或自笑,感戚④亦以吁。
缥帙各舒散,前后互相逾。⑤
瘴疠扰灵府⑥,日与往昔殊。
临文乍了了,彻卷兀若无。⑦
竟夕谁与言?但与竹素俱。⑧
倦极更倒卧,熟寐乃一苏。
欠伸展肢体,吟咏心自愉。
得意适其适,非愿为世儒。⑨
道尽即闭口,萧散捐囚拘⑩。
巧者为我拙,智者为我愚。⑪
书史足自悦,安用勤与劬?⑫
贵尔六尺躯,勿为名所驱⑬!

注释

① 本诗大约作于元和四年(809)。
② 幽沉:隐居,即谪居。谢:推辞。俛:同"俯"。唐虞:尧舜,尧为有唐氏,舜为有虞氏。

③ 起伏：世事的升沉起落，亦即盛衰变化。

④ 戚：悲伤。

⑤ 缥帙：淡青色丝织品制成的书套。舒散：打开（书套）。"前后"句：书卷错综地放在一起。

⑥ 瘴疴（kē）：因瘴气而引起的疾病。疴：病。灵府：心灵。

⑦ 临文：看书。彻卷：读竟全卷。兀：茫然无知。

⑧ 竟夕：整夜。竹素：竹简与素绢。素：未染色的绢。

⑨ 适其适：前一个"适"为动词，意为往、到；后一个"适"为形容词，意为适意。世儒：讲授经学的教师。

⑩ 萧散：闲散舒适。捐：抛弃，引申为忘却。因拘：指自己因罪被贬。

⑪ 拙、愚：柳宗元谪居永州之后常以拙、愚自谓。

⑫ 书史：典籍。劬（qú）：劳苦。

⑬ "勿为"句：不要被名利所驱使。

评析

读书是柳宗元贬谪生活中一项重要的日常活动。此时他读书的范围特别广泛，不仅研读儒家经典，还旁及诸子百家甚至佛、道之书。柳宗元有时将读书心得写成《非国语》《论语辩》一类的学术文章，有时则将读书感悟写成诗篇。

读书在柳宗元人生的每个阶段有着不同的功能，进入仕途之前读书是打开科举之门的钥匙，进入仕途之后读书可以为现实政治提供智力支持，贬谪永州之后读书的功利色彩逐渐褪去，它与山水、美酒一样慰藉着柳宗元孤寂而无处安放的心灵。

本诗描述的读书生活大概有以下特点。首先，读书的目的单纯，既不是为了成为世儒,也不是为了名利,只是为了获得读书的乐趣。其次,读书可以让柳宗元暂时忘却贬谪带来的烦恼。再次,柳宗元与书形成一种互动关系。他的情绪会随着书中人物、事件的变化而波动,或是因之而高兴,或是因之而悲伤。寂静的夜里,柳宗元甚至会与书对话,道尽心中的感悟与感慨。孔子有云"知之者不如好之者,好之者不如乐之者"(《论语·雍也》),柳宗元之于读书大概就是"乐之"的境界,沉浸其中不仅能够自得其乐,而且能忘却现实的烦恼。柳宗元无功利化的读书理念大概并不符合世俗的要求,因此诗人刻意在诗中插入一句"巧者为我拙,智者为我愚"。巧拙、智愚是柳宗元经常提及的概念,巧、智象征着世俗,拙、愚则意味着柳宗元永不向世俗妥协的态度。

咏 三 良①

束带值明后②,顾盼流辉光。
一心在陈力,鼎列夸四方。③
款款效忠信,恩义皎如霜。④
生时亮同体,死没宁分张?⑤
壮躯闭幽隧,猛志填黄肠。⑥
殉死礼所非⑦,况乃用其良?
霸基弊不振,晋楚更张皇。⑧
疾病命固乱,魏氏言有章。⑨
从邪陷厥父,吾欲讨彼狂。⑩

注释

① 三良:春秋时秦国子车氏的三个儿子——奄息、仲行、鍼虎。他们是秦国

的贤臣,也是秦穆公的宠臣。秦穆公死后,三人遵照穆公的遗嘱为之殉葬。据说《诗经·秦风·黄鸟》就是秦国人为哀悼三良而作。本诗大约作于元和四年(809)。

② 束带:整饬衣服,束紧衣带,表示三良上朝时仪容严整。值:遇。明后:明君,指秦穆公。

③ 陈力:效力。鼎列:三人鼎足而立,形容三良在秦国之得势。

④ 款款:诚恳,忠实。"恩义"句:君臣间的情义像霜一样光洁。

⑤ 亮:通"谅",信实。同体:君臣犹如一体。分张:分离。此二句意谓同生共死。

⑥ 幽隧:墓道。黄肠:汉时帝王陵寝椁室四周用柏木枋堆垒成的框形结构。柏木心黄,故称黄肠。此二句写三良为秦穆公殉葬。

⑦ 礼所非:儒家反对用人殉葬。

⑧ "霸基"二句:秦穆公死后,秦国势力一度衰弱,实力反而不及他的两个主要竞争对手晋国、楚国。

⑨ "疾病"二句:《左传》记载,(晋国)魏武子有一个没有生儿子的小妾。武子生病时吩咐他的儿子魏颗,等他死后让小妾嫁人。等到武子病危之时又说要让小妾殉葬。魏武子死后,魏颗将小妾改嫁,并说"家父病危时神智昏乱,我听从他清醒时的话"。有章:有理。

⑩ "从邪"句:(秦康公)听从错乱的命令,陷其父秦穆公于不义。厥:其。彼狂:那个狂人,指秦康公。

评析

《咏三良》是一首咏史诗。咏史诗,顾名思义,就是以历史为题材创作的诗歌。它们有时笼统地以"咏史"为题,有时则以吟咏的具体对象为题,内容不外乎两种,一是针对某一历史人物或事件发表意见;二是借助历史抒发个人感怀。本诗属于前一种类型。

  柳宗元并不是第一个"咏三良"的人,曹植、陶渊明都写过三良题材的诗。三人的诗同中有异。相似之处在于,他们都采用从叙事到议论的写作模式,先叙述三良殉葬的事迹,再发表自己的观点。可见,柳宗元的《咏三良》延续了前人"三良"题材诗歌的写作传统,彼此之间有明晰的因袭关系。不同之处在于,各人从"三良"殉葬生发的观点。曹植重在赞扬"三良"的忠义,因为他们生前曾许诺秦穆公"生共此乐,死共此哀"。陶渊明旨在强调,"三良"自愿殉葬乃是不忘秦穆公的知遇与厚恩,目的可能是表彰张祎不肯毒死竟陵王自饮毒酒而死的事迹。曹植、陶渊明显然是在《黄鸟》的观点之上做的翻案文章,而柳宗元又在二人观点之外翻出一层新意。柳宗元认为"三良"殉葬事件中最应该谴责的是秦穆公之子秦康公。秦穆公病危之时必然神志不清,秦康公遵循秦穆公的"乱命"才最终导致"三良"殉葬。有人认为,柳宗元与陶渊明一样"咏三良"的目的在于影射现实,只是陶渊明用"三良"表彰张祎,柳宗元用秦康公讽刺唐宪宗。我们认为,《咏三良》表达的观点即使没有深刻的讽刺,也依然闪烁着柳宗元一贯秉持的理性的光芒。

冉　　溪①

少时陈力希公侯,许国不复为身谋。②
风波一跌逝万里,壮心瓦解空缧囚。③
缧囚终老无余事,愿卜④湘西冉溪地。
却学寿张樊敬侯,种漆南园待成器。⑤

> 注释

① 冉溪：即愚溪。本诗大约作于元和四、五年间（809—810）。
② 陈力：施展才力。希：求。公侯：本是五等爵位公、侯、伯、子、男的前二等，亦泛指高官显宦。许国：报效国家。
③ 风波一跌：宦海风波中受挫。逝万里：指被贬永州。缧（léi）：黑色绳索，引申为捆绑。
④ 卜：选择。
⑤ "却学"二句：《后汉书·樊宏传》记载，樊宏的父亲樊重想要做家什器物，于是自己先栽种梓树与漆树，因此受到旁人嗤笑。多年之后，树木长成，皆用作制造器物，就连当初嗤笑他的人都向他求借。寿张：地名。樊敬侯：樊重死后被光武帝刘秀追谥为寿张敬侯。

> 评析

　　"温柔敦厚"的诗教传统使得中国诗歌天然地偏好含蓄内敛的风格。但这并不代表以直抒胸臆的方式写不出好诗，"感于哀乐，缘事而发"的汉乐府诗至今依然能够震颤人们的心灵。诗歌的好坏固然与风格有关，但感动人心的往往是那些率真的情感。《冉溪》就是一首率直而动人的诗。

　　诗歌的前两联为一层，后两联为一层。前一层是对过去的回顾。诗人年少步入仕途，抱着一腔热忱参加政治改革，却不幸成为政治斗争的牺牲品，落得被贬远州的下场。此时的柳宗元洋溢着理想主义的激情，却远远低估了现实的复杂与残酷。理想与现实的矛盾是造成其悲剧的原因，也是他痛苦的根源。后一层是对未来的展望。柳宗元被贬永州的最初几年一度居无定所，在认清起复无望的现实之后,他在冉溪边构建屋舍,作长久居住的打算。当然卜居冉溪并不意味着从此做个逍遥的隐士,他仍要在这里有所建树。樊重种漆南园可以有两种解读:一是隐喻着自我提升,等待东山再起;二是隐喻着培育人才,传道后学。无论哪一种解读都说明,即使身遭贬谪柳宗元也没有放弃过心中"辅时及物"的理想。

　　本诗虽是七言八句,却不是格律诗。它的前两联押一个韵,后两联又押另一韵,一联中的上下句间既不追求格律工稳,又不刻意对仗,语言不假修饰,语序平白如话,仿佛冲口而出一般。柳宗元完全有能力将本诗写成工稳而精致的格律诗,他没有这么做的原因,或许就是想用最直接的方式表达心中的感慨与理想吧!

溪　　居①

久为簪组累,幸此南夷谪。②
闲依农圃邻,偶似山林客。③
晓耕翻露草,夜榜响溪石。④
来往不逢人,长歌楚天碧⑤。

注释

① 溪:即冉溪(愚溪)。本诗大约作于元和五年(810)迁居冉溪之初。
② 簪(zān)组:冠簪和冠带,此处指仕宦。南夷谪:指被贬为永州司马。
③ 农圃邻:种田种菜的邻居。山林客:隐士。
④ "晓耕"二句:早上耕田,触翻带着露珠的野草,晚上行船,船桨碰到溪石,

略咯作响。榜：船桨，用作动词。

⑤"长歌"句：在永州的碧空之下放声高歌。楚天：永州古属楚国，故称"楚天"。

评析

冉溪是一个可以让柳宗元身心安宁的场所，他在此写下多首表现闲适之情、淡泊之志的诗歌，《溪居》便是其中的一首。前人常说柳宗元似陶渊明，大概是根据《溪居》一类诗得出的观点。诗歌首联一扫往日哀怨的情绪，别出心裁地将贬谪视为归隐田园的契机，此刻仕途的不幸似乎成为人生的幸运。颔联、颈联一一展现田园生活的画面。农人、邻居、山林、农耕、野草等陶渊明田园诗中的常见元素在《溪居》中都有所体现。此外，柳宗元的田园生活似乎还包括山水游览，这大概与永州特殊的地理环境有关。需要指出的是，《溪居》里所描写的晓耕并不一定是柳宗元的真实经历。永州司马虽然是个闲职，但依然可以定期领取朝廷俸禄。柳宗元原则上不需要像陶渊明一样亲自耕种来养活家人，他写晓耕或是受陶渊明田园诗的影响，有意营造一种田园生活的氛围。如果顺着陶渊明田园诗的写作思路，尾联应该在前三联的基础上表达淡泊或自适的情怀。然而柳宗元并没有，尾联的表达十分耐人寻味。"来往不逢人，长歌楚天碧"可有两种不同的解读：一是表现旷达，意即在孤寂而空旷的环境中放歌抒怀；二是表现哀怨，意即在孤寂而空旷的环境中放声哀歌。前一种解读符合田园诗的意境，后一种解读则将诗意引向另一个方向。溪居与游览永州山水一样只能给诗人带来片刻安慰，无法从根本上消除贬谪造成的痛苦，"长歌"无非是哀怨的另一种表达。

雨晴至江渡①

江雨初晴思远步②,日西独向愚溪渡。
渡头水落村径成,撩乱浮槎在高树。③

> 注释

① 江渡:愚溪上的渡口。本诗作于谪居永州时期,王国安《柳宗元诗笺释》将其系于元和六年(811)。
② 远步:散步至远处。
③ 水落:潮水退去。"撩乱"句:(水落之后)漂浮的树枝纷乱地挂在树头上。撩乱:纷乱,杂乱。槎:树枝,树杈。有一种观点将"浮槎"解释为"木筏",也能说通。

> 评析

　　绝句虽短,写好却并不容易。好的绝句不能有废话,还得有余韵。本诗首句交代写作契机、背景,第二句交代时间、地点,第三、四句写的是天晴之后渡口退潮的景象。每句各司其职,不仅叙事井井有条,景物也写得颇为生动,而且以写景结尾,给读者留下了一定的想象空间。第三、四句是本诗最为出彩的地方,描绘的景象颇有趣味,渡口的潮水退去之后,露出原本被淹没的小路,而随着潮水涨高的树枝、树杈如今却纷乱地挂在树头。此番景象恰好被散步至此的柳宗元看到,于是富有趣味的景象便化为诗人笔端的诗句。因偶然所见、所闻写成的诗句最为人熟知的莫过于陶渊明的"采菊东篱下,悠然见南山"(《饮酒·其五》)和谢灵运的"池塘生春草,园柳变鸣禽"(《登池上楼》)。

三人的诗虽然写的都是偶然所见,但风格、意境以及阅读体验略有不同。陶、谢写的是人们习以为常却视而不见的景象,因此平淡中见出警策。柳宗元写的是永州江边雨后特有的景象,因此读起来新奇而有趣。陶、谢的诗意境浑融,写出了物我两忘的状态;柳诗则略带刻画的痕迹,有意呈现眼中所见的奇特景象。当然,陶、谢的诗句历来被人视为千古绝唱,《雨晴至江渡》即使比不上它们,也不失为一首饶有韵致的绝句。

同刘二十八哭吕衡州兼寄江陵李元二侍御①

衡岳新摧天柱峰②,士林憔悴泣相逢。
祗令文字传青简,不使功名上景钟。③
三亩空留悬磬室,九原犹寄若堂封。④
遥想荆州人物论,几回中夜惜元龙。⑤

【注释】

① 刘二十八:即刘禹锡。吕衡州:即吕温。江陵:江陵府(今属湖北荆州市)。李元二侍御:指李景俭与元稹。本诗作于元和六年(811)。

② 衡岳:南岳衡山。天柱峰:衡山主峰之一。此句以天柱峰摧折比喻吕温之死。吕温卒于衡州刺史任上,故有此喻。

③ "祗令"句:意谓吕温只以文章名世。青简:竹简,此处代指典籍。"不使"句:意谓吕温还没来得及建立功勋。景钟:古代铭记功勋的大钟。

④ 三亩:形容宅地很小。悬磬室:房子就像悬磬一样空无所有。九原:春秋

时晋国卿大夫的墓地。吕温为河中(今山西永济市)人,死后不能归葬故里,故曰"九原犹寄"。堂封:四方而高大的土堆,代指坟墓。

⑤ "遥想"二句:《三国志·陈登传》记载,刘备与刘表在荆州共同评论天下人物,刘备认为陈登的文武胆略都堪比古人,当时难有与之媲美的人物。李景俭与元稹二人同在江陵府任职,唐肃宗上元元年(760)升荆州为江陵府。柳宗元使用荆州典故可谓贴切。

评析

哀痛是本诗着力表现的情绪。首联写的是包括柳宗元、刘禹锡在内的士林对吕温之死的哀痛。诗人用衡岳天柱峰摧折比喻吕温之死,不仅因为吕温是衡州太守,也想表明吕温之死乃国家的重大损失。颔联、颈联从朋友角度讲述哀痛吕温的原因:一则痛其功业未成;二则痛其身无长物;三则痛其客死异乡。尾联有两重用意,用陈登的典故是为了突出吕温的才学出众,正因如此,他的早死更加令人痛惜。此联从李景俭、元稹一面叙说哀痛,不仅照应了"兼寄江陵李元二侍御"的题意,也呼应了诗歌中反复言说的"哭""泣"的情绪。

吕温的死是柳宗元心中久久不能消释的痛,他还写过多篇哀悼文,如《祭吕衡州温文》《衡州刺史东平吕君诔》。同是表达哀痛,诗与文有着不同的呈现方式。诗歌更加注重情绪的渲染与倾诉,叙述的内容相对简略,要能够表现哀痛的情绪。诗歌的叙事可以不连贯,诗中关于吕温文才、功勋、清贫、客死的叙述不需要逻辑关联,一一排比即可。诗歌的语言更加形象,用"衡岳新摧天柱峰"比喻吕温之死,用陈登比吕温,一个是将情感形象化,一个是将悲痛具体化,都能使人产生更加真切的感受。

田家三首①

其 一

蓐食徇所务,驱牛向东阡。②

鸡鸣村巷白,夜色归暮田。③

札札耒耜声,飞飞来乌鸢。④

竭兹筋力事,持用穷岁年。⑤

尽输助徭役,聊就空舍眠。⑥

子孙日以长,世世还复然。

注释

① 本诗作于谪居永州时期。

② 蓐(rù)食:早晨坐在草垫上吃饭。蓐:草席,草垫。徇:从事。所务:所作的工作,此处指农业生产。阡:田间南北向的小路,泛指田野。

③ "鸡鸣"二句:天刚亮就下地干活,天黑才从田里回家。

④ 札札:耒耜耕地发出的声音。耒耜:古代耕地翻土的农具。乌鸢(yuān):乌鸦和老鹰,此处泛指鸟。

⑤ "竭兹"二句:尽力从事体力劳动,凭借(劳动所得)维持一年的生计。筋力事:体力劳动。持用:持以。

⑥ 输:缴纳。徭役:劳役。聊:姑且。空舍:形容家中一无所有。舍,有的版本作"自"。

其 二

篱落隔烟火,农谈四邻夕①。
庭际秋虫鸣,疏麻方寂历。②
蚕丝尽输税,机杼空倚壁。
里胥夜经过,鸡黍事筵席。③
各言官长峻,文字多督责。④
东乡后租期,车毂陷泥泽。⑤
公门少推恕,鞭扑恣狼籍。⑥
努力慎经营,肌肤真可惜。⑦
迎新在此岁,唯恐踵前迹。⑧

注释

① "农谈"句:傍晚的时候,周围邻居谈论着农事。
② 庭际:庭院里边。际:中间,里边。寂历:寂静无声。
③ 里胥:乡里小吏。鸡黍:杀鸡蒸黍,此处指准备饭菜。
④ 峻:严厉。文字:官府征收赋税的公文。督责:督促,责备。"各言"二句以下八句乃是诗人转述里胥的话。
⑤ 后租期:意即没能按时交税。"车毂"句:(原因是)车轮陷在泥沼。毂(gǔ):车轮中心插轴的部分,此处代指车轮。
⑥ 推恕:查明原因予以宽恕。狼籍:散乱的样子,此处形容农民被打之后的惨状。
⑦ 经营:筹集应该缴纳的赋税。"肌肤"句:意即免受皮肉之苦。
⑧ "迎新"句:如期交税的关键在于今年的收成。迎新:迎接新谷登场。踵

前迹:重蹈前人(东乡农民)覆辙。踵:追随。

其 三

古道饶蒺藜,萦回古城曲。①
蓼花被堤岸,陂水寒更渌。②
是时收获竟,落日多樵牧③。
风高榆柳疏④,霜重梨枣熟。
行人迷去住,野鸟竞栖宿。⑤
田翁笑相念,昏黑慎原陆。⑥
今年幸少丰,无厌饘与粥。⑦

注释

① 饶:多。蒺藜:草名。萦回:曲折环绕。

② 蓼花(liǎo):水蓼的花。陂(bēi):池塘。渌(lù):水清。

③ 樵牧:打柴、放牧的人。

④ "风高"句:大风吹着稀疏的榆树、柳树。

⑤ "行人"二句:行人容易迷路,野鸟竞相回巢栖息。

⑥ 念:关心。"昏黑"句:天色昏暗路上行走要小心。原陆:原野。

⑦ 少丰:收成稍好。厌:嫌弃。饘(zhān):稠粥。

评析

古代文人笔下的田园生活往往是美化或想象的结果,他们只有极少数人能真正接触到农民的真实生活,而能将农民疾苦写到诗里的少之又少。陶渊明写过晋宋之际农村的凋敝,杜甫写过安史之乱前后农民生活的困苦,白居易记录过一些中唐京畿地区农民的生存状态。再有就是柳宗元,他的《田家》三首反映的是永州农民的真实生活。

第一首写的是赋税给农民造成的沉重负担,通过诗人的描述可知,永州赋税之重几乎需要农民整年辛勤劳作才能勉强完成。而且这并不是偶尔出现的特殊情况,而是代代如此。第二首通过里胥与农民的对话,展现了这样一幅场景:中唐实施两税法以后,农民分别在夏、秋两季完税,夏税刚刚交过,家中已经竭尽所有,里胥又来促缴秋税。里胥貌似好言相劝其实略带威胁的话表明下层官吏督责赋税的严厉。第三首写的是丰年之下农民的生活境遇。诗歌前四句分明是一派丰年的景象,后三句笔锋一转,借着老农之口说出了这样的实事,即使是遇到丰年,农民也只有馇粥度日。三首诗看似独立,其实内在具有关联。第一首是正面叙写赋税的沉重,第二、三首则是从不同侧面展现重税之下农民生活的困苦。

柳宗元大部分诗歌都专注于自我的世界,虽然情志动人,但是思想不如他的散文那样深刻,没有能够展现自我以外更为广阔的现实世界。《田家》三首在一定程度上弥补了这一缺憾,只是此类诗歌数量太少,不足以改变柳宗元诗歌风格的整体评价。

江　　雪①

千山鸟飞绝,万径人踪灭②。
孤舟蓑笠翁,独钓寒江雪③。

> 注释

① 本诗作于谪居永州时期。
② 径：道路。踪：踪迹。
③ 蓑笠：蓑衣与斗笠，雨具。"独钓"句：雪天独自在江上垂钓。

> 评析

本诗历来为人称道，也是各种唐诗选本的经典篇目。究其原因，大概是诗歌将孤寂的意境表现到了极致。"孤"是无人，"寂"是无声，全诗从不同角度烘托出极致的寂静。"千山鸟飞绝，万径人踪灭"，在诗人目力所及的范围内不仅无人，甚至连一只飞鸟也没有。"千山""万径"极言空间之大，"绝""灭"极言环境之空。"孤舟蓑笠翁，独钓寒江雪"，前一句一个"孤"，后一句一个"独"，说明在孤寂的环境里只有一个垂钓的"蓑笠翁"。而垂钓又恰恰是静止的、无声的，换句话说，虽然有人，但依然寂寂无声。前两联写出环境的空寂，后两联写出人物的孤寂，不见人迹、没有声响大概就是诗人意欲营造的意境吧！

孤舟垂钓的"蓑笠翁"是一个极具内涵的形象。垂钓很容易使人联想到姜子牙的故事。他曾在渭水之滨垂钓，最后被文王发现并拜为太师。因此，"垂钓"在中国诗学传统中常常隐喻着君臣遇合或政治上的机遇。"蓑笠翁"象征的是谪居永州的诗人，而孤寂的环境象征的则是诗人在现实中的孤立与心灵的孤独，尽管如此，他似乎没有放弃希望，依然静静等候着起复的机会，就像那寒江上独自垂钓的"蓑笠翁"。

衡阳与梦得分路赠别①

十年憔悴到秦京,谁料翻为岭外行。②
伏波故道风烟在,翁仲遗墟草树平。③
直以慵疏招物议,休将文字占时名。④
今朝不用临河别,垂泪千行便濯缨。⑤

注释

① 元和十年(815)三月,柳宗元与刘禹锡分别赴任柳州刺史(治所在今广西柳州)、连州刺史(治所在今广东连州),一路同行,至衡阳,柳宗元溯湘江赴柳州,刘禹锡从陆路赴连州。本诗即作于二人分途之时。

② 十年:柳宗元永贞元年(805)被贬永州,元和十年(815)召回,通常应计为十一年,柳宗元以成数而言。秦京:秦都咸阳,此指都城长安。翻:反。岭外:五岭以南地区,即岭南。柳州、连州都在岭南。

③ 伏波:即伏波将军马援。《后汉书·马援传》记载,交趾女子徵侧及其女弟徵贰叛汉自立为王,光武帝刘秀拜马援为伏波将军,南征交趾,斩徵侧、徵贰,叛乱遂平。马援因封新息侯,食邑三千户。故道:(马援)曾走过的路。风烟:景象,风光。翁仲:墓前石人。遗墟:本指废墟,此指坟墓。草树平:坟墓、翁仲淹没在草树之中。

④ 直以:只因。慵疏:懒散疏忽。物议:众人的议论。文字:诗文等文学作品。"直以"二句既是柳宗元对刘禹锡的叮嘱,又是自警。

⑤ "今朝"二句:旧题李陵《与苏武诗》其二:"临河濯长缨,念子怅悠悠。"后人常用"临河濯缨"来表示朋友分别时的惆怅。本诗反用其意,今日虽不用临河作别,但千行热泪已能洗涤帽缨。

> 评析

　　柳宗元与刘禹锡情谊最为笃厚，二人是同年进士，其后又共同参与"二王"领导的政治改革。改革失败之后，柳宗元被贬为永州司马，刘禹锡被贬为朗州司马，从此天各一方。元和十年（815），他们回到阔别十年之久的京城，本以为能够留下，不料仅月余又被外放到更加偏远的岭南任职。这一次柳宗元去柳州，刘禹锡去连州，二人先是同行，行至衡阳才分道而行。离别之际，二人依依不舍，仅是赠别诗就写下六首。本诗就是其中最有代表性的一首。

　　首联叙事，上句表明二人离别之久，下句表明二人又要离别，感伤之意不言而喻。颔联写景，"伏波故道"上风景依旧，可是道上行人的境遇截然不同，对于马援来说它是一条功业之路，对于柳宗元、刘禹锡来说则是"远谪"之路。两相对照，失意之情溢于言表。风波未平，前路难测，诗人在颈联转而叮嘱朋友，不要再逞一时口舌之快，以免招来更多的非议与祸患。这一联表面上是在劝诫朋友，其实是为他的遭遇鸣不平。前三联隐含的情绪最终在尾联喷薄而出，诗人一改赠别诗"无为在歧路，儿女共沾巾"（王勃《送杜少府之任蜀川》）的格调，毫不掩饰地写出自己"垂泪千行"与朋友告别的场景。柳宗元的千行热泪固然是因为挚友的离去，又何尝不是因为起复希望的破灭以及人生理想的落空？古语有云"男儿有泪不轻弹，只是未到伤心处"，离愁别恨与人生失意交织在一起，任谁能不怆然涕下！

登柳州城楼寄漳汀封连四州^①

　　城上高楼接大荒，海天愁思正茫茫。^②

惊风乱飐芙蓉水,密雨斜侵薜荔墙。③

岭树重遮千里目,江流曲似九回肠。④

共来百越文身地,犹自音书滞一乡。⑤

注释

① 元和十年(815)柳宗元等五人被召回京师,旋即被任命为远州刺史。柳宗元任柳州刺史(治所在今广西柳州),韩泰任漳州刺史(治所在今福建云霄,后移今漳浦),韩晔任汀州刺史(治所在今福建长汀),陈谏任封州刺史(治所在今广东封开),刘禹锡任连州刺史(治所在今广东连州)。本诗作于元和十年(815)。

② 大荒:荒远之地。"海天"句:愁思与海天一样茫茫无际。

③ 飐(zhǎn):吹动。薜(bì)荔:常绿藤本、蔓生植物,又称木莲。有观点认为,芙蓉、薜荔比喻诗人自己以及四州刺史;惊风、密雨比喻谗人。(俞陛云《诗境浅说丙编》)

④ 重遮:层层遮住。"江流"句:一是比喻柳江的蜿蜒曲折,二是比喻诗人百结的愁肠。

⑤ 百越:即百粤,指南方少数民族及其居住的地方。文身:古时南方少数民族的民俗。"犹自"句:音信滞留在各自的贬所(无法传达)。音书:音信。滞:阻塞。

评析

本诗是一首登高怀人之作。元和十年(815)回到京城仅月余的柳宗元被任命为柳州刺史,刚刚燃起的起复的希望,旋即熄灭。柳州与永州一样偏远,柳宗元到达柳州之后，登上城楼极目远眺，百感交集，写下此诗，并寄给同为远州刺史的朋友。

诗歌前三联紧扣诗题中的"登楼"，写的是登楼所见的景象。首联是远望，颔联是近观，颈联是仰望与俯望。三联的妙处在于在写景中巧妙地融入情绪表达。首联既是写柳州城外的茫茫荒野，又是写彼时彼刻愁思的无边无际。"海天愁思正茫茫"可以解读为"海天正茫茫""愁思正茫茫"，也可以解读为"愁思"如"海天"一般"茫茫"。无论哪一种解读都可以见出诗人那种无法排解的愁思。颔联既是写景，又是隐喻。"惊风""密雨"吹打"芙蓉""薜荔"既是诗人眼中的景象，又暗寓着他心中的感慨。"芙蓉""薜荔"一类的香草向来有君子之喻，它们俨然就是诗人及其朋友的化身。"惊风""密雨"的摧残隐喻的应该就是他们在政治风波中多次遭受的打击。颈联中的"九回肠"一语双关：一方面表现的是柳江的屈曲蜿蜒，另一方面表现的是萦绕在诗人心头的愁思。"九回肠"出自司马迁《报任少卿书》"肠一日而九回，居则忽忽若有所亡，出则不知其所往"，通常用来形容回环往复、不可断绝的忧思。总之，前三联既是写景，又是言情，情景交织在一起表现，营造氛围的同时也呈现了诗人的情感。

诗歌最后一联呼应题中"寄友"之意，揭示登楼的原因。诗人与朋友各自到任以后，彼此之间音信隔绝，无奈之下诗人想以登楼远望来纾解对朋友的思念。可是登楼所见尽是荒芜、凄凉的衰飒之景，这不仅不能纾解愁思，甚至还增添了几许贬谪的凄苦。朋友之间音信不通是登楼的原因，也是写作的缘起，诗人却在结尾才和盘托出。这种倒置的结构可能是诗人有意为之，目的是突出因之而起的愁思。